KB096065

온우주
단편선
0 1 5

데스매치로 속죄하라
국회의사당 학살사건

손 지 상 작품집

⇒온우주

차 례

여 고 생 고 기

여 고 생 고 기

1.

개목걸이를 차고 여고생 교복을 입은 나는 고객인 남자가 입맛을 다시는 것을 바라보고 있다.

이 남자는 나를 먹을 것이다.

설마 하고 홈페이지에 접속했을 것이다. 장난삼아 전화를 걸었을 것이다. 기다리는 동안 혹시나 사기가 아닐까 고민했을 것이다. 여고생 교복을 입은 내가 목줄에 매인 채 자기 집으로 기어들어 오리라고는 상상도 못 했을 것이다.

저 남자는 여고생 고기를 주문했고, 그 결과 내가 여기에 있다.

온몸을 보라색으로 감싼 정장 차림의 사메디 남작이 하얀 이를 드러내며 웃는다.

"주문하신 여고생 고기입니다."

"저, 정말입니까? 이렇게 예쁜 애를요?"

"물론이지요. 바로 도축해드리겠습니다."

남작이 깔끔한 007 가방을 열고 은빛으로 빛나는 도축용 도구를 꺼냈다. 도구들은 하나같이 새것 같다.

이 다음에 일어날 일?

남작이 만든 무균실 안에서 나는 안전하고 위생적으로 도축되고 토막 나 저 남자의 냉장고 안으로 들어갈 것이다.

의식을 잃고 고깃덩이가 된 나는 차갑고 신선하게 유지될 것이다.

그리고 저 남자는 모든 준비를 끝내고 흥분으로 가득 찬 눈으로 한때 나였던 고깃덩어리를 꺼내 싱크대 위에 올려놓을 것이다.

어쩌면 냄비에 담아 전골을 해 먹을지도 모른다.

어쩌면 불판에 올려 구워먹을지도 모른다.

어쩌면 냄새가 배지 않게 하려고 환풍기를 켤지도 모른다.

어찌 되었든.

저 남자는 나를 먹을 것이다.

그러고 나서 모든 것을 후회할 것이다. 모든 일의 시작을. 인터넷 사이트 주소가 보라색 매직으로 작게 쓰여 있는 '여고생 고기'라는 손으로 쓴 광고를 본 그 순간부터, 그 이후의 모든 일을.

지금 내가 그렇듯이.

저 남자가 이 모든 일을 시작했듯이 나도 똑같은 과정을 밟았다. 그 결과가 바로 지금 무균실에 들어가 토막이 나기를 얌전히 기다리며 교복 자락을 붙잡는 이 순간이다.

남작이 도끼보다 더 육중해 보이는 커다란 식칼을 꺼내 들고, 내 목을 내리쳤다.

나의 종말.

○─────────────·······················.

2.

종말은 '여고생 고기'라는 광고를 발견한 데서 시작한다.

나는 신촌의 굴다리 옆 커다란 교회 골목으로 들어가 이화여자대학교 방향으로 향했다. 특별한 목적이 있어서는 아니었다. 신촌에서 한잔하고 난 뒤에 집으로 돌아가기 위해 버스를 타러 가는 길이었다.

보통 룸살롱 앞에는 안에 조명을 설치하고 공기로 부풀리는 입간판이 있다. 전기가 꺼지면 사정이 끝나는 페니스처럼 쭈그러들지만 전기 코드만 꽂으면 비아그라나 씨알리스라도 먹은 양 불끈 솟아오른다.

노골적인 은유.

주 고객인 중년 남성은 쪼그라드는 정력을 부정하려고 섹스를 돈으로 사려 든다.

그 돈을 노린 단어들──미씨, 여대생, 단체 얼마, 기본 얼마, 그리고 무단 사용한 일본 거유 그라비아 아이돌 사진이 어지럽게 모인 노란 공기 입간판 한가운데에 그 말이 쓰여 있었다.

'여고생 고기'

그 아래에는 인터넷 사이트 주소가 적혀있었다.

호기심이었다. 여고생 고기라니, 신종 매춘인가? 사진을 찍었다. 트위터에 올려서 관심이라도 받아볼까 하는 마음이었다.

집에 가서 컴퓨터를 켜고 사진에 적힌 그 홈페이지의 주소를 적을 때까지만 해도 정말 그런 홈페이지가 있을 것이라고는 생각하지 못했다. 있어봤자 뇌가 망가진 불쌍한 놈이 만든, 발효된 성욕이 진물처럼 흐르는 홈페이지 정도로 생각했다. 캡처해서 트위터에 올려 다들 돌려보며 비웃기나 하자고——

모니터에 나타난 홈페이지는 얼핏 보기에 본디지의 모든 모범 사례를 수집해 놓은 포르노 사이트 같아 보였다. 온갖 종류의 구도와 다양한 얼굴의 여고생들이 교복을 입은 채 본디지로 묶여있는 사진이 게재돼있었다. 각각의 사진마다 정육점에서 파는 고기에 달려있는 것처럼 설명이 붙어 있었다.

유방(2개) 8,000원.

넓적다리(2개) 11,000원.

목살(200g) 구이용 7,000원.

등등.

삼겹살은 보이지 않았다. 아마 뱃살이 나올 만큼 살이 찌거나 못생긴 여고생은 하나도 없기 때문일 것이다. 하나같이 배우나 모델을 해도 좋을 만큼 몸매도 좋고 얼굴도 예뻤다.

농담이라고 하기에는 너무 과하다. 들인 노력도, 들인 돈도.

설마 진짜 이런 서비스가 있는 것인가? 인육을 판다고? 말도 안 된다. 일종의 성적인 플레이로 여고생의 고기를 먹는다는 상상으로 흥분하게 하고 고기를 파는 변태적인 정육점의 역겨운 아이디어일지도 모르겠다.

아니면 이 모든 것이 은어고 사실은 새로운 매춘 수법일지도 모른다.

그때는 그렇게 생각했다.

궁금증은 인간에게 가장 강력한 무기이나, 자칫 잘못하면 휘두른 사람을 다치게 만드는 날카로운 양날검이다.

나는 전화를 걸었다.

신호음이 가는 동안 역시나 쓸데없는 짓이라는 생각이 들었다.

끊을까?

고민하는 사이 상대방이 전화를 받았다.

아무 말이 없었다.

나는 뭐라고 말을 해야 할지 몰랐다.

"몇 번이세요?"

상대가 먼저 말했다. 매우 친절하고 무기질적인 말투였다. 마치 기계로 합성한 것 같은 목소리. 남자인지 여자인지, 나이가 많은 지 적은 지도 알 수 없었다. 다만 길게 늘린 말꼬리로 친절함을 꾸며내고 있었다. 어찌 되었든 나는 그 말을 이해하지 못했다.

"네?"

"몇 번이시냐고요."

"뭐가……요……?"

"주문번호요."

"네?"

"사진 아래에 있는 번호 보이시죠?"

"아, 네."

"원하시는 여고생 고기의 번호, 부위와 몇 인분인지를 알려주시면 삼십 분 이내에 배달을 가겠습니다."

"삼십 분 이내요?"

"예."

도대체 어디에 있기에 삼십 분 이내에 도착한다는 말인가 당시는 이해할 수 없었다. 내가 사는 곳과 우연히 가깝거나 아니면 지점이 여럿 있어서 어느 지역에서 주문하든 삼십 분 이내에 배달이 가능하나 보다, 하고 당시에는 생각했다.

나는 마음에 드는 한 여고생의 번호를 불렀다. 목살을 일 인분만 주문했다. 칠천 원이었다.

3.

삼십 분 뒤, 문을 노크하는 소리가 들렸다.

내 자취방은 전자자물쇠도 초인종도 없는 단독주택이었다. 집주인은 다른 곳에서 따로 살기 때문에 그 점은 안심이 되었다. 혹시나 변태적인 매매춘이었다 하더라도 주변에 들킬 일은 없었다.

나는 급히 문을 열었다.

머리부터 발끝까지 보라색 정장으로 몸을 감싼 남자가 기분 나쁠 정도로 '씨익' 하고 웃으며 통통하고 하얀 손으로 보라색 실크해트를 들어 올려 인사했다. 완벽하게 뒤로 넘긴 올백 머리의 한가운데로 긴 가르마가 보였다.

체격은 살집이 좋아 보였다. 동글동글하고 약간 처진 얼굴에 눈꺼풀도 졸린 듯 늘어져 있었고 입술은 보라색이었다.

"안녕하십니까." 남자가 말했다. "저는 바론 사메디, 사메디 남작입니다."

"아," 사메디? 남작? 이 남자 지금 제정신인가? "──예. 그러시군요."

"들어가도 되겠습니까?"

"들어오세요."

남작은 매너가 좋았다. 옛날 영화에 나오는 대저택의 집사와도 같은 태도였다. 태도에 걸맞게 완벽하게 갖춘 정장에는 먼지 하나 주름 하나 보이지 않았다. 한 손에는 007 가방을 들고 있었고 다른 손에는 쇠사슬을 들고 있었다. 그가 안으로 들어오자 쇠사슬 끝에 매인 존재의 정체가 드러났다.

여고생이었다.

교복을 입고 있는 여고생이 무릎으로 기면서 안으로 들어왔다. 개에게 목줄을 채우듯 목에 쇠사슬이 매여있는데도 소녀는 아무런 저항도 생각도 없이 멍한 표정을 한 채 말없이 목줄을 잡아당기는 대로 움직였다.

"주문하신 번호가," 남작은 내가 주문한 번호를 정확히 일정한 박자로 읊었다. "맞지요?"

"아……네."

"목살."

"네."

"바로 준비해 드리겠습니다. 앉아."

남작이 강아지에게나 할 법한 명령을 내렸다. 여고생은 남작의 명령대로 무릎을 꿇고 앉았다.

앉아있는 포즈도 일본 그라비아 아이돌 같았다. 양발이 바깥쪽으로 빠져나와 W 모양으로 구부러져 있었고 스커트의 허벅지와 허벅지 사이의 공간을 두 손으로 살짝 누르고 있었다. 가늘고 긴 팔 사이에 풍만한 가슴이 끼어 크기를 강조했다. 보고 있는 사람을 유혹하면서도 마치 자기는 눈치채지 못하고 있는 양 연출된 포즈다.

이성이 완전히 증발된 단백질로 만든 인형이나 가축같이 보였다. 그래서 더욱 귀엽게 느껴졌다. 내가 마음대로 다뤄도 절대 망가지지도 않고 절대 불만을 이야기하지 않을 것 같았다.

"잠깐 실례하겠습니다." 남작이 부드럽게 나를 뒤로 물러서게 만들더니 007가방을 열고 작은 가스통을 꺼냈다. 작다고는 해도 가방 안에 어떻게 들어있었는지 궁금해질 정도의 크기였다. "저희 가게는 위생을 철저히 하고 있습니다. 철저히 무균 상태에서 도축합니다."

"네? 도축이요?"

남작은 바빠서 대답할 겨를도 없었다.

가방에서 투명하고 커다란 비닐 뭉치를 꺼내더니 주둥이를 가스통과 연결했다. 풍선처럼 부풀어 오른 비닐이 간이 무균실이 되었다.

여고생과 남작이 그 안에 들어갔다.

남작이 007가방 안에서 도축용 도구를 꺼냈다.

도구를 든 남작이 여고생의 목을 단숨에 잘랐다. 등뼈를 뽑아내고 목과 어깨를 연결하는 근육을 도려냈다.

무균실 안에 붉은 피가 튀었다.

은빛 도축용 도구가 몸으로 파고들어와도 여고생은 비명은 커녕 반응조차 없었다.

여고생의 잔해를 뒤로 하고, 남작이 도려낸 고깃덩어리를 포장해 밖으로 나왔다. 고기를 받아든 내게 남작은 다시 한 번 모자를 들어 올려 인사했다. 피를 튀기며 사람을 도축했는데도 그의 몸에 묻었던 피가 말끔히 사라져 있었다.

남작이 무균실과 연결된 가스통을 조작하자 풍선처럼 부풀었던 비닐이 순식간에 쪼그라들었다. 안에 남아있던 피와 여고생의 잔해도 완전히 압축되었다. 손바닥만 한 사이즈로 줄어든 비닐을 가스통에서 제거한 남작은 도축도구와 함께 모두 007 가방에 넣었다.

"결제 부탁드립니다."

놀란 나는 허겁지겁 지갑을 찾아 신용카드를 건넸다. 그는 휴대용 POS기를 꺼내 신용카드를 긁더니 내게 서명을 부탁했다. 나는 작은 액정에 아무렇게나 서명했다.

"다음에 또 이용해주세요. 당연히 그렇게 될 테지만."

보라색의 남작, 바론 사메디는 인사를 남긴 채 문밖으로 나갔다.

나는 문을 열고 그의 모습을 찾았지만 보이지 않았다. 골목길은 평소와 같이 조용했다. 차가 멀어지는 소리도 들리지 않았다. 손에는 여전히 고깃덩어리를 들고 있었다.

4.

이 인육을 먹어야 하나 말아야 하나 고민에 빠진 나는 버리기도 무서워 일단 냉동실 안에 넣었다.

현실감을 되찾기 위해 평소 생활대로 돌아가려 했다. 아침 일찍 출근해 밤늦게까지 야근을 한 뒤 일부러 거나하게 취해 쓰러지듯 잠들었다. 집에 오래 있으면 욕망을 이기지 못할 것만 같아 말 그대로 잠만 자는 하루하루를 보냈다.

인육을 먹는다는 근원적인 터부가 내 결심을 막았다.

만약 내가 과거로 돌아가 과거의 나에게 여고생 인육을 사서 냉동실에 넣어두었다며 먹어야 할지 말아야 할지를 묻는다면 어떤 표정을 지을까? 미래에서 온 자신이라고 주장하는 미치광이에게 한 방 먹였을 것이다. 여고생 인육? 지금 제정신이냐? 하고.

그렇게 이 주일이 지났다.

금지는 유혹이다. 나는 이브가 뱀의 유혹으로 선악과를 먹은 것이 아니라 애초에 먹지 말라는 터부가 선악과를 먹게 만든 것이라고 생각한다. 그렇지 않으면 굳이 터부로 만들 이유가 없지 않은가. 금지의 반동으로 내 욕망은 여고생 고기에 대한 호기심을 키워갔다. 회사에서 겪는 스트레스가 강해질수록 여고생 고기에 대한 욕망이 심해졌다. 먹어라. 내 안의 짐승은 계속 속삭였다. 먹어라. 먹어라. 먹어라.

무의식은 점차 욕망을 합리화하기 시작했다. 눈앞에서 도축된 여고생 고기를 나는 돈을 주고 샀다. 일종의 공범 관계가 된 것이다. 이미 일은 벌어지고 말았다. 돈 주고 산 건데, 인육이면 어떤가? 먹어보자.

귀엽고 자의식이 텅 빈 인형 같은 여자아이의 고기를 먹는다는 상상이 나를 흥분시켰다. 완전히 내게 복종하는 여자의 육체가 냉장고 안에서 나를 기다리고 있다. 먹어치우면 세포 하나하나 내 것이 된다. 서른두 개나 되는 어금니와 송곳니와 앞니 모두가 페니스로 변해 여자아이의 육체를 범한다. 비명도 저항도 사랑도 없이 나를 받아들인다⋯⋯.

5.

냉동실에서 꺼내보니 얼어있지도 않았다. 선홍빛으로 윤이 흐르는 고기는 방금 도축하기라도 한 듯 신선해 보였다. 그러나 그때는 그러한 사실을 의식하지도 못했다. 먹고 싶다는 충동, 오직 그뿐이었다.

먹고 싶다. 저 고기를 먹고 싶다.

요리를 한다거나 최소한 익혀서 먹는다는 생각조차 하지 못했다.

먹는다.

범한다.

정복한다.

여고생.

고기.

고기.

고기.

날고기 그대로 입안에 밀어 넣고 있는 힘껏 씹었다.

비명을 지르든──

애원하든──

받아들이든──

거부하든──

──전혀 신경 쓰지 않고 잘게 끊고 자르고 부수고 씹었다. 입안 한가득 침이 배어 나오고 여고생 고기에서도 육즙이 배어 나왔다. 피 냄새가 입안 가득 차올라 비강을 타고 밖으로 빠져나왔다. 정복의 냄새다. 관능의 냄새다. 아무 저항도 하지 못하는 여고생이 내게 완전히 굴복하고 있다. 씹을 때마다 제발 용서해달라고 애원하는 저작음(詛嚼音)이 턱관절과 두개골을 타고 귓가에 울렸다. 더욱 강하게 씹었다. 점점 동작은 기계적으로 변했다. 하악골(下顎骨)을 밀어내고 혀로 고깃덩어리를 침과 섞고 하악골을 당기고 턱관절을 조이고 서른두 개의 이빨들을 고깃덩어리 안에 깊숙이 박아 넣기를 반복했다. 여고생 고기로 즐기는 일방적인 구강성교였다.

씹는다.

씹는다.

씹는다.

──삼켰다.

폭발.

쾌감이니 관능이니 흥분이니 하는 단어로는 설명할 수 없었다.

너무 추상적이다.

가장 동물적인 감각.

가장 속물적인 감각.

가장 즉물적인 감각.

가장 괴물적인 감각.

가장 퇴물적인 감각.

정신적으로 미숙한 인간이 욕설을 대명사 삼아 음성적인 요소
인 높낮이와 세기와 길이로 자신의 격렬한 감정을 표현할 때처럼
내 안의 감각은 단어로는 표현할 수 없는 영역에서 폭발했다. 세
상을 하얗게 태우고 내 모든 것을 파괴해버리는 절대의 영역에서
나는 짐승처럼 외쳐댔다.

형언불가능한 소리로 이루어진 쾌감──

오직 추상적으로 전할 수 있는 쾌감──

오직 기호로만 설명할 수 있는 쾌감──

○────────────────.........................

나는 여고생 고기에 중독되고 말았다.

6.

기계는 목적 없이는 존재하지 않는다. 목적을 상실한 순간 기
계는 기계로서 존재하지 못하고 그저 고철 덩어리나 쓰레기 더미
로 전락한다. 생물도 마찬가지다. 생존이라는 목적을 위해 움직

이는 유기원소로 이루어진 부드러운 기계가 생물이다. 목적을 상실하는 순간 생물은 생물이 아니게 되고 유기원소로 구성된 물질로 전락한다. 이를 죽음이라 한다. 죽음을 피하기 위해 생물은 자기 유지를 목적으로 삼고 끊임없이 움직인다. 그 자체가 생명활동인 셈이다.

나라는 부드러운 기계는 여고생 고기를 먹고 싶다는 충동을 위해 움직이게 되었다. 여고생 고기를 먹지 못하면 죽는다. 고기를 먹기 위해 산다. 끊임없이 고기를 씹고 범하고 삼키고 소화하는 기계가 바로 나였다.

동시에 나는 회사와 사회와 국가라는 무형의 기계를 움직이기 위한 부속이기도 했다. 회사에 출근해 일을 하지 않으면 여고생 고기를 먹기 위한 돈을 만들 수 없다. 나는 잠깐 동안이지만 죽은 채로 일했다. 그들은 좀비나 다름없는 걸어 다니는 시체에게 인사하고 일을 시키고 결제를 해 준 셈이다.

여고생 고기를 다 먹으면 사메디 남작에게 전화를 걸었다. 그는 언제나 삼십 분 이내에 나타나 아름다운 여고생을 내 눈앞에서 윤이 나는 은색 도축 도구로 합리적이고 기계적으로 처리한 뒤 고기를 주고 떠났다.

먹고 싶다는 충동은 더욱 강해져 갔다. 나는 결국 회사를 쉬면서 끊임없이 고기를 먹었다. 요리를 하기 시작했다. 맛을 더욱 섬세하게 즐기기 위해 각종 요리법을 시도해 보았다. 그중 가장 맛있었던 것은 레어 스테이크로 먹는 것이었다. 다만 유방은 스테이크로 구우면 지방이 너무 많이 나와 느끼하기 때문에 비복사근이나 대퇴사두근과 같은 질긴 근육부위와 함께 먹어야 했다.

나는 점점 살찌고 게을러졌다. 핸드폰은 무음 상태로 두고 여고생 고기를 주문할 때 외에는 사용하지도 않았다. 해고가 되었는지 아닌지도 알 수 없었다. 나를 찾아오는 이는 사메디 남작밖에 없었다. 전기세와 전화비를 내지 못할 지경이 되자 사채를 이용했다. 전기가 끊기고 전화가 끊기면 여고생 고기를 주문할 수 없다.

방문객이 늘었다. 사채를 갚으라고 찾아오는 빚쟁이였다. 영화에서나 보던 화려하고 저속한 무늬가 그려진 셔츠에 넥타이 없이 정장 웃도리만 걸친 채로 쳐들어온 그들은 내가 고기를 구워먹는 모습을 보고 돈도 못 갚으면서 고기를 먹는다고 다짜고짜 나를 구타했다. 구둣발로 짓밟고 손에 집히는 대로 몽둥이 삼아 휘둘러대는 그들의 폭력은 무자비했지만 고통은 내게 아무것도 아니었다. 빨리 고기를 먹고 싶었다.

"이 새끼가, 아주 팔자가 늘어졌어. 고기나 쳐 먹고. 돼지새끼가."

사채업자가 스테이크 삼아 굽고 있던 여고생 고기를 집어 들고 먹으려 했다. 나는 비명을 질러대며 그를 덮치고 마구 때린 뒤 그의 입에 들어간 고기를 억지로 꺼냈다. 침으로 범벅이 된 고기는 반쯤 씹은 상태였다.

나는 그 고기를 입에 넣었다.

그 모습을 본 사채업자들이 물러났다. 덕분에 조용히 고기를 맛볼 수 있었다. 타액만 골라내 뱉어내고 싶었지만 그 안에 섞인 육즙을 포기할 수는 없었다.

그 날은 아주 깊게 잠들 수 있었다.

○─────────────────·······················.

아침에 일어나보니 배가 아팠다. 역시나 침이 문제라고 생각했다. 장이 비명을 지르고 있었다. 어쩌면 자는 도중에 옷을 다 벗어 던져서 그런 것인지도 모른다. 나는 완전히 벌거벗고 있는 상태였다.

화장실에 들어간 나는 장 대신 비명을 질렀다.

나는 여고생이 되어가고 있었다.

7.

성도착증 환자라는 의미로도 변태였고 돌연변이를 일으키는 의미로도 변태였다.

몸의 군데군데가 여성적으로 변해있었다.

거울에 의존하지 않고 자신의 몸을 볼 수 있는 부위는 아직 남성의 형태였다. 가슴이나 배, 상박부에서 손가락 끝 까지의 팔, 뱃구레와 음모가 무성한 성기, 아래로 뻗은 다리 앞부분은 남성적인 선이었다.

그러나 거울로 비추어 본 나 자신의 얼굴과 어깨와 등과 엉덩이와 다리 뒷부분은 여성적으로 변해있었다.

남성과 여성의 경계가 확연하게 드러났다. 피부색이 다르기 때문이었다. 본래 거칠고 까무잡잡했던 내 피부와 달리 여성화가 진행되고 있는 부위는 투명하다 느낄 정도로 희고 매끄러웠다.

두 개의 인형을 강제로 접합시키고 있는 듯했다.

가장 변한 곳은 엉덩이였다. 뒤돌아서서 거울로 비춰본 엉덩이는 위로 살짝 올라붙어 있었고 남자의 성욕을 자극하는 살집 좋은 모양새를 하고 있었다. 반으로 쪼갠 사과 같다.

나는 손으로 엉덩이를 만져보았다. 정말로 여고생의 엉덩이를 거칠게 애무하고 있다는 착각이 들었다.

감각적 충격에, 나는 발기했다.

등의 윗부분과 어깨도 여성적이었다. 몸을 돌려 보니 승모근에서 삼두근으로 이어지는 어깨의 선이 변해있었다. 남성적인 어깨와 달리 여자의 어깨는 선이 둥글고 근육이 두드러지지 않는다. 지금 내 어깨가 그랬다. 쇄골도 일자로 변해있었다.

그 아래로 밋밋하지만 털이 난 남성적인 가슴이 이어져 있는 것이 기분 나빴다. 더러운 구정물이 우유에 뒤섞이기 직전의 경계선을 박제해놓은 것 같았다.

변기 위에 앉은 나의 머릿속에는 전라의 하얀 피부를 한 여고생이 대변을 보는 광경이 떠올랐고 그 감각을 나의 점막으로 느꼈다.

발기한 성기로 피가 몰렸다. 당장에라도 파열될 지경이었다.

화장지로 뒤처리를 하기 전에 주름지고 까만 손을 내려다보았다. 아무렇게나 자른 손톱 주변으로 각질이 붙은 투박한 손 안에 화장지가 늘어져 있었다.

부드러운 여성의 항문을 닦으며 그 감촉을 손끝으로 즐겼다.

물을 내리고 일어나 손을 씻으려 하니 내 몸의 변화는 계속되고 있었다. 이제는 몸의 앞부분이 여성적으로 변해가고 있었다. 부드러운 지방과 매끄러운 흰 살결이 투박하고 추하고 빈약한 나의 남성적인 신체의 부분을 점령해나가고 있었다.

가슴에는 봉긋한 유방이 솟아 있었고 허리는 잘록해져 갔다. 얼굴이 아름다운 소녀로 변하고 머리카락이 길어졌다. 두 손은 가늘고 긴 손가락이 부드럽게 하늘거리게 변했다. 다리도 마찬가지였다. 낭창한 버드나무 가지처럼 유연한 곡선을 그렸다.

변하지 않은 곳은 이제 발기한 성기뿐이었다. 그로테스크하게 핏줄을 드러내고 있는 길고 검붉은 고깃덩어리. 사람의 입술을 닮은 요도 입구에 투명한 액체가 맺혀있었다.

나는 다리를 벌리고 고환을 손으로 들어보았다. 손 안의 고환이 움직이는 감각이 강렬한 쾌감을 주었다. 다른 손으로 페니스를 잡아 훑었다.

남의 손으로 누군가 만져주는 듯한 이질적인 촉각과 내 손으로 애무하고 있다는 운동감.

처음 거울을 보았을 때와 같은 괴리를 관능이 채워주었다.

여성이 된 내 몸을 애무하며 나는 자위했다.

거울에 비친 여성의 모습에 흥분한 나는 허리 아래가 녹아내리는 답답함에 눈을 감았다.

○————————⋯⋯⋯⋯⋯⋯⋯.

나는 사정했다.

회음부와 고환이 쉴 새 없이 경련했다.

뜨거운 것이 몸 밖으로 빠져나갔다.

평소라면 십 초 정도 지속될 뿐인 쾌감이 몇 분이나 계속되었다. 계속된 사정이 주는 쾌감으로 뇌가 하얗게 녹아내려 버리는 느낌이었다. 뇌수가 온통 정액이 되어버리기라도 한 듯 사정을 할 때마다 머리는 텅 비어갔다. 온몸에 전기가 오르는 감각과 함께 나는 세면장에 주저앉았다. 골반이 넓어져서인지 W 모양으로 다리를 벌리며.

비릿한 냄새가 풍겨왔다. 숨이 거칠다. 손안에는 점액질의 감각이 가득했다. 눈을 뜰 수가 없었다.

"일어나."

목소리가 들렸다. 단호하고 명령을 내리는 위압적인 말투다.

나는 눈을 떴다.

사메디 남작이 내 등 뒤에 있는 것이 거울에 비쳤다.

놀란 나는 자리에서 일어나려 했다. 다리가 풀려 일어날 수가 없었다.

남작이 007가방을 열지도 않고 안에서 은색 도축도구를 꺼냈다. "누구 마음대로 즐기라고 했어?"

격통.

그는 나를 거세했다.

아랫도리에서 피를 뿌리며 괴로워하는 나에게 바론 사메디는 목줄을 채웠다.

쇠사슬에 매인 나를 잡아당겨 강제로 일으켜 세운 남작은 다짜고짜 무릎으로 배를 차올렸다. 무릎이 꺾였다. 쓰러지려던 나는 교수형에 처한 사형수처럼 목줄에 매달렸고 겨우 다리에 힘을 넣어 버텨냈다.

뱃속에 이전에는 느끼지 못한 감각이 통각과 함께 전해져왔다. 그 안에서 모든 것이 쏟아져 내리는 기분 나쁜 감각이 들었다. 붉은 감각이 허벅지를 타고 발목까지 흘러내렸다. 내 몸을 내가 통제할 수 없었다. 처음 겪는 경험이었다.

"이 암퇘지야!" 남작이 짧은 승마용 채찍을 꺼내들었다. "누구 마음대로 네 몸에 손을 대래!" 그가 내 몸에 채찍질을 했다. "귀중한 상품이란 말이야! 네 몸이 네 것인 줄 알아?"

채찍질은 나의 피부 표면에 작열감을 만들었다. 피부가 타들어가는 감각은 있었지만 상처는 없었다. 무자비한 채찍질이 고통스러운데도 나는 내 몸을 마치 타인의 몸인 양 차갑게 바라보고 있었다. 이성이나 감정과는 다른 초연한 관찰자가 있었다. 어쩌면 이 이야기를 하는 것은 그 관찰자일지도 모른다. 그는 내 안에 있는 듯하다가도 정수리 밖으로 나가 모든 것을 관찰했다. 그러는 동안에도 남작의 채찍질은 멈추지 않았다.

내 몸이 멋대로 말했다. "잘못했어요." 내 의지가 아니라 내 몸이 멋대로 말한 것이다.

"가자." 남작이 말했다.

"네." 나의 몸이 대답했다. 완전히 여자로 변해 나의 몸이라고 말할 수도 없을 지경에 놓였다.

그는 세면대에서 나를 끌고 나오더니 허공에 채찍질을 했다. 공간이 가로로 갈라지더니 스파크가 튀기는 입구가 나타났다. 그는 나를 이끌고 그 안으로 들어갔다.

8.

그곳은 '축사'였다.

깊이도 높이도 넓이도 알 수 없는 끝없이 이어지는 공간에 자리 잡은 지옥이었다.

축사에는 나 말고도 많은 여고생들이 목줄에 매여 사육당하고 있었다. 채찍질 당하고 팔이 잘리고 다리가 잘리고 목이 잘려나갔다. 그러면서도 금방 재생되어 무슨 일이 벌어졌는지 모른다는 표정으로 멍청하게 허공을 바라보았다.

나는 축사를 배정받았다.

대화를 할 의지도 생각을 할 의지도 없었다. 나는 그저 식사 대신 찾아오는 기괴하게 생긴 괴물들을 상대했다. 그들은 인간과 똑같이 생겼지만 인간이 아니었다. 인간의 탈을 뒤집어쓴 괴물 같았지만 해부를 한다고 해서 차이를 발견할 수는 없을 것이다. 가끔씩 자다가 가위에 눌렸을 때 익숙한 사람이 전혀 다른 목소리를 내는 때가 있다. 그때와 비슷한 감각이었다.

요괴.

요마.

귀신.

도깨비.

악마.

음마(淫魔).

무슨 표현을 쓰더라도 그들을 설명할 수는 없었다. 다만 내가 여고생의 모습을 하고 있지만 여고생이 아니듯 그들은 인간의 모습을 어설프게 흉내낸 조잡한 모조품이었다.

그들은 나의 몸을 도구 삼아 욕망을 해소했다. 내 몸 어디에든 삽입하려 들었다. 성기뿐 아니라 항문, 귓구멍, 콧구멍, 안와, 겨드랑이, 무릎 사이, 심지어는 직접 입으로 물어뜯어 만든 상처에 삽입하려 들기까지 했다. 그중 하나는 두개골에 구멍을 뚫고 내 뇌를 강간했다. 가끔씩 찾아오는 여자들은 나에게 온갖 종류의 옷을 입힌 뒤 기묘한 기구에 태우거나 묶었다. 압사시키려 들거나 난도질하려 했다.

그 모든 일을 겪은 뒤에도 나는 원래대로 재생되었다. 고통에는 완전히 무뎌졌다. 나는 남작의 사유물이고 물건이고 객체다. 물건은 주인이 아무리 망가뜨린다고 해도 불만을 말하지 않는다. 그런 자유는 애초에 주어지지 않는다.

이따금 남작이 찾아와 목줄을 잡아채면 무릎으로 기어 따라간다. 공간을 찢고 주문자의 집 앞에 나타나면 나는 완전히 복종하는 상태가 된다.

남작이 깔끔한 007 가방을 열고 은빛으로 빛나는 도축용 도구를 꺼내면 나는 웃음이 났다. 다음에 일어날 일을 나는 이미 다 알고 있다.

남작이 만든 즉석 무균실 안에서 나는 안전하고 위생적으로 도축되고 토막 나 저 남자의 냉장고 안으로 들어갈 것이다. 남자는 나를 먹을 것이다. 그러고 나서 모든 것을 후회할 것이다. 아니, 후회조차 할 수 없는 몸이 될 것이다.

나는 정수리 밖에서 모든 것을 관찰한다.

남작이 나를 무균실에 넣고 도축하려 한다. 나는 이제 토막 날 것이다. 고객은 흥분에 차 있다. 나를 먹으려는 당신을 환영한다.

영원한 즐거움의 세계로 온 것을.

○─────────────────···················.

■ 여 고 생   고 기 는 ……

2014년 2월 28일, 이대에서 신촌으로 넘어가는 길에 나는 발견했다. 노란색 공기 입간판 위, 휘갈겨 쓴 '여고생 인간고기'라는 글자를. 사진으로 남겼다. 아직도 핸드폰에 남아있다.

2007년, 나는 첫 단편소설 〈인간돼지〉를 썼다. 인류에 실망한 남자가 인육을 먹은 기록을 남긴 뒤, 사지와 코를 잘라 스스로 인간돼지가 된다는 내용이다. 무언가를 먹어 다른 존재로 변한다는 주제였다. 7년 뒤, 2014년 4월 22일 오후 3시부터 23일 오후 1시까지 자동서기 하듯 멈추지 않고 초고를 썼다.

바론 사메디는 내 소설에 쭉 출현하는 부두교의 르와(정령)다. 내게는 제프리 홀더가 열연한 〈007 두 번 죽다〉의 이미지로 남아있다. 이상하게 나는 제프리 홀더와 바론 사메디에게 동질감을 느낀다.

인 어 의 유 혹

인 어 의 유 혹

1.

"글쎄요. 사랑에는 두 부류가 있지요. 하나는 진실되고 영원하고 고귀한 것이요 나머지 하나는 거짓되고 덧없고 속된 것입니다. 죄악이지요."

러브조이 목사의 설교 투 말을 들은 그레고리 캘러웨이는 눈살을 찌푸렸다. 자신을 겨냥한 말임을 눈치채지 못할 만큼 둔하지는 않았기 때문이다.

"사랑에 어떻게 종류가 있을 수 있겠습니까?" 캘러웨이는 차분하게 반박했다.

"전자의 이름은 하나님이요 후자의 이름은 관능이지요. 관능은 찰나에 깃들기에 아름다운 것이고, 그렇기에 영원할 수 없소이다. 만일 영원한 사랑이 있다면, 그것은 그분의 사랑이고 그분을 향한 사랑, 오직 그뿐일 겁니다."

'목사들이란 언제나 하나님을 들먹이고 싶어한다니까.'

그레고리는 평정을 되찾고 영국인의 피에 흐르는 무기인 비꼬기와 블랙 유머를 이용해 부드러운 반격에 나섰다.

"옳으신 말씀입니다, 목사님. 다만 저는 지상의 아름다운 것을 사랑하는 것이 어떻게 영원하지 않은 지가 의문입니다. 물론 플라톤은 동굴 속에 비친 그림자는 거짓이요 이데아의 태양 아래 진실을 보아야 한다고 했지만, 그 그림자마저도 이데아의 모습을 반영했기에 아름다운 것 아니겠습니까? 예수님께서도 고대의 궁전보다는 들꽃의 아름다움이 더 좋은 것이라 하였지요. 아름다움과 사랑은 영원한 것 아니겠습니까? 러브조이 부인 같은 아름다운 분을 사랑하는 것이 어찌 죄악이 되겠습니까?"

갑작스러운 칭찬에 러브조이 부인이 웃음을 터트리며 짓궂은 젊은이의 농을 나무랐다만 싫은 기색은 없었다.

자리에 참석한 다른 부인들도 그레고리의 말에 맞장구를 치며 자신들에게도 칭찬이 돌아오진 않을까 기대했다. 목사는 기분이 상해 공연히 홍차를 홀짝였지만, 반격에 재반격을 가할 수는 없었다. 그랬다가는 자신의 부인이 아름답지 않다고 공공연하게 주장하는 꼴이 돼버리기 때문이다. 아무리 신의 사역을 받는 목사라도 아내의 잔소리는 견디기 어려운 법이다.

노버트 라르손은 외조카 그레고리 캘러웨이의 재기 넘치는 항변을 지켜보며, 멋들어진 콧수염 아래로 파이프 담배를 밀어 넣고 연기만 뿜어냈다.

한적한 영국의 바닷가 마을 윈튼의 오래된 목사관에서는 매주 수요일 세 시에 지역 부인들이 모여 다회를 열곤 했다. 새로운 이상과 힌두교의 영향을 받은 이신론적 종교관을 가진 그레고리 캘러웨이로서는 이 중년 부인들과 목사 부부가 벌이는 고루한 신학적 담소에 끼고 싶은 마음이 눈곱만큼도 없었다. 젊은 패기를 주체하지 못하는 젊은이인 그는 활동적이고 새로운 것에 더 마음이 끌렸다. 오랜만에 항해에서 돌아온 노버트 외삼촌을 위해서가 아니라면 참석하지 않았을 것이다.

선장 노버트 라르손은 이 마을의 전설이었다.

이름 그대로 덴마크 쪽의 피가 흐르는 그는 젊은 시절, 신비로운 남자이자 과묵한 바이킹이었다. 러브조이 부인을 비롯해 이곳에 모인 중년 부인들과 그 외에도 마을의 많은 나이 든 여인들도 한 때는 가슴이 갓 봉긋이 오르기 시작하는 황금 같던 소녀 시절이 있었다. 그는 풋풋한 꿈속에 등장하는 연인이자 영원의 남성이었다. 쉰을 넘긴 지금도 바다 사나이다운 존재감을 묵직하니 증명하고 있었다.

"라르손 선장님," 러브조이 부인이 불렀다. "선장님께서는 이 문제를 어떻게 생각하시나요? 조카분의 생각에 동의하시나요?"

"그저 배나 타고 돌아다닐 뿐인 제가 무엇을 알겠습니까, 부인. 다만, 저는 지상의 사랑에는 우리의 생명처럼 수명이 있다고 생각합니다. 이를 거부하거나 무시했다가는 자연의 섭리를 무시하는 것이 되고, 자칫하다가는 악마의 손에 붙들릴 수도 있지요." 하고 말한 노버트는 선원들이 흔히 하는 미신적인 액막이 손짓을 했고, 이 모습을 본 러브조이 목사가 얼굴을 찌푸렸다. 노버트는 고개를 숙이며 "뱃사람의 오래된 습관이라서 저도 모르게 불경한 짓을 했군요. 사과드립니다." 하고 말했다.

"아닙니다, 라르손 선장님. 말씀하신 것처럼 지상의 사랑에는 수명이 있지요. 이를 무시하고 영원한 관능의 사랑을 추구하다가는 악의 씨앗을 심는 우를 범하게 될 것입니다."

"하지만 그 씨앗에서 피는 꽃은 너무도 아름답지요. 향기는 그 무엇보다 강하고 아편보다 독해 도망치지 못하게 될 겁니다. 그만큼 관능이 주는 쾌락은 강한 것이지요."

의미심장한 노버트의 말에 일동은 침묵에 빠졌다. 그레고리는 삼촌이 자신을 공격한 것에 화가 나기는 했지만 그의 암시가 가득한 말이 무슨 의미인지 먼저 해석하기로 마음먹었다.

노버트는 바이킹 핏줄다운 굵고 단단한 금빛 수염을 쓰다듬으며 파이프를 들어 올렸다. 군더더기가 없는 우아한 동작이었다. 삼십 년 동안 차가운 바닷바람을 이겨낸 당당한 체구는 혹독하게 벼려진 강철 같았다.

강인한 턱을 조금 열고 연기를 뿜어낸 그는 마치 먼 곳의 섬을 발견한 관측수와 같은 시선으로 허공을 응시하며 입을 열었다.

"저의 외종조부님이신 노버트 반 후스트께서는 기이한 이야기를 저에게 많이 들려주신 뱃사람이셨지요. 미신과 이야기의 백과사전 같은 분이지요."

그는 덴마크어로 된 불경스럽지만 친근한 말로 죽은 이의 영혼에 안녕을 빌었다.

"저의 이름도 그분에게서 따온 것이지요. 그중에서도 인어에 대한 이야기가 있는데 갑자기 그 이야기가 생각나는군요."

"어머, 인어라니, 낭만적이군요. 들려주세요."

"그래요, 선장님. 들려주세요."

여러 부인과 자신의 부인이 고개를 끄덕이고 그레고리 캘러웨이까지 기대감으로 몸을 앞으로 기울이자, 러브조이 목사도 이교적인 이야기를 허락한다는 듯 고개를 끄덕였다.

"이야기는 젊고 잘생긴 프랑스의 선장 장 크리스토프 상삐가 오랜만에 항구에 도착한 것으로 시작합니다."

2.

일명 검은머리 선장이라 불리는 장 크리스토프 상삐는 오랜만에 항구에 도착했다.

바다갈매기가 먹이를 달라고 보채고 술꾼인 부하선원들이 빈 럼주 통을 두들기며 야단을 피우는 바람에, 장은 평소보다 일찍 배에서 내리는 것을 허락했다.

짠 바람이 부는 부둣가 주점 거리는 오랜만에 활기가 돌았다. 벌써부터 선원을 맞으러 나온 거리의 여인들이 노래를 부르며 풍만한 가슴을 흔들어 댔고, 선원들은 호탕하게 금화 주머니를 쩔렁이고 잔을 바닥에 탕탕 두들기며 잔을 채우라고 노래를 불렀다.

장 크리스토프도 자리를 잡고 앉아 동료 선원이 연주하는 악기 선율에 맞추어 멋들어진 목소리로 연가를 불렀다. 그의 선창에 맞추어 주점 안의 사람들이 후렴으로 답했다. 시끌시끌한 음악 소리와 웃음소리 중에서도 장의 잘생긴 외모와 멋들어진 목소리는 단연 돋보였고 여인들이 다가와 교태를 부렸다. 선장은 여인들을 정중히 거절하며 술을 마셨다.

"선장님, 선장님, 우리 선장님, 어째 여인에게는 관심이 없으신 걸 보니 사내는 아닌 모양입니다?"

"에이, 아직 뭘 모르는구먼. 선장님은 그쪽이 아니야!"

"남자 쪽이신가?"

"이크! 내 침대 근처에는 앞으로 얼씬도 마슈!"

배를 잡고 껄껄거리며 웃는 뱃사람들과 함께 선장도 웃음을 터트렸다.

선장이 말했다. "나도 사내라 여인을 좋아해. 하지만 자네 같은 얼굴이면 치마를 둘러도 사양이야."

선장의 농에 한 방 먹었어, 하고 뱃사람들은 또다시 웃음을 터트렸다.

"난 말이지," 장 크리스토프 상뻬는 갑자기 진지한 표정을 지으며 말했다. "트로이의 헬렌 정도 되는 미녀가 아니면 눈길도 가지 않아. 요정보다 아름다운 여자가 아니면 내 마음을 빼앗아 갈 수 없지."

"원 욕심도 많으셔."

"이 앞바다에 '인어의 해협'이라는 데가 있다는 데, 그곳에서 인어나 유혹해 볼까?"

연신 터져 나오던 웃음소리가 갑자기 뚝 끊겼다. 으스스하게 생긴 늙은 선원이 사람을 헤치고 나타났기 때문이다. 그의 외모는 미신이나 괴담기담에서 갓 튀어나온 듯 추했다. 온통 주름진 검은 얼굴에는 교활한 미소가 늘러붙어 있었고, 말라 죽은 나뭇가지 같은 앙상한 손으로 입술을 훔치고는 혀를 날름거렸다.

"인어에게 유혹당하지나 말게, 젊은이. 인어는 마법을 부리지. 풍랑을 일으키고, 노래를 불러, 뱃사람을 호려 낸다네. 그리스의 이야기처럼 뱃사람이 자칫 인어의 노래나 아름다운 얼굴에 홀리게 되면, 그 길로 끝이야. 인어는 아무나 가질 수 없어. 오직 진정한 사내만이 인어를 정복할 수 있지."

"노인장, 그럼 내가 진정한 사내가 아니란 말이오?"

"그걸 누가 알겠나! 시험해 보지도 않았는데. 시험해서 인어를 얻으면 좋지만, 못 얻으면 어쩔 셈인가? 인어는 불경스러운 족속이지. 신의 버림을 받아도 좋은가?"

"내가 언제 신의 도움을 받은 적이 있던가, 안 그런가?"

껄껄거리는 웃음소리에도 아랑곳하지 않고 노인은 말했다.

"악마의 도움도 받지 못하게 될 것이네. 인어는 죽지 않아. 하지만 늙기는 하지. 늙지 않으려고 인어들은 영혼을 노린다네. 자네에게는 무리야, 내 충고하는 데 그 해협을 빙 둘러서 가게나. 그 편이 더 안전해."

선장은 늙은 선원의 말에 화가 났고, 그 화는 배가 인어의 해협으로 다가갈 때까지 풀리지 않았다. 늦은 밤 선장실에 홀로 앉아 해도를 살펴보고 있으면서도 노인이 말한 자네에겐 무리라는 말이 계속해서 머릿속을 맴돌았다.

노크 소리가 들렸다.

"들어 와."

들어온 것은 노인이었다. 선장 장 크리스토프는 자신이 인어의 해협을 무사히 건너는 것을 직접 확인시켜 줄 요량으로 그를 고용했다. 선원들은 늙은 선원이 교활한 지혜로 선장을 놀려 일자리를 차지한 것이라고 쑥덕거렸다. 선장은 그의 쭈그렁 얼굴을 보자 가슴 속에 들끓던 화가 목 끝까지 치밀어 올랐다.

무슨 일이냐고 선장이 묻기도 전에, 노인은 한때는 금빛으로 빛났을 하얀 머리칼을 쓸어넘기며 술병과 잔을 들어 올렸다.

"귀한 술인데, 선장님께 일전에 한 말을 사과드리러 왔습니다. 제가 잘못 보았습니다. 선장님이야 말로 진정한 남자십니다."

노인은 대단한 허풍선이었다. 아시아의 술탄과 의형제를 맺기도 하고 하렘의 후궁과 연애를 해 자신의 핏줄을 술탄의 후계자로 만들기도 하고 거대한 바다뱀을 만나 좌초된 배에서 살아남으려 이박 삼일을 헤엄쳐 목숨을 건졌고 그 목숨값 대신 아프리카의 귀한 보물을 해구 아래로 수장시켰다는 둥 왕년의 이야기를 떠벌려 댔다. 선원들은 허풍을 재미있어했다.

선장은 그와 술잔을 나누었다.

"인어를 직접 보았다고 했지?"

"예, 예, 선장님. 이 두 눈으로 똑똑히 보았습니다. 다만 직접 본 것이 아니라 목숨을 부지할 수 있었지요. 거 참, 아마 세상에 그보다 아름다운 것은 없을 겁니다그려. 비너스 여신은 댈 것도 아니지요. 봉긋하니 드러난 가슴은 천상의 열매요 미끈한 목에서 흘러나오는 노랫소리는 가히 천사의 음성이지요. 어지간한 사내가 아니고서야 인어에게 굴복하지 않을 수 없을 겁니다. 아마 기꺼이 굴종의 열매를 받아들이고 노예가 되는 쾌락을 즐길 겁니다."

노인은 그로테스크한 얼굴을 있는 대로 구기며 기이한 소리를 냈다. 그 모습을 보며, 본인은 웃고 있다고 생각하겠지, 언제 봐도 섬뜩한 몰골이란 말이야, 하고 선장은 생각했다.

술잔을 비운 선장은 팔짱을 끼며 말했다.

"인어 중에는 남자도 있는가? 있다면 물론 아름답기야 하겠지. 얼굴에 분칠하고 귀부인 꽁무니를 쫓아다니는 비리비리한 어릿광대들 마냥."

"오, 아닙니다. 선장님, 그들이야말로 진정한 사내의 표본이지요. 단순히 겉모습만 봐도 대단합니다. 넓은 어깨, 단단한 가슴, 굵은 팔, 단단하고 유연한 근육으로 다부진 상체 위로 달빛이 산산이 부서지는 모습을 본 그리스의 현인들이 아마 포세이돈을 상상했을 것입니다. 그런 사내야말로 아름다운 인어를 차지할 수 있는 것이겠지요."

"이교의 신들 따윈 아무래도 좋아." 선장은 기분이 상해 중얼거리듯 말했다. 술잔을 채워 비우는 데 이상하게 어지러움이 느껴졌다.

"아무래도 피곤하신 모양입니다." 노인은 술잔을 비우고는 야하고 저속한 몸짓으로 농을 하고 혀끝으로 포도주에 젖은 입술을 핥았다. 그 모습이 흡사 피를 핥아 먹는 요괴처럼 보인 선장 장

크리스토프 상뻬는 뱃사람다운 배포도 잊을 정도로 으스스했다.

"이 늙은 뱃놈은 물러가겠습니다. 앞으로 닥칠 일을 대비하시려면 푹 주무시는 편이 좋으실 겁니다. 쉬십시오." 노인은 웃으며 문을 닫았다.

대답은커녕 알아듣지도 못했다. 그는 어지러움을 느꼈다. 처음으로 뱃사람이 된 열 살 때 이후로 배 위에서 어지러움을 느낀 적이 없었다. 도리어 단단한 육지를 밟고 있을 때 어지러울 정도였다. 머리속이 핑핑 돌고 뱃속이 파도치듯 울렁거렸다. 선장은 또다른 감각을 느꼈다. 따뜻한 기운이 명치끝에서 부풀어 오르더니 단단하게 빗장이 채워진 가슴의 문을 열고 얼어붙은 뱃사람의 심장을 풀어지게 만들었다. 감정의 물줄기가 솟구쳐 온몸 구석구석으로 흘러내려 갔다. 손끝까지 따뜻하게 저렸다. 태어나 처음 느끼는 감정이다. 두려웠다.

정신이 아득해졌다. 그는 꿈을 꾸었다. 꿈속에서 선장은 어머니를 만났다. 어머니는 자장가를 불러 주었다. 마치 실제로 귓가에서 듣고 있는 듯한 생생한 노랫소리였다. 노랫소리는 점차 들어본 적 없는 가락으로 변화했다.

'이건 진짜 노랫소리야.'

선장이 눈을 뜨자 선장의 생각은 사실로 드러났다. 침대에서 몸을 일으킨 선장은 노랫소리에 정신을 집중하려 했다. 선원들이 부르는 거친 뱃노래와는 완전히 다른 종류의 소리였다. 듣는 것만으로도 섬세한 비단을 쓰다듬는 감촉이 귀를 어루만졌다. 선장은 노랫소리를 더듬으며 어두컴컴한 선내에서 갑판으로 나아갔다. 달빛과 별빛 말고 불빛이라고는 없었고, 하늘과 바다의 검푸른 색과 반투명한 한 꺼풀 안개가 세상을 채우고 있었다. 노랫소리는 더욱 선명해졌다.

조용히, 하지만 규칙적으로 철썩이는 파도의 중얼거림을 리듬 삼아, 의미를 알 수 없는 신비한 언어로, 노랫소리가 선장의 귓가에 속삭였다. 선장은 술에 취한 사람처럼 비틀거리며 노래가 이끄는 대로 쫓아가, 갑판 끝에 아슬아슬하게 섰다. 머리 한구석의 차가운 이성은 "무언가 이상해. 키잡이는 어디 갔지? 이 노랫소리는 뭐지?" 하고 소리쳤지만, 따뜻한 감정의 물줄기에 휩쓸려 금세 사라져버렸다.

갑판 끝에서 바라본 세상은 거대한 하나였다. 물결의 날카로운 곡선이 달빛을 베어내고 머금어, 수평선의 윤곽은 희미해졌다. 하늘은 바다로 내려오고, 바다는 하늘 위로 뻗어 올랐다. 바닷속 생명은 별들 사이로 헤엄쳤고 별은 해구 아래로 가라앉아 잠을 청했다.

선장은 '지금 내가 꿈을 꾸고 있는 건가?' 하고 중얼거렸다. 그의 눈에 검푸른 수면 위로 은은한 붉은 빛이 솟아올라 오는 것이 보였다. 자력에 이끌리듯 의지와 주의가 모두 붉은 빛의 중심으로 끌려들어갔다.

아름다움.

그는 처음으로 그 단어를 이해할 수 있었다. 술집 작부를 두고 아름답다고 했던 스스로가 부끄러워졌다. 그는 아름다움이라는 말을 진정한 의미도 모른 채 헤프게 사용해왔다. 진정한 아름다움이란, 오직 저 붉은 빛 안에서 나타난 나신에게만 허락된 것이었다.

붉은 빛 속 여인의 형상이 점점 선명해졌다. 선장은 나신의 움직임에서 눈을 떼지 못했다. 동작 하나하나에 수많은 의미와 관능이 담겨 있었다. 조용히 긴 머리를 쓸어 넘기거나 빗어 내리는 모습에서도, 덜 여문 복숭아처럼 봉긋이 위로 솟은 단단한 가슴을 가리려 가녀린 팔을 들어 올리는 모습에서도, 말과 글로는 형용할 수 없는 지고의 미가 깃들어 있었다. 그리고 그녀의 얼굴을 보는 순간, 모든 단어가 그에게서 날아가 버렸다. 그는 아름다움 아래 무릎 꿇은 행복한 노예가 되었다.

그리고 노래.

연약하고 도톰한 입술에서 흘러나오는 노래는 그의 모든 것을 꺾어버렸다. 모든 것을 파괴해버렸다. 온몸이 용암처럼 뜨거워져 피가 거꾸로 흘렀다. 그의 온 존재는 폭풍우 속의 보트처럼 흔들리며 노래에 맞추어 춤추었다.

그녀가 고개를 돌려 미소짓자, 이미 깨어질 대로 깨진 심장이 완전히 바스러져 가루가 되었다. 그는 몸을 내밀어 그녀를 더 자세히 보려 했다. 그녀의 얼굴을 만지고 그녀의 입술에 입을 맞추고 싶었다. 선장은 더 이상 다른 것을 보고 싶지 않았다. 오직 그녀만을 보고 싶었다.

그는 말을 걸었다. 그의 입에서 제멋대로 말이 튀어나왔다. 여인은 웃어 보일 뿐 대답이 없었다. 그저 붉은 빛과 함께 바닷속으로 몸을 담글 뿐이었다. 길고 유연한 꼬리가 그녀 대신 나타나 하늘로 솟구쳤다.

지느러미가 수면을 때렸다. 물보라를 사방으로 튀겼다.

그녀는 사라졌다.

선장은 사라지는 그녀를 붙잡으려 했지만 소용없었다.

달과 별이 하늘에서 사라지고 거대한 벽이 그를 가로막았다. 무슨 일이 벌어지는지 알아차리기 전에, 해일은 배를 집어삼켰다.

그는 물속에 가라앉았다. 차디찬 물이 온몸을 감싸고 그의 폐속으로 들어왔다. 헤엄을 치는 것이 걷는 것보다 편한 그로서도 엄청난 힘으로 휘몰아치는 해류에는 저항할 수 없었다. 의식을 잃기 직전, 그는 갑작스러운 해일의 부자연스러움을 깨달았다. 이미 너무 늦은 때였다. 그는 심해의 물보다 검은 망각으로 가라앉았다.

3.

장 크리스토프 상뻬가 정신을 차린 곳은 천국도 지옥도 아니었다. 자갈밭 위였다. 그는 눈을 떴지만 여전히 암흑이었다. 하늘이 보이지 않았다. 그는 자기가 자갈밭 위에 있는 것을 느낌으로 알았다. 자갈이 몸에 배겨 일어난 그의 눈앞에는 온통 어둠뿐이었다. 바닥을 더듬으며 일어나자 발아래 자갈이 서로 부딪히는 소리가 났다.

"여기가, 어디지……?"

그의 혼잣말에 대답하듯, 어디지, 어디지, 어디지, 하는 메아리 소리가 울렸다. 분명 검은머리 선장 장 크리스토프 상뻬의 남성적인 바리톤이었으나, 다른 사람 목소리 같았다.

여기는 어디지? 내가 죽은 걸까? 살아 있는 걸까? 내 배는? 선원들은?

의문에 답해주는 이는 없었다.

눈이 어둠에 익숙해지기 시작하자 동굴 벽의 울퉁불퉁한 굴곡이 으스스한 기분이 들게 만들었다. 어둠 속에서 악마의 얼굴을 들여다보는 것 같았다. 허나 선장 상뻬는 강인한 바다 사나이였다. 미신에 좌우되는 것이 바다 사내의 안 좋은 버릇이기는 하지만 그만큼 용감한 심장을 가지고 있는 사나이들이다. 그는 젖은 몸을 끌고 동굴 깊은 곳으로 탐험에 나섰다.

깊은 곳에서 빛이 조금씩 배어 나오기 시작하자 그의 마음에도 희망이 덩달아 빛나기 시작했다. 먼지 묻은 희망을 닦아내며 어둠 속의 광명을 향해 나아가던 그는 걸음을 멈추고 탄성을 질렀다.

에메랄드 색으로 빛나는 화원이 그곳에 있었다.

거친 삶을 살아온 그에게도 농밀한 꽃향기가 주는 관능은 가슴을 설레게 했다. 한순간 자신이 죽어 천국에 온 것은 아닐까 의심할 정도였다. 그는 꽃을 향해 다가가 손으로 쓰다듬어 보았다. 연약한 줄기가 부드러이 떨리며 그의 손길을 반겼다. 그의 마음은 터질 듯한 기쁨이 가득 차올랐고 저절로 미소가 지어졌다.

"꽃을 좋아하세요?"

갑자기 들린 목소리에 놀란 그는 고개를 들었다.

아!

오직 이 말 한마디만이 그가 할 수 있는 말의 전부였다. 숨이 멎고 심장도 멈추었다. 적어도 그는 그렇게 느꼈다. 어떤 수사법도 어떤 색채도 음계도 단어도 그 어느 것도 목소리의 주인을 형용하기에는 부족했다. 수없이 많은 단어가 머릿속에서 불꽃을 튀기며 산개하였다. 그 중 적당한 것을 골라 말을 거는 것이 이렇게 힘들 줄이야. 쿵쾅거리는 심장이 목을 조여 왔고, 머리는 깨끗이 비었다. 그가 겨우 한 말은, "아까"였다.

"아까, 그리고 그다음에는요?"

"아, 아까, 아니, 이전에, 그러니까, 그, 당신을 보았어요. 아니, 보았던 것 같아요. 다리는 다르지만. 갑판 위에서. 바다에서 노래를 부르고 있지 않았나요?"

그녀는 손으로 입을 가리며 웃음을 지었다.

그는 고개를 숙이고 그녀에게서 억지로 시선을 피했다. 그녀는 나신이었다. 허벅지까지 내려오는 흑발이 그녀의 아름다움을 적당히 가리고 있었다. 허벅지 아래로는 물고기의 비늘 대신 매끄럽고 하얀 피부가 감싸고 있는 두 다리가 뻗어 있었다.

"저를 보세요."

"예?"

"어서요."

"아─────"

그녀는 꽃 한 송이 내밀었다.

"아름답죠?"

그녀가 꽃을 이야기하는 것인지, 아니면 그녀 자신을 이야기하는 것인지, 선장은 혼란스러웠다. 선장이 대답이 없자, 그녀는 웃으며 그에게 다가왔다.

"뭍으로 나오면 우린 다리가 생겨요."

"우리, 라는 건, 그러니까─────"

"맞아요. 인어. 놀랐어요?"

"아, 아니요. 그건 아니지만."

선장은 자신이 바보처럼 느껴졌다. 처음으로 창녀와 잠자리를 가지던 날보다 더 얼어붙어 있었다.

"아까부터 자꾸 더듬기만 하네요." 인어는 쿡, 하고 웃음을 터트렸다. "궁금한 건 없나요? 인어를 보는 건 흔치 않은 기회인데."

"음…… 여긴 어디죠?"

"예리하고 좋은 질문이네요."

"죄송해요."

"죄송할 건 없죠. 여긴 바닷속이에요."

"바닷속? 하지만, 여긴 물 밖이잖아요. 당신 다리는 뭍에 올라오면 생긴다고─────"

"아름답죠?" 그녀는 몸을 숙이며 자신의 다리를 쓰다듬었다.

또다시 그 질문이군, 하고 그는 생각했다. 어떻게 대답해야 할지 모를 질문이었다. 너무 자명하기 때문이다. 대답이 필요하단 말이야? 이 뻔한 질문에?

그녀는 몸을 일으키며 비밀스러운 화원에 대해 설명을 했다. 이곳은 화산섬의 뿌리 부분으로 용암이 빠져나오면서 생긴 동굴이었다.

"왜 날 구한 거죠?"

"내 노래를 들어줬으니까요."

"그 노래는 역시, 꿈이 아니었군요."

"지금 이 순간이 꿈이 아닌 만큼요."

"하지만, 이곳이 바닷속이라면, 어떻게 이렇게 밝은 거죠?"

"이 이끼가 바닥에서 빛을 내요." 그녀는 바닥에서 이끼를 조금 뜯어내 내보였다. 손바닥 위에서 에메랄드빛으로 반짝이고 있었다. "여긴 내가 가꾸었어요. 난 아름다운 게 좋거든요."

"아름답군요."

"나는 어때요?"

"네?"

선장은 자신의 귓속에서 심장의 고동이 울리는 것을 들었다. 가슴 전체가 진동하는 듯했다.

"난 당신이 마음에 들어요." 인어는 몸을 살짝 돌리며 말했다. "당신은 아름다워요."

그는 마음을 단단히 먹고, 자신이 느끼고 있는 그대로의 감정을 옮기려 했다. "당신도, 아름다워요."

"날 갖고 싶지 않아요?"

노골적인 유혹에 놀란 그는 숨을 헐떡였다. 혼란에 빠져 손이 떨렸다. 어떻게 대답해야 좋을지, 어떻게 받아들여야 할지, 아무리 궁리를 해 보아도 알 수 없었다. 술집 작부를 유혹할 때면, 능청스러운 농을 섞어가며 연가를 부르던 그가, 마치 첫사랑을 고백하려다 얼어붙은 소년처럼 우물쭈물 하고 있었다. 그가 대답하려 하자, 그녀는 등을 보이고 어깨너머로 그를 넘어보며 말했다.

"하지만, 문제가 하나 있어요. 당신은 인간이에요. 언젠간 그 잘생긴 얼굴도 추하게 주름지고, 검은 머리도 하얗게 세 버리겠죠. 꼿꼿하고 넓은 등과 어깨도 좁고 약해지고 구부러질 거예요. 난 추한 것이 싫어요. 늙음도 싫어요. 생각하는 것만으로도 소름이 끼쳐요!" 그녀는 말을 멈추고, 천천히 뒷머리를 쓸어 올렸다. 높이 들어 올린 두 손에서 폭포수가 떨어지듯 머리칼이 흐드러졌다. "당신이 우리 인어와 같은 영원한 생명을 얻기만 한다면 모를까."

"얻을 수 있나요?"

"당신이 각오만 한다면."

"내 것이 되어준다면."

"난 당신 거예요. 영원히."

"영원히?"

"영원히."

"어떻게 하면 되죠?"

"내 피를 먹으면 돼요. 그리고 나와 입을 맞추면 돼요. 그렇게 하면 당신은 인어가 될 거고 나와 함께 영원히 사랑하며 지내게 될 거예요. 하지만 조심할 게 있어요. 인어가 된 남자는 뭍으로 올라가면 다리가 생기는 대신 추하게 변해요. 그걸 감수할 수 있나요?"

"당신을 얻을 수만 있다면."

"그뿐만이 아니에요. 당신은 영혼을 잃어버리게 돼요. 더 이상 인간이 아니게 되니까. 당신은 천국에 갈 수 없을 거예요. 하지만 걱정하지 말아요. 당신은 죽지 않을 테니 천국에 갈 일도 없죠. 그래도 상관없나요?"

"당신을 얻을 수만 있다면."

"이리 와요. 내 사랑."

그녀는 그에게 다가오며 길고 흰 목을 기울였다.

"내 목을 물어요."

인어를 품에 안은 그가, 우아한 목을 물고 힘껏 빨아들였다. 뜨뜻한 인어의 피가 입안 가득 차올랐다. 목구멍을 따라 타들어 가는 감각이 몸 안을 가득 채웠다. 그녀는 그의 얼굴을 양손으로 붙잡고 살짝 벌린 입술로 그의 입술을 탐했다. 요염한 입술 한 가운데의 관능적으로 움직이는 혀를 자신의 입속에서 느끼며, 그는 이제 무엇이 어찌 되든 상관없다는 기분이 되었다.

그녀가 입술을 떼자, 그의 입에서 푸른 색 연기가 쏟아져 나와 인어의 입안으로 빨려 들어갔다. 선장은 온몸의 기운이 사라지고 뼈 마디마디가 쑤시고 아픈 것을 느꼈다. 그의 늠름하고 건장했던 육체는 순식간에 풀어지고 쇠약해졌다. 근육은 마르고 뼈는 약해지고 허리와 다리는 절로 굽어 겨우 서 있을 정도였다. 인어가 황홀에 찬 표정으로 제 입술을 혀로 핥는 모습을 보며 선장은 저 아름다운 여인이 영원히 자신의 것이라는 생각을 했고 기쁨으로 자신의 두 손을 맞잡았다.

"아니?"

날카롭고 긴 키스의 대가는 컸다. 선장은 자신의 두 손에서 느껴지는 기묘한 감촉을 눈으로 확인했다. 노인의 손이었다. 추하게 비틀린 손등의 가죽 위로 옹이진 나뭇가지 같은 손가락과 검버섯이 보였다. 선장은 그제야 자신이 얼마나 추하게 늙었는지를 자각했다. 그는 공포에 휩싸였다. 마음이 메말라 버렸다. 약동하던 사랑과 감정, 생의 충만감이 모두 사라졌고 영혼의 집은 빈껍데기만 남았다. 불안에 찬 그가 연인의 손을 붙잡으려 했다. 인어는 차가운 웃음을 지으며, 그의 메마른 손길을 뿌리쳤고, 뺨을 올려붙였다.

"더러운 손 못 치워? 감히 그 추한 손으로 날 만지려 하다니, 주제를 아셔야지, 선장 나리. 아직도 모르겠어? 그 꼬락서니를 하고도? 넌 속은 거야. 네 귀중한 배와 선원, 그리고 네 유일한 영혼과 젊음을 몽땅 잃은 거라고. 그 추하고 영원히 죽지 못할 육신과 함께 축축하고 어두운 심해를 기어 다니는 게 네 운명이야. 천국도 지옥도 널 받아주지 않을 거다!"

그가 찢어지는 마음으로 그녀에게 다가가려 할 때, 어둠 속에서 그림자가 하나 다가와 인어를 안았다. 추한 늙은 선원이었다.

"기분이 어떠신가, 사내 중의 사내, 검은머리 선장, 장 크리스토프 상뻬 나리? 자랑하던 흑발은 하얗게 세고, 소녀를 설레게 하던 목청은 쉬어 빠진 기분이. 나쁘지는 않을 거야. 그렇지? 어쨌든 죽지는 않을 테니까. 너는 가질 수 없는 것을 가지려 들었어, 그래서 벌을 받은 거야. 영원의 벌이지. 자업자득이다. 네 젊음, 감사히 받으마."

노 선원이 인어와 입을 맞추자 놀라운 일이 벌어졌다. 푸르스름한 빛이 둘을 감쌌다. 늙은 선원은 더 이상 늙은이가 아니었다. 말라붙었던 팔뚝에서 근육이 부풀어 올랐고 굽은 등은 곧게 펴졌다. 그는 당당한 사내가 되었다. 눈부신 금발이 물결쳐 흘러 어깨 위로 내려앉고, 빛나는 피부는 새로운 젊음으로 충만했다. 잔인한 미소를 짓는 이 금발의 야수는 인어를 껴안고 사라지며 마지막 인사를 남겼다.

"잘 있어라, 멍청아!"

선장은 서둘러 뒤를 쫓았으나 힘을 잃고 안으로 굽은 두 다리로는 두 사람을 쫓을 도리가 없었다. 어둠 속에서 풍덩 하는 메아리 소리만 하릴없이 더듬어야 했다.

그는 물속으로 뛰어들었다. 그의 두 다리가 뒤엉키고 비늘이 돋아나 지느러미로 변했다. 숨을 들이켜자 물속에 녹아든 공기를 아무 문제 없이 들이킬 수 있었다. 그는 혹시나 인어의 말대로 물속에서는 원래의 젊음을 찾을지도 모른다는 기대를 품고 손을 바라보았다. 인어가 돼서인지 빛이 없이도 심해 속의 두 손이 훤히 보였다.

두 손은 고목나무마냥 말라 비틀어져 검버섯과 털이 숭숭 돋아나 있었다. 털이 물살에 맞추어 하늘거렸다. 선장은 그 손으로 얼굴을 만져보았다. 주름진 거죽뿐이다. 눈물이 바다에 녹아 사라진다. 슬픔으로 무거워진 몸이 바닥에 가라앉았다. 아래로, 아래로, 가라앉으며, 이대로 지옥으로 갔으면 하고 생각했다. 바닥에는 난파된 배와 그의 선원들이 주검이 되어 엉켜있었고, 수백 척의 배와 수천 구의 해골들이 그 주위에 굴러다녔다. 그는 앙상한 주먹으로 심해의 바닥을 두들기며 오열했다.

4.

"나의 외종조부는 기괴한 몽골의 하프연주자에게 이 이야기를 들으며, 순간의 유혹과 관능에 넘어가지 말라는 말을 들으셨다고 합니다. 품삯을 주려 해도 받지 않고 그대로 사라졌다고 하더군요." 노버트는 남은 홍차를 비우고 담배 파이프에 불을 붙였다. "시시하고 긴 이야기를 진득하니 들어주셔서 감사합니다."

"시덥지 않다니요, 정말이지, 인상 깊은 이야기였습니다." 러브조이 목사가 겨우 말했다. 다들 감정이 고양되고 복잡하여 쉬이 이야기에서 빠져나오지 못하는 모양이었고, 그레고리도 마찬가지였다.

노버트는 그의 배와 함께 바다에서 실종되었다.

그레고리는 인어의 이야기에 완전히 사로잡혀, 외삼촌의 뒤를 따라 뱃사람이 되었고, 인어의 전설을 수집하여 책으로 냈다. 조셉 콘래드와 교류를 하기도 하였고, 그에게서 문학적인 지도를 받기도 하였다. 그러면서도 항해를 멈추지 않았다.

말년에 그는 희망봉 부근을 지나다가 '인어의 해협'이라는 별명을 가진 곳의 소문을 들었고, 고집을 부려 작은 배에 혼자 타고 그곳으로 향했다. 그는 암초와 풍랑을 만나 난파되었다.

마지막 공기가 그의 폐에서 사라질 때, 평생 낭만을 꿈꾸며 산 몽상가인 그로서도 상상치 못할 아름다움을 뽐내는 인어 여인과, 그녀를 품에 안은 늠름한 남자 인어를 보았다. 남자 인어의 얼굴 은 어쩐지 노버트 삼촌과 닮아 보였다.

■ 인 어 의 유 혹 은 ……

2011년, gozaus 님에게서 이 글의 아이디어를 얻었다. 이 분은 '사이버
문학광장 문장'에서 2013년 장르 부문 연간 최우수상을 받았다. 우리는 같
은 아이디어로 서로 다른 글을 썼다. 8시간의 예비군 동미참훈련 중, 그레고
리 맥도널드의 〈Confess, Fletch〉 보급판을 읽으면서 작은 수첩과 볼펜으
로 이 글을 썼다. 추운 날이었다. 평소와 달리 손으로 쓰는 글이니, 내 다른 면
을 꺼내보자는 기분으로 썼다. 고전적인 이야기를 고전적인 문장으로. 제목
도 단순하고 직선적으로.

개인적으로는 상당히 아끼는 글이고, 다른 사람들의 평가도 좋은 편이다.
그다지 폭력이 눈에 띄지 않지만, 사실은 이 글도 폭력에 대한 글이다.

그 녀 와 애 국 청 년 의
원 데 이 온 리 블 러 디 ☆ 매 서 커

그녀와 애국청년의
원데이 온리 블러디☆매서커

1.

"귀하의, 성함이, 합격자, 명단에, 없, 습, 니, 다아아아———
————씨바아아아알—————!!!!!"

비좁은 고시원 방이 흔들렸다.

각종 취업 자료, 인·적성 문제집, 토익 해설서, 토익 스피킹 문
제집, 기타 등등——취준생이 주민등록증보다 소중히 챙기는 청
춘의 결정들——이 쌓인 책상을 팔로 쓸어 버렸다. 청춘이 우수
수 떨어졌다. 이어서 키보드를 붕권으로 내려치자 키캡이 팝콘처
럼 튀어나갔다가, 애국청년 최준성의 자존심과 함께 역시나 포물
선을 그리며 우수수 바닥에 추락했다.

——분통 대폭발.

"씨발. 씨발. 씨발."

하고, 폭발음처럼 랙 걸린 동영상처럼 똑같은 욕을 최준성이 반복해서 내뱉었다. 박자에 맞춰 책상에다 주먹질도 하고, 누런 이도 뿌득뿌득 갈았다.

강냉이 털린 옥수수마냥 드문드문 키캡이 빠져 시체가 된 키보드가 뜨뜻미지근한 시선으로 발광하는 그를 바라보고 있었다. 물론, 키보드에게 의지와 안구가 있다고 가정할 때의 이야기지만.

(그럴 만도 하다.)

키보드에게 의지와 안구가 있다고 가정한다면, 분명, 그렇게 말했을 것이다.

(삼백하고도 다섯 번이나 퇴짜를 맞은 사 년을 허송세월을 보내면서도, 당최 발전이 없는 저런 새끼도 드물지.)

그런 키보드의 기분(?) 따위, 최준성은 알 바가 아니었다.

그에게 있어 이 최종면접 탈락 안내 메일은, 지난 사 년간의 모든 날들에 대한 모욕이었다.

(솔직히 제대로 준비하거나 공부한 날을 다 모아도 일 년이 채 될까 말까잖아. 만날 게임이나 하고, 야애니나 쳐 보고, 아니면 게시판에서 놀잖아. 너 때문에 단축키 다 지워졌다. 이 새끼야.)

키보드의 말 없는 태클에도 그의 절망은 멈추지 않았다.

절대 무너지지 않을 사차원의 벽을 향해 돌진하는 저거너트 바퀴소리가 들려오는 기분이었다.

"나라가 위험해. 나라가 위험하다고……!"

그에게 안내 메일은 그가 사랑하는 이 나라의 근간이 다 무너져 내리는 위기 상황을 알리는 경고장이나 다름없었다.

"……용서할 수 없어."

최준성은 허공에 주먹을 부르르 떨며 비분강개했다.

지금도 그 순간을 떠올릴 때마다 걷잡을 수 없이 날뛰는 분노
가 내장을 다 헤집어 놓았다.

나라가 불탄다.

지금 이 순간, 붉게 타고 있다.

"용서 못 해, 그 새끼는……!"

그 새끼?

도대체 용서할 수 없는 그 새끼란 누구란 말인가?

2.

──이주 전.

최준성은 드디어 이름만 이야기하면 다 아는 대기업 공채의
최종면접에까지 올랐다. 모든 노력과 굴욕이 보상받을 날이 온
것이다.

삼수 만에 거둔 쾌거였다.

대기업 최종 면접인 만큼 준비는 완벽하게 했다. 그런데도 온
몸이 긴장으로 덜덜 떨려왔다.

남은 건 충실히 대답하기만 하면 된다. 침착해, 준성아. 침착해.
바른 자세에, 미소를 잊지 않고──

"!"

그 순간, 예상치 못한 일이 벌어졌다.

면접관의 손에서 자기소개서가 비명을 지르고 있었다.

"쭈욱"

단호하게, 정확하게.

(안돼——————!!!!!!!!!!!!!!!!!!!!!!!!!!!!!!!)

비명을 지르고 싶었다. 그래서는 안 되지만, 그러고 싶었다. 그럴 만도 하다.

저게 어떤 건데? 야간알바를 해서 모은 돈을 죄다 쏟아 부어서 대필 받은 자기소개서인데——이 정도 자소서면 신춘문예 등단하겠다고 좋아했었는데——

(네놈의 피는 무슨 색이냐아——————!)

최준성은 지금 당장에 저 피도 눈물도 없어 보이는 금테 안경 냉혈한의 얼굴에 정의의 주먹을 먹여주고 싶었다. (넌 이미 죽어 있다, 이 새끼야!) 저런 새끼들이 보통 대학 다닐 때는 종북 빨갱이 사상에 빠져서 데모나 하던 새끼들이지. 저런 놈들이 중역이랍시고 앉아서 버티니까 이 나라가 점점 선동질에 놀아나는 거다.

"기계로 찍어낸 것 같이 똑같은 이 자기소개서에는 영혼이라고는 느껴지지 않습니다." 면접관이 차갑게 말했다. "자기가 쓰지 않은 자기소개서로 자기를 소개하고, 자신의 열정을 증명하고, 자신의 일을 다른 사람에게 떠넘기지 않고 책임감 있게 처리할 것이라 어떻게 보증하죠? 저는 의문입니다."

최준성은 굴욕감으로 부들부들 몸을 떨었다.

대학생이라고 특권은 다 누리고, 술이나 쳐 마시고, 나라의 발전에 겐세이나 놓으며 팔뚝질이나 하던 '선동꾼' 새끼들이 뭘 안다고?

국가를 위해, 회사를 위해, 분골쇄신 멸사봉공할 준비가 되어 있는 이 애국청년의 뜨거운 가슴을 짓밟다니————!

"왜 대답이 없어요?" 면접관이 말을 이었다. "할 말이 없겠죠. 할 말이 없으니까 자기소개서도 이따위로 내는 것 아닙니까? 얼마나 많은 사람들이 자기 목소리를 최대한 담으려고, 밤을 새 가며 자기소개서를 쓰는데, 부끄럽지도 않습니까? 이런 삼류 소설을, 그것도 대필로 써서 냈으니. 당신 통과시킨 담당자도 책임을 같이 져야 할 정도입니다. 다른 사람 기회를 뺏은 셈이니까 말입니다. 그 정도 안목도 없다니."

옆자리에서 비웃는 경쟁자의 뺨을 때리고, 면접관 얼굴을 곤죽으로 만들어버리고 싶었다.

하지만 그럴 수는 없었다. 이런 예의 없는 놈에게 예의 있게 대하는 것만이 진정한 승리고, 진정한 애국시민이니까.

그는 백팔십도로 허리를 숙이면서 면접실 밖으로 나왔다.

혹시나 하는 희망을 가지고.

3.

——이렇게 고생해 왔는데 왜? 왜 난 이 꼴이지?

다운로드 한 고화질 일본 AV를 틀어놓고(키보드가 망가져 게시판에 '썰SSUL'을 풀 수 없었다) 스스로를 위로하다(탁탁탁) 갈증이 난 최준성은 밖으로 나왔다.

고시원 방을 나와 공동주방을 둘러보며 최준성은 어디서부터 잘못되었나, 고민했다.

왜 번듯한 직장이 생기지 않는 걸까?

뭐가 문제일까?

이렇게 노력한 내 탓일 리가 없어.

젊은 애국자를 착취하는 사회가 문제다. 권력자가 문제다. 기득권이 문제다. 재벌가가 문제다.

돈 아끼려고 외국인에게 직업을 퍼다 주는 놈들. 매국노들. 외화 유출과 우리 가녀린 누이들의 순결을 갖다 바치는 개새끼들.

"씨발, 씨발, 씨발!"

공용 냉장고를 열고 맥주 캔을 꺼냈다. 옆방 것인데도 아무렇지도 않게 캔을 땄다.

그는 옆방 사람을 지방 전문대를 나온 (나는 적어도 지방 국립대 나왔는데, 꼴통 새끼.) 밤새 놀다 오는 양아치라, 자기처럼 진지하게 나라를 위해 일하겠다는 의지도 없이 오늘 하루 대충 수습하는 쓰레기라고 무시했다.

"야!"

마침 목이 말라 밖으로 나오다, 자기 맥주 캔을 맘대로 까서 마시는 최준성을 발견한 옆방 사람이 소리를 질렀다.

"남에 걸 왜 먹어?!"

"!"

놀란 최준성이 우물쭈물하는 사이, 옆집 남자는 코앞까지 다가와 삿대질이었다. 말이 좋아 코앞이지, 키가 머리 하나 반은 더 크기 때문에 완전히 내려다보고 있었다.

반팔 티셔츠 밖으로 드러난 굵은 팔뚝에는 기기묘묘한 무늬의 문신이 새겨져 있었다.

(씨발, 씨발, 씨발…….)

"왜 먹어?"

(씨발, 씨발, 씨발…….)

"야, 이 개새끼야, 왜 먹었냐고!"

"저기――"

"저기고 뭐고 씨발, 너지? (뭐?) 누가 계속 지 맘대로 쳐 먹는다 했더니, 너 맞지? (아닌데?) 이 개새끼야!"

"그게 아니고――"

"아니긴 뭐가 아니야, 개새끼야!"

멱살을 잡혀 말을 끝내지도 못하고 벌벌 떨어야 했다. 그거 좀 먹었다고 사람을 개새끼라 부르는 이 짐승에게 한마디 쏘아붙이고 싶었다.

입에서는 엉뚱한 말이 나왔다.

"죄송합니다……."

"죄송하다면 다야? 지금 가서 사와."

"네?"

"사오라고." 옆집 남자가 씨익 웃었다. "맥주 한 박스."

"뭐라고요?!"

"마트에서도 물건 훔치다 걸리면 삼십 배로 물어내는 거 몰라? 지금까지 마신 거는 안 쳐줄 테니까, 지금 먹은 거 삼십배로 물어내라고."

"그건 너무 불합리한——"

"씨발, 그럼 남에 거 맘대로 쳐 먹는 건 합리적이냐, 개새끼야!?"

정론이다.

"닥치고 당장 가서 사와. 알았냐?"

남자가 씨익 웃었다. 빵 사오라고 윽박지르는 일진이 빵셔틀이 벌벌 떠는 모습을 보며 즐거워하는 표정이다.

"……네."

옆집 남자가 집어 던지듯 멱살을 내팽개치고, 그가 마시다 남긴 캔을 싱크대에 들이부었다. 표정이 숫제 음식물 쓰레기 국물이라도 버리기라도 하듯 찡그리고 있었다.

최준성은 분노를 꾹 참고 방문을 열었다.

"사오라고!"

"!——지갑 가져오려고……."

"당장 사와라."

남자는 방문을 닫고 들어가려다, 고개를 내밀며 한마디 덧붙였다.

"국산 맥주 이딴거 사오면 죽는다. 기린 하이트로 사와라."

"그거 비싸잖——"

"그럼 씨발! 쳐 먹질 말아야지!"

쾅!

방문이 닫혔다.

최준성은 자기 방으로 돌아가 지갑을 꺼내 들다 이대로 치욕을 받을 바에야 차라리 확 죽어버리자는 생각이 들었다.

언젠가 게시판에서 문고리에 끈을 걸고 목을 매면 기분 좋게 죽을 수 있다는 '썰'을 읽은 적이 있다.

썰을 시험해 볼 날이 왔다.

목을 매려고 하니, 목을 맬 줄이 없었다.

──어차피 나가서 사와야 하는구나, 씨발.

마트를 향해 걸어가는 내내 자기 자신에 대한 실망감으로 가득했다.

마트에 기린 맥주는 없었다.

"기린? 그건 동물원에서 찾아야지."

같은 말을 하는 아줌마의 목을 졸라버리고 싶었다.

"줄 있어요?"

"줄?"

"끈이요."

"없어."

"재활용품 버릴 때 쓰는 비닐 끈도 없어요?"

"다 나갔어. 내일 와요."

"……디스 플러스──말보로 레드 한 갑 주세요."

터덜터덜 밖으로 나간 최준성은 골목 안으로 들어가 담배를 꺼냈다. 죽기 직전 담배인데 조금 사치 좀 부리면 어떤가?

코르크 색깔 필터가 달린 말보로 레드의 꽁무니를 물고 불을 붙이려는 데, 싸구려 라이터는 불꽃을 내뱉으려 하지 않았다.

칙, 칙, 칙.

"씨발."

칙, 칙, 칙.

"씨발."

칙, 칙, 칙.

"씨발!"

라이터를 바닥에 내팽개쳤다. 빨간 투명 플라스틱 조각으로 쪼개진 라이터에서 얼마 남지 않은 기름이 피처럼 흘러나와 바닥을 적셨다.

그는 머리를 감싸고 제 자리에 웅크리고 앉았다. 아무것도 하고 싶지 않았다.

입술에 매달린 담배가 눈물과 콧물로 젖어갔다.

"내 인생이……, 흐흑……, 어쩌다………… 어쩌다 이 지경이…… 된 거지…………?"

대답을 기대한 것은 아니었다. 대답해 줄 이가 없으니까.

적어도 그렇게 생각했다.

그때——

"야, 이 멍청아!"

4.

갑자기 들린 목소리에 그는 고개를 들었다.

갑작스러운 모욕에 버럭 화를 낼 생각도, 눈물과 콧물로 범벅된 부끄러운 얼굴을 감출 생각도 못 했다.

입술에 매달린 젖은 담배가 바닥으로 떨어졌다.

그의 눈앞에는 미소녀가 서 있었다. 말 그대로 현실에는 있을 리가 없는 '미소녀'였다.

팔등신, 아니 구등신에 달하는 몸은 이상적이다 못해 비현실적이었다.

긴 다리에 잘록한 허리.

전투적인 가슴이 당장에라도 천을 찢고 밖으로 나올 기세다.

말도 안 되게 큰 눈과 긴 속눈썹과는 대조적으로 작은 코와 입이 오밀조밀하게 작은 얼굴에 모여 있었다.

코의 좌우로는 홍조가 타원형으로 둥둥 떠 있었다.

눈동자 속에는 몇 겹으로 동심원 형태의 광택이 들어가 유리구슬처럼 반짝였다. 드라이어기로 말려가며 컬러렌즈를 세 겹이나 붙인 듯한 눈으로 그를 한심하게 쳐다보고 있었다.

복장도 비현실적이었다.

AV에서나 본 세일러복을 입고 있었는데, 상의가 짧고 타이트해 배가 살짝 드러날 정도였는데, 뱃살이나 주름 하나 없이 플라스틱처럼 매끄러운 배 위에 배꼽이 보였다.

마치 양면테이프로 붙여놓기라도 한 듯 풍만한 가슴의 물방울 모양 라인을 따라, 타이즈 마냥 천이 찰싹 달라붙어 있었다.

하의는 허벅지를 겨우 가리는 미니스커트와 검은 색 오버니삭스가 절묘한 조화를 이루며, 새하얀 허벅지의 절대영역을 천의무봉의 솜씨로 가르며, 살을 살짝 파고 들어간 검은 밴드의 오버니삭스가 핥고 싶을 정도로 지극의 경지에 이른 각선미를 발끝까지 검게 물들였다. 신발은 발목에 스트랩이 달린 붉은색 구두로 스틸레토라 불리는 하이힐이었다.

화려한 구두에 지지 않을 정도로 인공적인 형광 분홍색 머리카락은 발목 스트랩 바로 옆에까지 내려와 있었고, 긴 머리카락의 끝에서 끝까지 린스 수십 통을 들이부은 듯 광원효과 같은 윤기가 흘렀다.

정수리에는 도대체 어떻게 서 있는지 이해할 수 없을 정도로 중력을 무시한 털 한 가닥이 서 있었다.

서 있는 포즈는 가슴과 엉덩이를 강조하듯 극단적인 에스 자 모양으로 몸체를 비틀고 있었는데 하이힐 때문인지 공중에 붕 떠 있는 듯 무게감이 없었다.

이것만으로도 충분히 비현실적인데, 들고 있는 소도구는 더욱 비현실적이었다.

한쪽 끝이 바닥에 닿아 있을 정도로 통상적인 길이보다 네 배는 긴 거대한 빠루(Crowbar)를 어깨에 척 걸치고 있었다. 역시나 이상하게 무게가 느껴지지 않았다. 아니, 전체적으로 현실감이 느껴지지 않았다. 마치 화면 속의 일러스트레이션이 그대로 현실에 튀어나온 듯 모든 것이 인위적인 느낌이 들었다.

리얼하게 느껴지는 것은 오직 단 하나.

소녀가 그에게 느끼는 깊은 혐오감이었다.

"⋯⋯저기, 누구⋯⋯세요⋯⋯?"

이 말을 들은 소녀는 여의봉을 든 손오공처럼 빠루를 한 손으로 쥐고 바닥에 쾅 내리쳤다. 다른 손은 허리에 척 걸쳐 올려가는 허리를 더욱 강조했다.

"일어나."

"네?"

한숨을 내쉰 소녀가 빠루를 머리 위로 들어 올려 소림사 승려가 봉술 시범을 보일 때처럼 쓸데없이 에너지를 소모하는 것 말고는 의미가 없어 보이는 봉 돌리기를 시전했다.

부웅 부웅 부우우우웅.

"일어나라구."

이 소리가 그에게는 무엇보다도 강렬한 위협이었다. 놀라서 몸이 굳어버렸다.

"일어나아아아아아아앗————!"(푸꾸~웅!)

일격.

──머리이잇, 하고 대신 외쳐주고 싶을 정도로 속 시원하고 깔끔한 한 방이다.

얻어맞아 부어오른 머리를 마구 부비며(죽지 않은 게 신기하지만 그 사실을 그는 알아차리지 못했다) 그가 말했다. "왜 때려요!?"

"닥쳐!"

빠루를 다시 바닥에 세우고 선 이 무지막지한 미소녀가 고압적인 태도로 삿대질을 했다.

"맞을 짓을 했으니까 맞지! 이 멍청아! 어휴, 한심!"

처음 본 사람에게 이런 취급을 받으면 화를 내기보다 당황해서 페이스에 말려가게 마련이다.

그도 마찬가지였다.

자기가 정말 맞을 짓을 했다는 착각이 들 정도였다.

"에?"

멍청하게 그가 한마디 하자 소녀의 분노는 탱천을 넘어 우주로 뻗어 나갔다.

"넌 근성도 없니? 조선 놈은 이래서 쳐 맞아야 돼!"

빠루가 하늘을 찌른다.

"클라크☆드라이버어어어!!!" (푸꿍~!)

우주적 분노를 담은 빠루의 일격이 최준성의 정수리에 또 한 번 내리꽂히며 시야에 번쩍이는 은하수를 소환했다. ──머리이잇! 한판!

이번에는 충격을 이기지 못해 아예 바닥에 납작하게 짓눌렸다.

소녀가 최준성의 움푹 파였다 부어올랐다 다시 움푹 파인 정수리를 하이힐로 꾹 밟았다.

"으아아아아아아아아아악─────!!"

애인 없는 경력=동정 경력=인생=만 28세인 지극히 평범한 대한민국 애국청년 최준성은 분노를 토하기는커녕 부끄러움으로 몸을 비비 꼬게 되었다.

"아, 진짜! 왜! 왜 화를 못내?! 왜 면접 때 면접관한테는 그렇게 못했어? 왜 아까 옆방 놈한테는 그렇게 못했어? 왜?! 왜 분노하질 못해?! 왜 정의와 팩트를 위해 당당하지 못하고 비굴하냔 말이야!"

"팩트……?!"

"그래! 팩! 트!"

(팩트———)

강렬한 울림이 그의 가슴을 때렸다.

팩트.

"아멘,"

이나

"나무아미타불,"

만큼이나 신성한 단어. 이 나라를 지탱하는 단어. 그가 믿고 의지할 유일한 단어.

——그렇다.

분노는 매국노에게 뿜어야 한다.

그들에게 팩트를.

그들에게 정의를——!

"차갑고 달콤한 팩트로 뜨겁게 정의를 실천해야 할 거 아니야." 소녀의 말이 나이프가 되어 하나둘씩 날아와 박혔다. "가자! 이 잘못된 세상을 바꿀 때가 왔어!"

소녀가 몸을 홱 돌리며 골목길로 나가려 했다.

"잠깐만요!" 그가 소녀를 불러세웠다. "그 이전에, 도대체, 누구…… 세요……?"

"나?"

소녀가 몸은 그대로 둔 채 고개만 뒤로 돌렸다. 높게 쳐든 턱 아래로 미려한 턱선이 귀여운 귀까지 이어졌다.

"내 이름은 베일. 정의와 팩트를 위해 싸우는 아공간 감시관이야."

"아공간…… 감시관……?"

"너에겐 뒤틀림을 수정해야 할 의무가 있으니까."

"갑자기 그런 말을 해도──"

"하여튼 말이 많아. 이거나 받아 들어."

그는 베일이 어디서 꺼냈는지 알 수 없는 연장을 건네받았다. 오른손에는 빨랫방망이처럼 생긴 몽둥이, 왼손에는 손도끼다.

"팩트봉과 정의부야."

"정의부?"

"공부 좀 해라, 부는 도끼 부(斧). 정의를 지키는 도끼라는 뜻이야."

"이걸, 왜?"

"잘못을 수정하기 위해서. 팩트와 정의를 위해."

"팩트와…… 정의……?"

"이대로 나라를 매국노들에게 넘길 거야? 무엇보다 큰 애국이 뭐야? 매국노를 처단하고, 나를 위해 온 힘을 다해 일을 해야지!"

"하지만."

"지금 네 모습을 봐. 직장이 있기를 해, 매국노에게 애국과 팩트를 보여주기를 해?"

"……"

"변해야 할 것 아니야. 언제까지 이렇게 살 거야."

"……!"

"내가 도와줄게. 너 자신에게도, 매국노들에게도, 변화를 주기 위해 '정의의 엄단'을 내리는 거야."

"정의의, 엄단."

"그래. 정의의 엄단."

5.

똑똑똑.

"왜 이렇게 늦었──!"

열린 문틈 사이로 빛이 번쩍이듯, 정의의 엄단이 내려졌다.

퍼억, 하고 도끼가 이마를 갈랐다.

──정의의 엄단.

붉은 핏방울을 분수처럼 뿌리며, 자신의 뇌수와 체액과 함께 천천히 바닥으로 무너져 내리는 옆집 남자를 내려다보며, 최준성은 강렬한 쾌감에 몸을 떨었다.

(이거야.)

그는 마음속으로 중얼거렸다.

그가 그동안 잊고 지냈고, 그러면서도 언제나 바라왔던 바로 그것이, 그의 마음속을 채웠다.

──내가 우월하다.

──내가 지배한다.

"축하한다, 이 멍청아."

빠루를 든 미소녀, 베일이 다가와 그의 어깨를 두들겼다.

"이제 넌 새로 태어났어."

"다 네 덕분이야, 베일."

"아, 그런데 문제가 생겼어."

베일이 빠루에 귀를 가져다 댔다.

웅웅웅, 빠루가 울었다.

"문제?"

"접근하고 있어."

"뭐가?"

"저거."

베일이 어깨 뒤로 손가락질했다.

"히이익."

택배 기사였다.

부들부들 떨면서 피가 흥건한 바닥과 두개골이 쩍 벌어져 뇌수를 흘리는 시체를 향해 손가락질만 했다. 그 시체가 택배의 주인이라는 사실은 알지 못한 채.

"으아아아아아악!"

택배 기사가 택배를 내팽개치고 도망쳤다.

"뭐해?"

베일이 빠루로 최준성의 머리를 내리쳤다.

"아야! 왜 때려!"

"너 바보냐? 잡아야지."

"왜?"

"그냥 가서 잡아!"

최준성은 그 말에 따랐다.

도망치는 택배 기사의 뒤를 쫓아 계단을 내려갔다.

택배 기사가 현관문을 열기 직전, 최준성이 날아올랐다.

휘이이이이익!

팩트봉이 날카로운 죽음과 정의의 노래를 부르며 택배 기사의 두개골을 함몰시켰다.

즉사였다.

시체를 들고 다시 위로 올라왔다.

거친 숨 내쉬며 어깨를 들썩이는 최준성에게 베일이 뒤에서 빠루로 어깨를 내리쳤다.

"그거 가지고 헐떡거리기는. 잘했어!"

"으으……."

어깨를 주무르며 멍하니 바닥의 시체를 쳐다보는 최준성에게 베일이 말했다.

"이건 기회야."

"기회?"

"다행히 피도 안 묻었네."

베일이 빠루로 못을 뽑듯이 택배 기사의 몸을 이리저리 굴렸다.

"무슨 기회?"

멍청하게 묻는 최준성의 말에 베일의 이마에 한 줄기 핏줄이 분노로 솟아올랐다.

"아이작☆크러셔~~~~!"(퍼걱!!)

빠루의 구부러진 부분이 최준성의 배에 작렬했다.

"커헉————!"

충격으로 무릎이 꺾인 최준성의 머리로 그림자가 드리웠다.

고개를 든 그의 눈에는 짧은 스커트 아래로 리락쿠마가 그려진 귀여운 팬티와 오버니삭스가 공중으로 솟구치는 광경이 보였다.

기뻐할 틈도 없이, 하늘로 솟구친 베일의 뒤꿈치가 하루 종일 함몰되었다 부었다를 반복한 바로 그 자리에 정확히 내리꽂혔다.

"진(眞) 천둥벼락! 내려조지기이이이이이잇!" (뚜캉!!)

백혈병으로 비운의 죽음을 맞은 초기 K-1의 전사, 스위스에서 온 푸른 눈의 사무라이 앤디 훅이 사용하던, 태권도에서는 찍기 혹은 내려차기라 불리는 전설의 필살기, 액스 킥(Axe Kick)이었다.

비명조차 지르지 못했다.

오늘 하루 동안 맞은 그 어떤 공격보다 많이 함몰된 두개골이 용케도 깨지지 않고 탄성력을 이용해 원래의 위치로 돌아온 것은 신에게(만일 있다면) 감사드려야 할 정도였다.

"널 떨어트린 놈이 어디 사는지를 알아낼 찬스 아냐!"

".................찬스?"

"한 대 더 맞아야 머리 굴릴래?!"

반사적으로 정의부와 팩트봉을 교차시켜 방어한 최준성의 머리에 새로운 아이디어가 떠올랐다.

"아?!"

(그래. 바로 그거야.)

계획은 완벽했다.

계획의 첫 번째 단계를 위해, 택배 기사의 옷을 벗겼다.

6.

대기업은 출입통제가 엄격하다. 아무리 택배 기사라도 함부로 입장시키지 않는다. 그래서 경비원 윤창식은 전화연결을 부탁하는 택배 기사에게 난색을 표했다.

"곤란한데⋯⋯."

말끝을 흐리는 그에게 택배 기사는 필사적으로 매달렸다. 신입이라서 실수를 하는 바람에, 수령자에게 직접 물어봐야 한다고 한다. 자세한 사정은 잔뜩 긴장해 횡설수설하는 택배 기사의 말투 때문에 제대로 파악이 되지 않았다.

"잠깐 통화만 하면 돼요."

신입이 오만 원짜리 지폐를 내밀었다.

"이거 잘못되면 제가 이십만 원 물어내야 하거든요. 제발 좀 눈감아주세요."

망설이던 경비원이 지폐를 받아들었다.

경비원은 전화기를 들고, 사무실로 전화해 택배 기사의 부탁을 그대로 전하고, 택배 수령인의 자택주소를 불러주었다. 택배 기사가 고맙다며 연거푸 머리를 숙였다. 어딘가 모르게 긴장되고 불편해 보이는 그 젊은 친구는 혼자서 무언가를 중얼거리며 멀어져, 회전문 밖에 세워둔 트럭에 올라탔다.

그는 저 택배 기사 같은 젊은 친구들이 정신을 빼놓고 다니며 일 처리가 제대로 돼먹지 못한 점이 마음에 들지 않았다. 그가 현역으로 중소기업의 중역으로 활동할 때나 월남전에 참전했을 때만 해도 저런 친구들은 불러내서 호되게 기합을 주고 뺨을 올려

붙여서 정신을 차리게 만들었다. 애초에 기합을 준다는 말 자체가 저렇게 나사 풀린 무녀리들을 긴장하게 만들고 기가 제대로 들어가게 하기 위한 것이다.

그는 자식을 엄격하게 키웠다. 기합을 줄 필요가 있으면 기합을 줬다. 덕분에 아들은 좋은 대학을 나와 좋은 회사에 취직했다. 그런데 그 불효자식이 아버지를 모시지는 않고, 여우 같은 며느리의 수작에 넘어가서는.

경비원은 쓸데없는 생각을 지웠다. 어차피 이 돼먹지 못한 나라는 글러 먹었다. 애국정신과 멸사봉공 정신을 잃은 이런 나라에 미래는 없다. 조국을 잃은 민족에게 어떻게 미래가 있단 말인가. 백범 선생이 말씀하셨던가?

그는 공돈으로 술 사 먹을 생각에만 집중하기로 마음먹었다.

만일 그가 한 짓 때문에 벌어진 일을 그가 알았더라도, 그는 아무렇지도 않게 소주잔을 털어놓고,

"살다 보면 그럴 수도 있지,"

라고 중얼거렸을 것이다.

7.

──끼이이익!

브레이크가 찢어지는 소리를 내며, 택배 트럭이 고급 주택가 골목에 멈춰 선 것은 예상보다 한참이나 늦은 시간이었다.

"늦었잖아!" 베일이 화를 냈다.

"네 탓이잖아!" 최준성도 화를 냈다.

"어쭈, 이제 막 기어오른다?"

"아까 건물에서도 쫑알쫑알 쫑알쫑알, 내가 이야기할 테니까 가만히 있으라고 했잖아!"

"닥쳐!"

쿵!

빠루를 들어 올리려 했지만 천장이 낮아 부딪힌다. 잘 안 된다.

"이잇!"

분한 베일이 빠루를 휘둘렀다.

쿵! 쿵! 쿵!

"그만해!"

최준성이 문을 열면서 내렸다. 베일도 따라 내렸다.

"도대체 아까는 어떻게 휘둘렀대?"

트럭의 짐칸을 열면서 최준성이 비꼬았다.

"괜히 내비게이션은 때려 부셔서는…"

그렇다. 이렇게 늦은 이유는 베일이 내비게이션을 박살낸 탓이었다.

"킬☆데☆키━━━━일━━━━!!!!!"(퍼엉!!)

폭죽 터지듯 내비게이션은 그대로 파열됐다. 후폭풍의 충격으로 자동차 앞 유리창이 쩍, 하고 금이 갔다.

"아……."

망연자실한 최준성은 결국 가물가물해진 주소를 떠올리며 표지판을 길잡이 삼아 운전을 해야 했다.

트럭에서 택배상자를 꺼내 든 최준성은 뒤를 돌아보았다.

"사실이잖아."

"으으……."

베일이 분한 표정을 지었다. 그 얼굴을 보자 최준성은 승리의 쾌감을 느꼈고, 동시에 베일이 귀여워서 견딜 수가 없었다.

"주소가 뭐였더라? 무슨 무슨 로 백사십칠 다시 일이었나, 이였나."

"일이었어."

"정말?"

"응. 이 집이야."

베일이 가리킨 집은 마당 딸린 단독주택이었다.

"씨발, 집 한번 크네!"

눈꺼풀의 경련을 일으키며 최준성이 소리 질렀다.

"나 같은 선량한 애국시민의 고혈을 뽑아 먹고 착취해서 이런 으리으리한 집을 지었다 이거지. 이 더러운 새끼들. 씨발. 씨발. 씨발!"

허리띠 뒤춤에서 정의부와 팩트봉을 한 손으로 꺼내 들었다.

"엄단의 정의와 차가운 팩트 맛을 보게 해 주마."

손도끼 날에 묻은 검붉은 피를 보자 흥분으로 숨이 거칠어졌다.

——초인종을 눌렀다.

땡동. 땡똥.

"누구세요~?"

초인종 스피커에서 어린 여자의 목소리가 들렸다.

"크흠. 저기, 태, 택뱁니다."

"네? 택배 올 게 없는데."

"착불이라서 직접 나오셔야 해요."

"에이~"

하고, 혀를 찬 여자가,

"네에~"

하고 대답했다. 스피커에서 딸각, 하고 소리가 끊겼고, 잠시 후 밖으로 누군가가 나오는 소리가 들렸다.

지잉, 현관문의 잠금장치가 열렸다.

문을 조금 열고 얼굴을 내민 사람은 여자아이였다. 교복 입고 산업의 역군을 홀리는 김치 쌍년들. 원조교제 걸레 년들.

"얼마에요?"

(그래, 네 년들은 돈밖에 모르지.)

"삼천 원입니다."

"어?"

삼천 원을 주고 소포를 받은 여자아이가 의아한 표정으로 고개를 들었다.

"이거 우리 집──"

소녀가 말을 마치기도 전에 그는 머리채를 틀어잡았다.

"꺄악!"

"정의의 엄단이다, 이 김치 년아!"

쉬이익, 얼굴 한가운데로 손도끼를 내리쳤다.

퍼억————————!

도끼질은 끝나지 않았다.

퍽, 퍽, 퍽.

세 번 더, 도끼질을 했다.

마지막 도끼질은 이마 깊숙이 박혀 두개골을 깨고 들어가 전전두엽의 뇌수를 박살냈다.

야만적인 로보토미(Lobotomy) 수술의 후유증으로, 소녀의 몸이 경련을 일으켰다.

이마에 박힌 도끼날 주변으로 배어 나오는 붉은 피가 뇌수와 함께 바닥으로 쏟아져 내렸다.

충격으로 튀어나온 안구는 시신경에 매달려 덜렁거렸다.

온몸에 힘이 솟구쳐 오르는 기분을 맛보며 그는 피로 젖은 소녀의 미끌미끌한 얼굴을 발로 밟고 도끼날을 뽑았다.

아직 정의의 엄단은 끝나지 않았다.

그는 시체를 끌고 대문 안으로 들어갔다. 잔디 깔린 정원에서 작은 개가 그를 향해 짖어댔다.

(시끄러워.)

베일도 마찬가지였다.

"아, 시끄러!"

"잠깐. 내가 할게."

그는 팩트봉을 휘둘러 개의 턱뼈를 부셨다.

낑낑대는 개를 축구공 차듯 걷어차자, 부러진 갈비뼈가 폐를 찔러 숨을 색색 내쉬며 조용해졌다.

콧김에 피가 거품 방울처럼 부풀었다.

현관문은 열려있었다.

신발을 신고 안으로 들어갔다. 장판 위로 붉은 발자국이 찍혔다.

"내가 알아서 할게, 나서지 마."

최준성의 말에 베일이 대견하다는 표정으로 미소 지으며 고개를 끄덕였다.

"알았어."

9.

"미연아." 부엌에서 설거지를 하던 소녀의 어머니가 말했다. "택배 어디서 왔어?" 설거지를 하느라 뒤를 돌아볼 새도 없었다.

대답이 없다.

"미연아, 미연아?"

대답이 없다.

딸이 말이 듣지 않아 화가 난 그녀는 고개를 돌리며 말했다. "왜 부르는 데 대답이 없──누구세요?"

고개를 돌린 여자는 피로 더럽혀진 남자의 얼굴을 보고 겁에 질려 몸을 떨었다.

세제 거품이 묻은 것도 잊고 무의식중에 손으로 입을 막은 그녀의 얼굴에서 핏기가 사라져 창백해져 갔다. 그에게 피를 다 빨리기라도 한 듯.

"이 개 같은 년," 그녀의 살집 좋은 유방을 도끼로 들어 올리며,

남자가 말했다. "좆같은 네년 남편이 벌어온 돈으로 잘 쳐 먹어서 이렇게 살이 올랐지?"

그녀는 살면서 이런 일이 벌어질 것이라고는 생각도 못 했다. 어려웠던 신혼 초, 남편과 함께 치안이 좋지 않은 지역에 살면서도 이런 일이 없었다. 딸이 좋아하는 미국 드라마도 같이 보지 않을 정도였다. 평범하고 단란한 가정에 찾아오는 폭력은 그녀에게 있어 소름 끼치는 악몽이자, 절대로 겪고 싶지 않은 일이었다. 그런데 그 일이 지금 현실로 벌어지고 있었다.

"왜 이러세요……," 떨리는 목소리로, 그녀가 뒷걸음질치며 말했다. "원하는 건 다 드릴 테니 제발——"

"원하는 거?" 피범벅인 얼굴을 잔뜩 구기며 남자가 소리 질렀다. "네깐 년이 내가 뭘 원하는지 알기나 해? 응!"

남자가 몽둥이로 싱크대를 내리쳤다. 물에 잠겨있던 싱크대 안 그릇이 요란한 소리를 내며 깨졌다. 사방으로 물방울과 그릇 조각이 튀었다.

그녀가 비명을 지르며 몸을 웅크렸다. 남편과의 결혼생활 동안 말다툼은 있어도 부부싸움 중에도 손찌검은 없었다. 노골적인 폭력은 모든 근육을 긴장시켰고, 신경을 조각냈다.

"네가 줄 수 있다 이거야?" 남자가 말했다. "응? 네가? 좆나 잘 나신 네년 서방한테 부탁하면 다 들어준다 이거지? 떨어트린 나도 다시 붙여준다 이거지?"

도대체 무슨 말을 하는 것인지 그녀는 알아들을 수 없었고, 이해가 가지 않는다는 사실이 그녀의 불안과 공포를 더욱 크게 증폭시켰다.

남자가 몽둥이를 휘둘렀다.

그녀는 가까스로 팔을 들어 올려 공격을 막았지만 그렇다고 아픔이 없는 것은 아니다. 그녀는 울음을 터트렸다. 살려달라는 말만 반복하며 세제 묻은 손을 비볐다. 그녀에게는 아무 잘못도 없었다. 잘못을 저지른 적도 없었다. 그녀는 진정으로 선량한 사람이었다. 열심히 살아왔고 선하게 살아왔다. 주어진 조건 속에서도 감사하며 살았고, 한 푼 두 푼 모으며 살림 키우는 재미에 살았다. 그 와중에 귀여운 외동딸을 곱디곱게 키워왔다. 그런데 이런 일을 당해야 하다니. 속이 역겨워 왔다. 가슴이 조이는 기분이 들었다. 불공평했다. 그동안 선하게 살아온 결과가 이거란 말인가? 이 미친 사람은 도대체 뭘 원하는 걸까? 돈? 내 몸? 미연이는 안 돼. 차라리 내 몸을 바치는 한이 있다 하더라도 미연이는 지켜야 해. 지금 미연이는 어디 있지?

그녀는 현관을 바라보다, 피를 발견했다.

아니야, 그녀는 필사적으로 머릿속에 떠오른 잔인한 상상을 지우려 했다. 부정하려 했다. 마음속으로 그녀는 중얼거렸다. 미연이는 안전해. 내 도움을 필요로 하고 있을 거야. 조금만 참아, 미연아. 엄마가 구해줄게. 그녀는 싱크대 위에 놓인 식칼을 곁눈질로 발견했다. 이 미친놈을 이대로 둘 순 없다. 미연이의 안전을 확인해야 한다.

남자는 허공에 대고 혼자서 대화를 나누고 있었다. 이따금 손에 든 몽둥이로 싱크대를 두들겨댔다. 제정신이 아닌 게 분명하다.

손이 떨린다. 신음소리가 입에서 새어나왔다. 침착해. 침착해야 해.

지금이다.

그녀가 식칼을 집어 들자마자 미치광이 남자를 향해 휘둘렀다.

미치광이 남자의 어깨에서 상처가 입을 벌리고 붉은 피를 뱉었다. 남자의 입은 비명을 뱉었다.

"으아아아아악!"

그가 어깨를 붙잡으며 쓰러진 사이, 그녀는 부엌을 빠져나갔다. 식칼을 들고 정신없이 움직이는 발은 발자국 모양의 핏자국을 따라갔다. 입에서는 살려달라는 비명이 터져 나왔다. 머릿속에는 온통 딸 미연이 생각뿐이었다.

현관의 미연이를 발견한 그녀는 딸에게 달려갔다. "미연아……" 울음이 터졌다. "미연아… 안 돼….'

미연이의 얼굴은 반으로 쪼개져 있었다.

"이 씨발 년이!" 최준성이 도끼를 머리 위로 쳐들고 달려들었다.

"우리가 뭘 잘못을 했다고!" 아이의 식은 몸을 안은 그녀의 절규는 대답을 얻지 못했다.

도끼날이 그녀의 등에 박혔다.

온몸에 경련을 일으킨 그녀가 눈물을 흘리며 목숨을 잃었다.

모녀의 시체를 질질 끌고 집안 거실까지 들어온 그는 등뼈가 부서지고 내장이 쏟아져 나올 때까지 등에 대고 몽둥이질과 도끼질을 계속했다. 난도질당한 모녀의 시체는 선지피로 젖어, 해체

되고, 식어갔다.

그녀의 행복했던 일상이 파괴되어갔다.

10.

"아, 피곤해."

한참 동안 정의를 실현하느라 어깨가 아파 온 최준성이 소파에 앉았다.

"수고했어." 베일이 옆에 앉았다.

"정의가 이렇게 힘들 줄이야."

"노블레스 오블리주라는 거야."

"맞아. 애국시민의 의무지."

최준성은 옆자리에 앉은 베일에게 손을 뻗었다.

"애국시민의 의무에 출산율 높이기도 들어가는 거 알아?"

베일이 한숨을 내 쉬었다.

"나랑 자고 싶어?"

"뭐?!"

그런 노골적인 말이 나올 줄은 생각도 못 한 최준성이 당황해 어쩔 줄 모르자, 베일이 웃으며 말했다.

"상이라고 생각해."

베일의 아름답고 긴 손가락이 최준성의 피에 젖은 택배 기사 유니폼 바지의 지퍼로 향했다.

황홀감에 최준성은 기절했다.

──밤.

어느새 잠이 들었는지, 눈을 뜬 최준성은 주변이 어둑어둑해져 있어 놀랐다.

바닥의 피웅덩이는 선지처럼 끈끈하게 엉겨 붙었다.

트로피, 텔레비전, 고가구…… 벽에 걸린 가족사진에는 한 때 단란했던 가족 세 명이 어색한 미소를 지으면서도 자랑스러움을 드러내고 있었다.

(잠깐.)

무언가 잘못되었다.

어색한 미소를 짓고 있는 사진 속 가장은 그가 노리고 있던 면접관이 아니었다.

아무리 뜯어봐도 다른 사람이다.

"씨발?"

지퍼를 연 채로 집안을 뒤졌다. 말라붙은 피 때문에 손가락이 잘 움직이지 않아 짜증이 났다.

"젠장────!!"

"왜?"

어느새 나타난 베일이 물었다.

"아까 분명 여기가 맞다고 했지!?"

"왜 그런데."

관심 없다는 듯, 어두워져 거울처럼 변한 베란다 유리에 비친 형광 분홍색의 긴 머리칼을 쓸어내리는 베일에게 최준성은 화가 났다.

최준성이 무기를 휘두르며 소리질렀다.

"여기는 다른 집이라고!"

"그래서?"

"엉뚱한 데다 힘만 뺐잖아!"

"그러게 내가 '백사십일 다시 이'라고 했잖아."

"닥쳐! 넌 아까 일이라고 했잖아!"

"아니야."

"씨발. 씨발. 씨발!"

"건너편 집인가 봐."

"문패를 확인했어야 했어."

"내가 하라고 했잖아."

"언제!"

"차 소리 나는데?"

최준성은 부패하기 시작한 시체를 뛰어넘어 대문 밖까지 달렸다.

건너편 집의 주차장 문이 열리며 집 주인이 걸어 나왔다.

그놈이었다.

(이번에는 확실해!)

"이 개새끼!"

그가 도끼를 들고 달려들었다.

"잘 만났다!"

그놈──면접관이 당황해 어쩔 줄 모르는 사이, 팩트봉이 쇄골을 내리찍었다.

"끄아아악!"

쇳골을 맞아 쓰러진 면접관의 입을 구두 뒷굽으로 짓밟았다.

겁에 질린 눈으로 자신을 올려다보는 면접관을 내려다보았다. 이 주 전의 굴욕이 쾌감이 되어 온몸으로 퍼져나갔다.

최준성이 말했다. "나 기억나? 영혼 없는 자기소개서."

12.

그는 이제야 이 미치광이의 얼굴을 알아봤다. 그놈이었다. 이 주 전 최종면접에서 자기에게 마구 욕을 퍼부었던——

공포로 몸이 떨려왔다. 자극하지 않는 편이 좋다. 이 미친놈이 무슨 짓을 할지 누가 알겠는가?

"사과해." 미친놈이 말했다. "사과하고, 나 당장 합격시켜. 합격 시키라고!"

"으아아아아아아아악!"

이번에는 비명이 제대로 터져 나왔다. 도끼날이 그의 오른쪽 손목을 토막낸 것이다.

아스팔트에 부딪힌 도끼날이 어둠 속에서 불꽃을 튀기며 튕겨 나갔다.

피가 분수처럼 쏟아졌다.

언제나 냉정 침착했던 그는 형언할 수 없는 고통과 함께 이성 을 잃었다. "사, 살려주세요. 제발. 살려주세요."

"나 합격시키는 거지?" 미친놈이 말했다.

"네, 네, 무조건 합격시켜드릴게요."

"구라면 너 대가리 반으로 쪼개질 줄 알아."

"물론이죠. 물론이죠." 얼이 빠진 그는 흰소리를 중얼거렸다. 어떻게든 만족시켜야만 한다. "합격, 합격입니다. 합격."

"잠깐 기다려."

미친놈이 트럭에 갔다 왔다. 손에는 영수증으로 쓰는 서식과 볼펜이 들려있었다.

"각서 써."

"네?"

"각서 쓰라고. 나 취직 시킨다고. 아니면 죽는다고."

"네, 네."

쇼크로 몸을 부들부들 떨어서 글씨가 제대로 써지지가 않았다. 게다가 잘린 손이 오른손이었다.

"여, 여, 여기 있습니다."

삐뚤삐뚤한 글씨로 겨우 쓴 각서를 내밀자, 미치광이는 내용을 확인한 뒤 만족스러운 표정으로 다시 각서를 내밀었다. "이제 지장 찍어. 아 됐어. 내가 알아서 할게."

그의 잘려나간 손을 미치광이가 주워들었다. 생명을 잃은 절단된 손은 자연스럽게 갈고리 모양으로 구부러져 있었다.

미치광이는 잘린 손의 엄지손가락을 억지로 펴서 바닥의 피웅덩이에 찍어 각서에 지장을 찍었다. "합의 하에 찍는 거야, 그렇지?" 면접관이 고개를 끄덕이자, 자신의 손에도 피를 묻혀 지장을 찍었다.

"이, 이제 됐죠?" 그가 말했다.

"나 누군지 알지? 그리로 합격통보 바로 보내. 알았어?" 미치광이가 각서를 주머니에 넣었다. "씨발, 진작 이랬어야지. 괜히 엉뚱한 사람만 고생했잖아. 이대로 끝날 수는 없지. 대가는 치러야지."

미치광이가 팩트봉을 주워 면접관의 집 안으로 들어가려 했다.

"아, 안에는 아무도 없어요. 기러기 부부예요."

"다 어디로 보냈어!"

"보, 보낸 게 아니에요!"

"거짓말!"

그가 두 발목을 모두 토막 내 버렸다.

면접관이 비명을 질렀다.

"베일, 넌 가만히 있어! 각서는 받았다고!" 미치광이가 허공에 대고 소리를 질렀다.

언제나 원리원칙, 그리고 올바른 삶을 살기 위해 노력해왔다. 학교 다닐 때는 민주주의를 위해 데모를 하다가도, 결국은 사회를 위해 필요한 것은 내 자신이 할 수 있는 역할을 다하는 것이라 생각해 회사에 입사했고, 열심히 다녔다. 인사과에서 잔뼈가 굵는 동안 아이들은 자랐고, 자기가 겪었던 불합리함과 사회적 폭력을 피하게 해 주려고 외국으로 유학을 보냈다. 어린 나이에 고생하는 아이들이 안쓰러웠다. 가끔씩 전화통화 할 때도 잔소리만 해대는 자신을 반성했다. 그만큼 더 열심히 일했다. 그리고 더 우수한 인재를 뽑기 위해 노력했다. 그 대가가 이거란 말인가? 그는 고통으로 정신을 잃어가며 중얼거렸다. 신고를 할 힘도 없었다. 이성은 아득해져갔다.

트럭이 출발했다.

동시에 그는 정신을 잃었다.

13.

거칠게 트럭을 멈추고 내린 최준성은 고시원으로 들어갔다.

가장 먼저 피투성이 택배회사 유니폼을 벗어 던지고, 면접 볼 때 입던 양복으로 갈아입었다.

(이제 나도 사회인이야. 나도 이제 직장인이라고.)

벌써부터 월요일이 증오스러워졌다.

거울에 비치는 피로 더럽혀진 얼굴이 오늘따라 잘생겨 보였다.

(역시 저급한 블루칼라 노동자의 옷보다 화이트칼라 회사원의 양복이 딱 어울려. 이게 정의고, 이게 팩트지.)

벌써 부패를 시작한 옆방 남자와 벌거벗은 택배 기사의 시체에 어디서 날아온 것인지 파리가 끓었다.

파리가 알을 까고 만찬을 즐기고 있어도 그는 신경 쓰지 않았다. 취직 전선에서 승전보를 울린 마당에 알 바가 아니다.

"아, 씨발."

그는 자기 이마를 찰싹, 두들겼다.

"왜?" 베일이 물었다.

"아까 맥주 사올걸. 이런 날 축배 들어야 하는데."

"냉장고에 남은 거 없어?"

"아, 있네."

고시원의 공용 냉장고 안에 든 옆집 남자의 것이었던 맥주 캔을 꺼내 단번에 들이켰다.

"크으~~~~!!! 씨발, 씨발, 씨발!!"

목구멍으로 시원하게 넘어가는 거품을 시원하게 트림으로 내뱉고 나니 긴장이 풀리고 졸음이 몰려왔다.

(오늘은 너무 피곤한 하루였어.)

"꺄아아아아아아아아아아악!"

"아이, 씨발 뭐야!"

퇴근하고 돌아온 사람들이 비명을 지르고 있었다.

남자 둘에 여자가 한 명이었다.

그들은 시체를 보고 당황해 어쩔 줄 몰라 했다.

"저급한 중소기업이나 다니는 주제에 왜 이렇게 시끄러워?"

그가 정의부와 팩트봉을 휘두르며 으름장을 놓자, 남자 둘은 즉각 전투태세에 들어갔고, 여자는 겁을 먹고 빌기 시작했다.

"뭐야, 이 미친놈은!?"

"사, 사, 살려주세요."

"뭘 살려줘?"

하고, 그가 팩트봉으로 위협하자, 여자가 참지 못하고 비명을 질렀다.

"꺄아아아아악————!!!!"

"아, 씨발 시끄러!"

그가 팩트봉을 휘둘렀다.

"클라크☆드라이버어어어!!!" (푸꽁~!)

히스테릭한 상태가 되어 비명을 지르는 여자의 입이 박살났다. 이가 산산조각 나 바닥으로 떨어졌다.

놀란 남자가 덤벼들었다.

"이 미친 새끼가!"

"아이작☆크러셔~~~~!"(퍼걱!!)

하고, 도끼날이 덤벼드는 남자의 머리에 박혔다.

"히이익!"

하고, 나머지 한 명이 도망가자,

"킬☆데☆키————일————!!!!!"(퍼엉!!)

하고, 뒤통수에 팩트봉이 내리 찍혔다.

순식간에 세 명은 바닥에 널브러졌다.

세 사람 모두, 즉사.

양복이 더러워져 드라이클리닝 맡길 생각을 하니 짜증이 밀려왔다.

어차피 더러워진 김에, 짜증을 해소하기 위해 그는 바닥에 쓰러진 신선하고 따뜻한 시체 세 구를 마구 난도질하고 토막 냈다.

한참 움직였더니 배가 고파졌다. 그러고 보니 오늘 먹은 게 변변치가 않았다. 냉장고에 있는 식은 피자를 전자레인지로 데워 먹은 뒤 샤워를 하고 알몸으로 나왔다.

베일이 앞에 서서 웃고 있었다.

"뭐가 웃겨?" 그가 말했다.

"넌 안 웃겨?"

"안 웃긴데?"

"뒤를 봐봐."

그가 뒤를 돌아보자, 어느새 귀가해 고시원에 벌어진 참극을 발견한 또 다른 여자가 식칼을 들고 달려들고 있었다.

부들부들 떨리는 칼끝을 보고 그가 말했다. "집어넣어. 다친다."

"사, 사, 사, 사——"

그가 덤벼들었다.

"꺄아아아아아아아악!"

피할 겨를도 없이, 물기를 말릴 새도 없이, 그는 배에 칼을 맞고 쓰러졌다.

너무 아팠다.

완전히 공포에 질려 정신이 나간 표정으로, 여자가 그의 몸 위에 올라타 식칼을 꼬나 쥐고 머리 위로 쳐들었다.

식칼이 이번에는 갈비뼈 사이로 파고들어 와 폐를 찔렀다. 공기가 빠져나가 숨도 말도 안 나왔다. 그 모습을 보고 베일이 비웃으며 밖으로 나갔다. 그는 붙잡으려 소리치고 싶었지만 소리가 나오지 않았다.

모든 꿈이 산산조각났다.

그는 고통과 함께 현실로 돌아왔다.

여자는 여섯 차례 식칼을 찔러댄 뒤 울음을 터트리며 방으로 들어가 문을 잠갔다. 일어나려 해도 일어나지지가 않았다. 힘이 빠지고 몸이 추워졌다. 마구 찔린 몸통의 상처가 제멋대로 난동을 부리는 것 같았다. 팩트와 정의는 어디로 갔단 말인가? 왜 선량하고 착한 내가 이런 일을 당해야 하지? 여자가 방 안에서 전화를 하는 소리가 들렸다.

"씨발… 씨발… 씨발….'

졸음이 찾아왔다. 내일은 일찍부터 출근을 해야 한다. 첫 출근부터 지각할 수는 없지 않은가. 눈이 감긴다. 내일부터 나도 직장인이다, 이 나라를 위해 외화벌이에 힘써야지.

멸사봉공과 우국충정의 애국심을 안은 채, 잠이 들었다. 영원한 잠에.

이것만큼은 엄밀한 팩트였다.

■ 그녀와 애국청년의 원데이 온리 블러디☆매서커는……

이 글은 본래 〈애국취준생 잔혹기〉라는 제목으로, 거리에서, 카페에서, 태블릿 피시와 스마트폰이라는 첨단병기로, 2014년 3월 26일 하루 꼬박 쓴 75매의 초고였다. dcdc 님은 "손지상이 싫어하는 인물을 싫어하는 티가 나게 다루었다"며, 폐기하거나, 거리를 두고 고쳐 써 보는 게 어떻겠냐고 제안했다. 위기. 위기. 다른 글을 쓰느라 바쁜 시기여서 묵혔다.

그 와중에 폐업 세일 중이던 중고서점 〈북오프〉에서 일본의 소설잡지 〈스니커즈〉를 샀고, 수록작인 히우라 코우의 프로토-라이트노벨 단편을 재미있게 읽었다. 그의 문장을 파스티슈하면 작품 내 세계와 나 사이의 거리감이 생길 거라 생각했다.

4월 21일 월요일 오후 11시, '라이트노벨을 읽지는 않으나 00년대 이전까지의 애니메이션을 열심히 보았던 시청자'의 입장에서 초고를 전면 개정했다. 130매로 늘었다. 거리는 생겼다. 그럼에도 dcdc 님에게 내가 만든 이 인물이 너무 혐오스러워 구토감이 든다고 통화한 기억이 난다. 쓸 때는 몰랐지만, 퇴고하면서 츠츠이 야스타카가 떠올랐다. 내게는 뼈와 살이 된 지 오래된 노작가도 라이트노벨에 도전했다.

　일단 이 글은 라이트노벨이 아니다. 이 점을 확실히 하고 싶다. 파스티슈 블랙유머에 더 가깝다. 그리고, 특정 인물·단체와는 관계가 없다. 정말로.

온우주
단편선

지 문 과   커 피

지 문 과 커 피

1.

나는 커피를 잘 끓인다. 누구나 맛보고 나면 어떤 원두를 썼는지 어떻게 우려냈는지 이게 더치커피는 아닌지 여러 가지를 물어보며 비결을 캐내려 하는데 나는 그 질문에 모두 아니라고 대답한다. 커피 잘 끓이는 비결을 알려 준 사람은 카페 〈빅〉의 주인아저씨였는데 이름대로 '빅'한 사람이었지만 그건 아무래도 좋다. 아저씨에 대한 기억과 아저씨가 내게 해준 이야기를 전하려고 한다. 다 듣고 나면 당신도 맛있는 커피의 비결을 깨닫게 될 지도 모른다.

여대생이 커피숍 가는 게 당연하다고 생각할지는 모르지만, 나는 기본적으로 여자들끼리 몰려다니며 수다 떠는 걸 별로 좋아하지 않는다.

내가 커피숍에 다니게 된 계기는 구남친 때문이다. 그 멍청이는 커피를 좋아해서 데이트 때마다 커피숍을 순례했다.

내게는 커피숍이니 카페니 다 커피 마시는 데가 아니라 글 쓰는 작업실이었다. 어니스트 헤밍웨이나 조앤 K. 롤링이나 작가라는 인종은 죄다 카페에서 글을 썼다고 한다. 나라고 못할 게 없다는 생각에 나도 카페에서 글을 썼다. 적당히 조용하고 적당히 시끄러운 환경이 글 쓰는 데 필요한 상상력도 부채질해주고 집중도 잘 되게 해주었다. 적어도 내 경우에는 그렇다. 보통은 아메리카노 하나 시켜놓고 앉아서 퇴고를 하거나 책을 읽는 경우가 대부분이다. (꽤나 오래 앉아있는 편이어서 가게 입장에서는 민폐였을지도 모른다.) 그래서 커피숍을 고르는 기준은 의자가 편안하고 테이블이 글쓰기 편한가였다. 커피 맛은 솔직히 어디나 다 비슷하니까.

전세 계약이 다 돼서 학교 근처를 떠나 조금 떨어진 남영동으로 이사를 하는 바람에 나는 전에 살던 곳에서 가까운 단골집과 이별하고 새로운 커피숍을 찾아야 했다.

내가 찾은 곳이 〈빅〉이었다. 흰 바탕에 궁서체 한글로 빅이라는 간판이 붙은 작은 카페였다. 안은 궁서체만큼이나 깔끔하게 정돈된 인테리어에 잡스러운 물건은 하나도 없어서 군대 내무반 같은 인상이 들게 만들었다. (나는 군인가족으로 20년을 살았기 때문에 지금은 생활관이라고 부르는 군대 내무반을 선명하게 기억하고 있다.) 새하얀 벽이 사방을 둘러싼 가운데 북유럽풍 기하학적인 가구가 놓여 있었고 카페에 어울리지 않는 러시아풍 민요가 우울하고 끈적끈적하게 빈 공간을 채우고 있었다. 아무리 봐도 우리나라의 표준적인 여대생이 좋아할 만한 분위기는 아니었다. 그래서인지 사람이 별로 없고 한산했다.

"어서 오십시오."

무뚝뚝한 말투로 인사한 주인은 얼굴이 한 30년 근무한 주임원사처럼 까맣고 단단한 데다 조금 주름진 얼굴이었는데 가게 이름만큼 정말 커다란 사람이었다. 뚱뚱하다는 인상은 전혀 없었다. 군살도 거의 없어서 얼굴에도 뼈가 불거져 있었고 커피잔을 행주로 닦는 손은 나무껍질처럼 투박했다. 손을 움직일 때마다 반팔 아래로 드러난 손목의 근육이 꿈틀거렸다.

"아, 저기. 아메리카노 하나 주세요."

나는 자리에 앉아, 가방에서 노트북을 꺼내 작업을 했다. 남자 주인공과 여자 주인공의 첫 잠자리 장면을 구상하는 사이 쑥 하고 시야 한가운데로 아메리카노가 담긴 잔이 나타났다. 깜짝 놀라 고개를 들어서 봤는데 주인아저씨는 벌써 카운터로 향하고 있었다. 소리 없이 걷는 사람이었다. 애교도 없었다.

나는 손님에게 불필요한 애교를 떠는 가게 주인을 별로 좋아하지 않는 편인데다가 편하게 두는 것이 오히려 작업을 하는 데 좋았기 때문에 불만은 없었다. 그리고 커피 맛을 모르는 나였는데도 그 커피는 맛있었다.

이런 이유로 카페 〈빅〉은 내 새 단골집이 되었고 나는 이 가게의 유일한 단골이 되었다. 나는 주인을 아저씨라고 부르게 되었다. 아저씨는 나를 아가씨라 부르며 언제나 친절하지만 거리를 유지하는 무뚝뚝한 태도로 나를 대했다.

온몸에 오랜 노동으로 인이 박힌 근육들이 나무 옹이처럼 울퉁불퉁한 아저씨는 의외로 머리는 길게 길러 커튼처럼 얼굴을 가리고 있었다. 나이는 보기에 따라 삼십 대로도 오십 대로도 보였다. 본인에게 물어도 대답이 없었다. 태도를 봐서는 군인 출신인 것 같은데도 군인 출신들이 주로 보이는 자기 자랑도 거의 없다.

아저씨가 군 출신임을 확신하게 된 사건이 있다.

예전에 같이 근무했던 사람이 가게로 찾아온 적이 있었다. 외국인이었다. 아저씨만큼이나 크고 단단한 근육질의 흑인 사내로 스킨헤드가 잘 어울렸다. 얼굴 한쪽에 커다란 화상 자국이 있었고 팔이 하나 없었다. 나는 괜히 겁이 났다.

아저씨는 깜짝 놀랄 만큼 유창한 불어로 그 흑인과 이야기를 나누었다. 그 사람은 크게 웃으며 이야기를 했고 아저씨도 은은히 웃으며 맞장구를 쳤다. 나는 한참 동안 그들을 호기심 있게 바라보았다.

그러다 갑자기 스킨헤드의 흑인 아저씨가 축축하게 젖은 눈가를 닦으며 "빅", "빅" 하고 몇 번이고 부르며 이야기를 했다. 아저씨의 표정은 단단하게 굳었다. 얼마 안 있어 두 사람은 악수하고 헤어졌다. 나는 그 사람이 누구냐고 물었고 아저씨는 전우라고만 말했다.

카페 〈빅〉에는 이상한 의식도 있다. 아저씨는 담배를 피우지 않지만 항상 가게 한쪽 구석에는 재떨이가 있었다. 그곳에는 항상 정해진 시간에 가느다란 갈색 시가가 향처럼 연기를 피워 올렸다. 손님이 와서 항의를 해도 들은 척도 하지 않았다. 히스테릭할 정도로 진한 화장을 하고, 수십 마리 애완견더러 자기를 엄마라고 부르게 시킬 것만 같은 교회 아줌마가 말 그대로 지랄을 해댄 적도 있었다. 아저씨는 그럴 때마다 석상처럼 아무 말 없이 가라고 손짓할 뿐이었다.

나는 이 종잡을 수 없는 아저씨가 점점 마음에 들었다. 그때는 이성으로서 좋아했는데 지금 생각해 보면 수수께끼가 많은 이 기묘한 사람의 단단한 껍질 속 비밀에 호기심이 갔던 것 같다. 비밀은 사람을 신비롭게 보이게 하는 힘이 있다. 게다가 난 오지랖이 넓어서 호기심을 참지 못한다. 나는 점점 더 아저씨에게 다가가기 시작했다.

방학이 되자 나는 거의 매일 아침마다 가게에 출근했다. 아저씨는 몇 시간이나 앉아있는 나에게 아무 불평도 눈치도 주지 않았다. 사실 가게에는 손님이 별로 없어서 내가 있는 것이 오히려 손님을 끌어주는 역할을 하기도 했다.

대부분의 시간은 아저씨와 나 둘뿐이었다. 나는 의도적으로 처음에는 먼 곳에 앉아 있었다가 날이 갈수록 아저씨가 있는 카운터에 가까운 자리로 옮겨갔고 아저씨에게 조금씩 말을 거는 횟수도 늘려갔다. 아저씨에 대해 더 많이 알고 싶었고 아저씨가 감추고 있는 비밀을 열어보고 싶었다. 아저씨는 언제나 필요 이상의 말은 하지 않았고 가끔은 아예 말을 안 할 때도 있었다. 나는 개의치 않고 수다를 떨었고 아저씨는 언제나 내 수다를 들어주었다. 이따금 수다를 떠느라 지친 나에게 공짜로 조각 케이크 같은 것을 줄 때도 있었다.

한번은 첫사랑에 대해 물었다. 물론 글을 쓸 때 참고로만 삼을 생각이라고 취재를 가장해 거리를 뒀다. (사실은 첫사랑을 알아내 아저씨에게 어필할 방법을 찾으려는 검은 속셈이었지만.) 아저씨는 첫사랑이라 할 만한 것은 없지만 좋아했던 사람은 있다고 했다. 어떤 사람이냐고 물으니 이미 죽었다고만 대답했다.

나는 조금 초조해져 갔다. 아저씨에게 노골적으로 관심을 보였다. 어디 사는지. 결혼은 했는지. 아저씨는 여전히 내게 거리를 두었고 나는 오기로라도 아저씨의 시선을 과거에서 내게로 돌리고 싶었다.

질투를 유발할 생각에 나는 마침 들어온 소개팅에 응했고 일부러 빅을 약속장소로 잡았다. 솔직히 지금 생각해 보면 내가 왜 그런 기분을 느끼고 그렇게 행동했는지 이해가 안 간다. 다만 그 당시에는 아빠의 사랑을 독차지하는 동생을 향해 품는 증오와도 닮은 기분을 느꼈던 게 아닌가 싶다.

"오늘은 노트북을 안 가지고 왔네요?"

하고 웬일로 아저씨가 먼저 인사를 했다.

"소개팅이 있어서요."

나는 대답했다. 아저씨의 태도는 변화가 없었다.

"그래요?"

그저 이렇게만 대답했다.

심통이 났다.

남자는 너무 맘에 들지 않았다. 솔직히 말해 소개팅 주선한 친구 목을 당장에라도 졸라버리고 싶었다. 아니 단두대로 뎅겅 잘라버리고 싶었다. 당시에는 분명 이 남자한테 돈 몇 푼 받은 게 분명하다 생각했다.

남자는 말라비틀어진 몸에 안경을 연신 쓸어 올리며 하이 톤으로 끊임없이 무언가를 떠들어대고 있었다. 한눈에 보아도 기분 나쁘게 자기중심적인데다가 쓸데없이 예민해서 공격을 한번 받으면 끝도 없이 바닥으로 내려가더니 어리광을 부리며 자신이 무슨 짓을 하든 내가 받아주어야만 한다는 태도로 굴었다. 남을 배려하거나 매너를 지키는 것에 대한 자각이 아예 없는 남자였다. 자기가 좋아한다는 록의 역사와 개론을 거의 강의처럼 떠들어대는데, 취향이 KKK단 뺨치게 편협하기까지 했다. 아이돌이나 대중음악을 듣는 자들은 저열한 무식쟁이고 힙합을 듣는 자들은 음악이 아닌 주절거림을 좋아하는 원시인이며 클래식을 좋아하는 종자들은 하나같이 속물이라는 식이다. 오직 진정한 음악은 알 수 없는 수식어가 붙는 무슨 메탈이라고 떠들어댔다. 헤밍웨이가 이 남자를 보면 남자답게 굴라고 개머리판을 휘두르고 엽총을 쐈을 게 분명하다.

남자는 계속해서 떠들어댔다. 이제는 흥분해서 지 혼자 급히 숨을 들이켜며 새된 웃음을(힉힉힉 하는 웃음소리는 태어나서 처음 들어봤다) 터트리기까지 했다. 나는 이런 남자를 만나고 있는 꼴을 아저씨에게 보여 부끄러웠다.

영화 보러 가자는 남자의 제의에 나는 몸이 안 좋다고 정중히 거절하고 헤어지려 했는데 남자는 끈질기게 집까지 데려다 주겠다고 고집을 부렸다. 약을 사다 주겠다고까지 했다.

"네 약 먹으면 더 아플 것 같아."

하고 쏘아붙여 주고 싶었지만 그래도 대학 교육을 받는 사람인데 그럴 수는 없는 노릇이라 그냥 가라고 했다. 아저씨는 나를 힐끔힐끔 곁눈질하기만 했다. 이럴 때 좀 도와주면 안 되나.

나는 일어나 밖으로 나갔다. 이 바싹 말라서 체크무늬 셔츠에 베이지색 면바지를 입은 남자는 내 뒤를 쫓아왔다.

"괜찮으신 거죠?"

나는 괜찮다고 최대한 웃으며 남자를 뿌리쳤다. 최악의 하루라는 생각만 들었다.

"저랑 영화 보시면 다 나으실 텐데." 남자가 말했다.

그 순간 뺨을 안 때린 내가 대견하다. 분명 다음 생에는 막대한 유산을 상속하는 운명으로 태어날 것이다.

집에 가는 길에 친구에게 전화가 왔다.

"어땠어?"

"장난쳐?"

나는 일어난 모든 일을 쏘아붙이고 전화를 끊었다. 전화가 계속 울려도 받지 않았다.

플러스 마트라는 동네 슈퍼마켓에 들러 쓰레기 봉투 오 리터 짜리와 세 개 천원으로 묶어 파는 캔 커피, 반찬거리 재료를 사들고 집으로 터덜터덜 돌아왔다. 방에 들어가니 울음이 나왔다. 망했다는 생각만 들었다.

소개팅남은 그 이후로도 계속해서 연락을 해댔다. 사귀는 사람처럼.

집요하게 문자와 카톡을 해댔고 답장이 없으면 왜 답장이 없냐고 몇 통이나 문자를 해댔다. 내용도 점점 편집증 환자처럼 변해 무서워졌고 그래서 차단시켜버렸다. 지금 생각해 보면 그게 실수였다.

2.

소개팅남에게 공격을 받던 와중의 일이었다. 아저씨가 잠깐 자리를 비운 사이 나는 아저씨가 놓고 간 지갑에서 주민등록증을 몰래 꺼내본 적이 있다. 아저씨의 생일을 알기 위해서였다. 생일이 지났으면 할 수 없는 일이지만 생일이 아직이면 선물을 줄 찬스라 생각한 것이다. 아저씨의 생일은 이 주 정도 남아 있었다. 주민등록증의 사진을 본 나는 깜짝 놀라고 말았다. 아저씨의 이마에 화상 같은 흉측한 흉터가 있었다.

아저씨는 어느새 다가와 (발걸음 소리를 안 내고 걸으니 오는지 몰랐다.) 지갑과 주민등록증을 뺏고는 조용히 가게 밖을 향해 손가락질을 했다. 차가운 얼굴이었다. 나는 아무 말 없이 가게를 나갔다.

아저씨 생일이 가까워 올 때까지 가게는커녕 그 근처로도 가지 못했다.

그 사이 소개팅남은 집요하게 나에게 접근하려 했다. 친구는 제발 한 번만 더 만나주라고 내게 사정을 할 정도였다. 알고 보니 그 남자는 나를 노리고 만난 것이었다. 친구의 미니홈피에서 내 사진을 본 그 남자는 친구를 괴롭히고 협박하면서 소개팅을 주선해 달라고 했던 것이다. 그는 친구의 같은 과 선배인데 예전에 과 후배에게 들이대다가 차이고 난리를 피워서 문제를 일으킨 적도 있었다고 했다. 나는 그런 사람을 어떻게 내게 소개시켜 줄 수 있냐고 따졌지만 친구는 자기도 어쩔 수 없었다고 미안하다고만 했다.

문자를 스팸으로 돌려 확인하지 않자 친구를 괴롭혀 정보를 캐냈는지 이메일로도 엄청난 양의 편지가 왔고 내가 가입한 포털 사이트마다 쪽지가 날아들었다. 나는 더 이상 참을 수 없어 전화를 걸었다. 남자는 내가 전화를 한 것이 자신에게 호감이 있어서라고 절대적으로 믿었다. 어이가 없어 쏘아붙이려 했는데 이 멍청이가 나한테 여기에는 차마 입에 올릴 수도 없는 노골적으로 음란한 말을 하며 제 딴에 나를 유혹하려 들었다.

나는 참을 수가 없었다. "야, 이 미친놈아. 한 번만 더 나한테 연락하거나 내 친구 괴롭히면 경찰에 신고할 거야! 알았어? 이 미친놈아?" 나는 일방적으로 전화를 끊었다. 아저씨가 보고 싶었다.

나는 가게로 향했다. 생일 선물도 준비 못 한 채였다.

가게는 텅 비어 있었다.

출입문에는 "사정이 생겨 잠시 쉽니다." 라고 종이가 붙어있었는데 그 밑에는 어제 날짜로 가게가 다시 시작한다고 되어 있었다. 아저씨가 언제 돌아올지 모르니 기다리기로 했다. 지나가는 숙명여대생들이 나를 보고 이상하다는 듯 수군거렸다. 만나서 무슨 말을 해야 할지 아무 생각도 나지 않았다. 미안하다는 말을 먼저 해야 할까? 생일 축하한다는 말을 해야 할까? 왜 이제 오냐고 해야 할까?

시간이 흘러 오후 늦은 시간이 되었다. 가게 앞은 어둠이 깔리고 주황색 가로등이 켜져 음산해졌다. 그 사이 나는 포장된 선물 상자를 하나 준비했다. 예전에 미리 보아둔, 아저씨가 향처럼 피워올리는 시가였다.

나는 선물을 꼭 쥐고 가게 앞을 서성거렸다. 목이 말라오고 가슴이 답답했다.

멀리서 사람 그림자가 보였다.

"아저씨?"

그 사람은 아저씨가 아니었다.

"왜 이렇게 연락이 안 돼요?" 그 남자의 목소리였다.

남자는 왜 자기 연락을 피하고 자기에게서 도망치려 하냐고 내게 달려들었다.

그는 왜 내가 자기를 좋아한다는 사실을 솔직하게 인정하지 못하고 불필요하게 쓸데없는 밀당해서 (세상에!) 자기를 힘들게 하냐고 말도 안되는 헛소리로 나를 훈계하더니 냄새나는 숨을 내뱉는 입으로 거칠게 키스를 하려 들었다. 나는 마구 저항했다. 주먹으로 때리고 발버둥을 쳤다. 아저씨를 생각했다. 아저씨가 날

구해주기를 바랐다. 그리고 바람은 현실이 되었다.

　남자는 얻어맞고 나가떨어졌다.

　바닥에 쓰러져 안경을 주워올린 남자가 벌벌 떨면서 내 옆에 선 아저씨를 보았다. 아저씨는 아무 말도 없었고 평소보다 더 단단한 표정으로 남자를 내려다보았다.

　"포, 폭행죄로 신고할 줄 알아!" 남자가 울먹이며 말했다.

　"해." 아저씨가 말했다.

　남자가 전화기를 꺼내 들자 아저씨가 다가갔다. "신고 해."

　남자가 전화기를 귀에 댔다.

　아저씨가 남자의 배를 걷어찼다. 다섯 번. 무자비하고 기계적인 공격이었다. 눈물 콧물을 짜내며 남자가 애원을 하자 내 기분도 풀렸다.

　"이제 그만하세요." 내가 말했다. "앞으로 날 덮치려 들면 가만 안두겠어."

　"고소할……거야……." 남자가 말했다.

　"고소? 그럼 난 강간하려 했다고 맞고소 할 거야. 난 증인도 있어. 어디 마음대로 해."

　남자가 배를 감싸 쥔 채로 일어났다.

　"너." 아저씨가 삿대질을 하며 말했다. "조심해."

　겁에 질린 남자가 도망쳤다.

　그제서야 나는 맥이 풀려 자리에 주저앉았다. 너무 서러워서 눈물이 났다. 손에 선물상자를 든 채로 막 우는 데 아저씨가 내 손을 잡아주었다. 아저씨의 크고 단단한 손에 땀이 배어 있는 것을 느낄 수 있었다.

"집에……," 그때 무슨 정신으로 그렇게 이야기했는지 모르겠다. "데려다 주실래요……?"

방은 엉망이었다. 브래지어가 빨랫줄에 팬티랑 같이 걸려 있었다. 벗어 던진 옷은 허물처럼 여기저기 늘어져 있고 방안 한구석에는 책이 잔뜩 쌓여 있었다. 책상 위에는 다 먹은 컵라면 용기며 뚜껑을 열어놓은 화장품이며 죄다 다 늘어져 있었다. 급히 방을 치우는 사이 아저씨는 방 한구석에 자리를 잡고 앉았다. 아무것도 보지 않으려고 고개를 돌리고 있는 모습이 귀여웠다.

"커피 드실래요?" 내가 말해놓고도 이상했다. 아저씨는 고개를 끄덕였다.

나는 서둘러 커피를 찾아보았다. 인스턴트 믹스커피가 전부였다. 카페 주인에게 인스턴트를 내놓다니.

아저씨는 내가 내민 종이컵을 받아 들고 그 안의 커피를 한 모금 마셨다. 복잡한 표정. 웃음과 울음과 추억과 아픔이 모두 뒤섞인 것 같은 에스프레소 원액 같은 표정을 지었다.

"괜찮으세요?"

내 물음에 아저씨는 고개만 끄덕였다.

나는 선물을 내밀었다. 포장지는 구겨지고 리본은 날개가 찢어진 나비 모양이 되어버렸다.

아저씨는 조용히 받아들었다. "사과하고 싶었어요. 별것도 아닌 일인데."

일전에 있었던 일 이야기였다. "아니에요. 제 잘못이잖아요. 죄
송해요. 가게는 왜 닫으셨던 거예요?"

"동남아에 다녀오느라……."

"동남아에요?"

"전에 그 흑인 친구 기억나요?"

"아, 그 화상 자국이 있던……."

"맞아요. 그 친구가 같이 가자고 했었죠."

"전에 그 흑인분이 전우라고 하셨죠?"

"맞아요. 나는 레종 에트랑제 출신이에요. 프랑스 외인부대인
데——"

"들어본 적은 있어요. 아빠가 군인이셨거든요."

"난 육군 하사관 출신이고, 제대 후 레종에 들어갔죠."

아저씨는 과거 이야기를 시작했다.

3.

나는 고등학교를 졸업하고 바로 군대에 지원했어요.

체격도 좋고 운동도 잘해 바로 특전사로 갔어요. 거여동에 있
는 제삼공수여단이라는 데죠. 거기서 근무를 하다 레종 에트랑제
에 대한 소문을 들었어요. 실제로 한국인 한 명이 거기에서 근무
를 했다는 이야기였죠. 그때 난 선배들의 베트남전 무용담을 들
으며 전쟁을 직접 경험해 보고 싶다는 생각을 했고 대대장이 말
리는 것도 뿌리치고 1년을 준비해 레종에 들어갔어요. 프랑스어

는 잘 못했지만 체력이 받쳐준 덕분에 턱걸이로 들어갔죠. 머리를 삭발하고 혹독한 4주간 훈련을 받은 뒤에 오십 킬로미터 행군을 마치고 흰색 군모인 캐피 블랑을 받았어요. 레종의 상징이죠.

나는 아프리카 쪽으로 많이 갔어요. 내 프랑스어는 안 그래도 어설픈데 덕분에 아프리카식 사투리가 굳어져 버렸죠. 저번에 봤던 그 흑인 친구는——이름은 왐보시에요—— 거기서 만났고 동료가 되었어요. 일본에서 온 타무라. 어린 시절 베트콩에 협력해 프랑스군과 싸운 적이 있다고 허풍을 떠는 베트남계 프랑스인 장-밥티스트. 그리고 러시아계 무뚝뚝한 빅—브이. 아이. 씨의 빅이에요—그리고 나까지 5명이 보통 같이 움직이곤 했죠. 맞아요. 가게 이름 빅은 영어 'Big'이 아니에요. 브이를 쓰는 빅에게서 따왔죠. 다들 진짜 이름이 뭔지 몰랐어요. 안 가르쳐주니까요. 우리는 빅토르다 비시어스다 아니다 비차다 하고 온갖 추측을 했었어요. 하지만 아무리 물어도 빅은 반응이 없었어요.

왐보시, 타무라, 장-밥티스트, 빅, 그리고 나는 아프리카 군벌을 상대로 하는 작전을 주로 수행했어요. 그때 아프리카는 지금도 그렇지만 상황이 안 좋았죠. 내전에 부족전쟁에 혼란스러웠어요. 왐보시가 항상 마음 아파했죠.

왐보시를 위로해주는 게 하나 있었어요. 빅이 타 주는 커피였죠. 빅은 커피를 좋아했고 잘 끓였어요. 그래서 항상 커피를 담당하는 것은 빅이었어요. 나도 빅이 끓인 커피를 좋아했어요. 빅은 인스턴트커피도 맛있게 만드는 법을 알고 있다고 무뚝뚝하게 내뱉으며 항상 들고 다니는 버터를 커피에 넣어 느끼하게 해서 마셨어요. 다른 러시아인들처럼 술을 마시지는 않았어요. 대신 담배를 피웠죠. 가늘고 긴 쿠바산 시가를 좋아했어요.

왐보시는 빅을 좋아했어요. 술 안 마시는 러시아인은 선한 마음을 가진 악마처럼 진귀한 것이라면서. 아프리카 출신들은 보통 지금 이 순간에 충실하고 내일은 없다는——아프리카 토착 부족어에는 미래시제 자체가 없는 경우도 많아요——식으로 사는데, 그 친구는 빅처럼 금욕적이고 보수적이었죠. 게다가 무슬림이라, 술을 멀리하는 부분에서 빅과 친밀감을 느꼈는지도 몰라요. 쟝-밥티스트 영감은 떠벌이기 좋아하고 야한 농담을 많이 했는데 그 영감은 게이여서 다 거짓말이었어요. 그래서 타무라가 다 거짓말이라면서 일본인 앞에서 야한 이야기 한다며 놀리곤 했어요. 그래도 우리는 그 쟝-밥티스트 영감을 존경하고 존중했어요. 경험이 많아서 우리 목숨을 살린 적이 여러 번이었어요. 분대에서 항상 앞서서 걸었어요. 우린 그에게 목숨을 맡기고 걷는 셈이었죠. 타무라는 폭주족 출신이었고 몸에 새긴 문신이 자랑이었어요. 자기에게 집착해 자살하겠다고 한 여자들 숫자를 몸에 새겨놨었죠. 말도 마요. 엄청나요.

그중에서도 나는 빅과 시간을 많이 보냈어요. 빅은 믿음직한 전우였지만 차가운 친구였죠. 뼛속까지 용병이자 프로페셔널이라 감정을 나타내지 않았어요. 저격수라 그런 것 같아요. 그래서 저격수는 같은 편에게도 욕을 먹기도 해요. 빅은 러시아 출신답게 저격에 재능이 있었고 여러 번 우리 목숨을 살려 주었어요.

가끔은 내가 빅의 관측수 역할을 해주기도 했죠. 관측수라는 것은 저격을 돕기 위해 적의 위치나 바람의 방향 등을 측정해 주는 사람이에요. 보통 저격수와 팀을 짜서 움직이죠. 영화처럼 혼자서 저격을 하는 일은 별로 없어요. 우리는 꽤 친해졌고, 빅은 고려인의 피가 조금 섞여 있어서인지 몰라도 검은 머리에 검은 눈동자를 가지고 있었기에 더 친해졌어요.

우리는 휴가를 얻거나 일과 시간이 끝나면 자주 빅의 숙소에서 아무 말 없이 쉬곤 했어요. 빅은 커피를 마시고 시가를 피웠고 나는 술을 마시고 궐련을 피웠어요. 그리고 러시아 민속 음악을 들었어요. 가끔은 차이코프스키를 들었어요. 대화요? 여러 가지 부비트랩을 만드는 기술에 대해 토론하곤 했죠. 그런 식이에요.

한번은 빅이 무섭게 느껴진 적이 있었어요. 한때 레종에서 일하다 적국에 포섭된 용병이 있었는데 나와 빅 모두 그와 같이 두어 번 작전을 한 적이 있는 사이였죠. 그런데도 빅은 그자의 머리를 깨끗하게 날려버렸어요. 그때 나는 관측수로 빅의 옆에서 위장 하고 있었는데 빅이 씩 웃는 것을 보았죠. 그때 처음 빅이 무섭다고 느꼈어요. 내가 적이 되어도 저렇게 내 머리를 날려버릴지도 모른다는 생각이 들었죠.

그렇게 오 년이 흘렀어요. 팀은 깨져갔죠. 타무라는 레종에서 익힌 규율을 바탕으로 일본으로 돌아가 폭주족들을 갱생시키는 격투기 대회를 열겠다고 떠났어요. 빅은 더 좋은 조건을 주기로 한 용병부대로 갔어요. 빅은 나에게 같이 가자고 했지만 나는 가고 싶지 않았어요. 빅과 계약한 보스는 그다지 떳떳한 사람이 아니었거든요. 하지만 빅은 나보다 더 돈이 필요했고 돈이 가장 중요했죠. 장-밥티스트, 나 그리고 왐보시는 1년을 더 근무한 뒤 제대했어요. 장-밥티스트 영감은 스릴이 필요하다며 동남아시아로 용병을 하러 갔고 나와 왐보시는 당분간 파리에서 택시 운전을 했어요.

운전대 잡고 손님 뒤치다꺼리하는 것은 아무래도 성질에 맞지 않았어요. 그러던 차에 동남아시아에서 장-밥티스트가 우리를 스카우트하러 왔고 우리는 다시 총을 잡게 되었어요. 배운 게 도둑질이라고 총질하는 일이 더 적성에 맞더군요.

나는 업계에 남아있던 장-밥티스트 영감에게 빅의 소식을 물었고 영감은 빅이 죽었다고만 했어요. 그냥 그렇게 소식이 전해졌다고요. 난 믿기 힘들었죠. 빅 정도 되는 저격수가 그렇게 쉽게 죽을 리가 없다고요. 장-밥티스트 영감은 자기도 정확히는 모른다고 했어요. 원래 용병들의 일이 그래요. 아무도 정확히 아는 게 없죠.

우리는 일을 다시 시작했어요. 동남아시아에도 아프리카나 라틴 아메리카처럼 장군들이 있어요. 군벌들이죠. 우리는 그들이 내세운 장기 말인 용병과 싸웠어요. 그들은 레종 에트랑제의 간부들과 다를 바가 없어요. 우리가 이기면 위대한 자신들이 이긴 것이고 우리가 죽으면 외국인 몇 명이 죽은 것이죠.

나는 스콜이 쏟아지는 정글을 지나다니며 부스럭거리는 소리에 숨을 죽이면서도 가끔은 빅을 떠올렸어요. 무덤이라도 찾아가 커피랑 시가를 바치고 싶었죠.

솔직히 말해 난 깨끗하지 못합니다. 두 손에는 무수히 많은 사람의 목숨을 뺏은 감촉이 아직도 남아 있어요. 흔히 사람들은 그런 말을 하죠. 사람을 죽이는 느낌이, 칼은 있어도 총은 없기에 아무렇지도 않게 사람을 죽인다고. 하지만 그건 잘못된 말이에요. 총에는 엄청난 반동이 있어요. 찢겨져 나간 시체가 있어요. 그 떨림은 평생 지워지지 않아요. 그렇기 때문에 우리는 그 떨림 위에 또 다른 떨림을 덧씌워 둔감하게 만드는 거예요. 굳은살이 박이는 것처럼. 하지만 그 아래에는 상처가 언제나 신음하고 있지요…….

임무가 들어왔어요. 중요한 고지에 병사가 하나 남았는데 부비트랩에 능한 솜씨 좋은 저격수라고 하더군요. 쟝-밥티스트는 폭격으로 날려버리면 되지 않느냐고 따졌지만 그곳에는 기밀 서류가 있어서 안된다고 했죠.

나는 뭔가 불안함을 느꼈어요. 하지만 그럴 리가 없다고 다짐하며 그곳으로 향했지요. 왐보시는 버릇대로 아랍어로 된 기도문을 중얼거리며 천천히 걸었고 쟝-밥티스트는 얼마 전에 만난 소년과의 뜨거운 밤을 쉴 새 없이 떠들어댔죠. 나는 머리가 복잡해 건성으로 대답했고요.

잠깐.

쟝-밥티스트가 말했어요.

그 영감은 AK-47을 애용했는데 총신에 매단 추를 턱짓으로 가리키고 있었죠. 총신에는 낚싯줄을 길게 늘어뜨려 추를 달아놓는데 부비트랩이 있나 확인하기 위해 달아놓는 것이지요.

추를 단 낚싯줄은 가로로 길을 막고 있는 피아노 줄에 걸려 있었어요. 지나가다 발로 피아노 줄을 차면 부비트랩이 폭발하는 장치였죠.

우리는 모두 걸음을 멈추었고 그 순간 쟝-밥티스트 영감의 얼굴이 날아갔어요.

붉은 파편이 튀자마자 우리는 바닥에 엎드려 엄폐물을 찾았고 내 앞에 있던 왐보시가 비명을 질렀죠. 쟝-밥티스트 영감의 주검이 쓰러지며 피아노 줄을 건드렸고 폭발물이 터진 거예요. 불길과 파편이 왐보시의 얼굴을 할퀴고 지나갔고 대구경탄이 날아와 쓰러진 왐보시의 팔꿈치를 맞추더군요. 재수 없게 관절부위를 맞아 팔이 날아가 버렸어요. 충격으로 등 뒤로 팔이 돌아 가버려 어깨가 빠져버렸죠.

미안해요, 너무 잔인하죠? 하지만 그게 당시 내 현실이었어요.

나는 일단 정글 속으로 숨어들어 갔어요. 숨소리도 제대로 낼 수 없었어요. 놈이 어디서 나를 노리고 있는지 알 수 없었으니까요. 순식간에 전우 하나를 조각난 고깃덩어리로 만들어버리고 나머지 하나는 얼굴을 엉망으로 만들고 팔을 날려버렸어요. 그 총알이 어디서 날아올지 몰라 벌레처럼 바닥을 기어야 한다는 사실이 난 견딜 수 없었어요.

나는 죽을힘을 다해 기어가 왐보시를 끌고 다른 곳에 엄폐했어요. 총알이 스쳐 지나가 팔뚝의 살을 일센티나 가져갔죠.

나는 왐보시의 혁대를 끌러 지혈을 하고 모르핀을 있는 대로 꽂아 준 다음 무전기로 현재 위치를 알렸어요.

광기. 그래요. 그 당시 나는 미치광이가 되어있었어요. 내 의식은 형체도 보이지 않는 적에게 고정되어 있었어요. 무전기를 꺼 버린 나는 지원을 기다리지도 않고 정글 안으로 들어갔어요.

땅을 기었어요. 스콜이 내린 직후라 땅은 질척했고 온갖 벌레와 뱀이 나를 지나갔어요. 간간이 총알이 하늘을 찢는 소리가 들렸어요. 메아리치는 총성이 잔잔해지면 나는 아직 살아있다는 것을 실감하고 복수를 다짐했어요.

엄청난 열기를 머금은 습기와 끊임없이 물어뜯는 벌레 그리고 탈수증 때문에 나는 이성적인 판단이 불가능한 기계가 되어 버렸어요. 오직 그 저격수를 죽이는 것만을 위해 살아남은 짐승이었죠.

스콜이 내리면 드러누워 눈을 감고 정신없이 물을 들이켰고 배가 고픈 것은 전혀 모른 채 커다란 열대식물의 이파리로 만든 위장을 뒤집어쓰고 부비트랩을 확인하고 지뢰를 확인하려 일일이 대검으로 바닥을 쑤시며 기었어요. 엄청난 열기와 습기 탓에 숨쉬기조차 힘들었어요.

그렇게 반나절을 기어서 목표한 건물 가까이 갔어요. 회색 콘크리트로 된 삼층 건물로 다른 지형보다 높은 곳에 있었고 온통 총알 자국이 나 있었죠.

나는 건물 안에서 얼핏얼핏 신기루처럼 보이는 저격수의 그림자를 보았어요. 마음속으로 그 저격수를 수만 번도 더 죽였어요. 하지만 놈과의 승부는 쉽게 끝나지 않을 것이 분명했죠.

밤이 오자 나는 행동을 개시했어요. 나는 내 운을 신에게 맡겼어요. 처음으로 신에게 의지한 순간이었고 왐보시가 항상 중얼거리던 기도문의 의미를 이해할 수 있었죠. 수류탄을 한쪽으로 던지고 건물 안으로 달려 들어갔어요. 문에는 부비트랩이 있을 수 있으니 창문을 깨고 들어갔죠. 솔직히 말해 어느 창문이 안전할지는 운에 달려있었으니 미친 짓이었죠. 하지만 난 그때 정말 미쳐있었어요. 복수만 생각하는 야수 말이에요.

계단을 올랐어요. 맨 꼭대기 층이었죠. 계단에는 온갖 부비트랩이 설치되어 있어서 계단 난간을 기기도 하고 뛰어오르기도 해서 겨우 놈이 있는 삼층까지 갈 수 있었죠.

나는 수류탄을 던졌어요. 폭발음과 먼지가 어둠을 뒤흔들었고 나는 그 안으로 뛰어들어갔죠. 총성이 들렸고 내 옆구리를 관통하고 지나갔어요. 통증이 뱃속을 움켜쥐고 쥐어뜯는 것 같았지만 다행히 내장을 다치지 않았죠.

그림자가 보였어요. 하지만 난 속지 않았어요. 우린 자주 밤중에 검은 형체를 보면 반사적으로 공격하고 마는 버릇을 비웃곤 했었죠. 나는 뒤를 돌며 총을 발사했고 거기엔 아무도 없었어요. 작은 뇌관을 단 몽둥이가 내 이마를 때리며 동시에 폭발했어요. 부비트랩이었죠.

나는 엄청난 충격으로 나가떨어졌고 눈앞이 캄캄해졌어요. 두

개골이 깨져서 뇌가 다 튀어나온 줄 알았죠. 이 흉터는 그때 생긴 거예요.

나는 놓친 소총을 더듬어 찾고 허공에 대검을 휘두르며 저항을 했죠.

그때, 익숙한 목소리가 미안하다고 말하는 것을 들었어요.

빅이었어요.

나도 모르게 살아있었구나 하고 말했어요.

온몸에 피가 쏟아져 내려 힘이 빠지고 나른해졌어요. 충격으로 머리는 어질어질했고요.

미안해.

빅이 말했어요.

괜찮다고 했어요.

이러고 싶지 않았어.

괜찮아. 마지막으로 부탁 두 개만 들어줘.

보통 이럴 땐 하나만 들어달라고 하지 않아?

커피의 비법을 알려줘.

알아서 뭐하게?

어차피 죽잖아.

그런 건 없어. 그냥 정성을 들이면 돼. 먹는 사람을 위해, 그 사람이 맛있게 먹을 수 있도록. 그 사람 생각하면서.

별거 아니네.

기침이 나와 제대로 말을 할 수 없었어요. 나는 그게 부끄러웠죠. 나는 말을 이었어요.

하나 더 남았어. 네 진짜 이름을 말해줘, 빅.

기억이 잘 나지 않아. 부모님이 총에 맞아 돌아가실 때 그 이름은 버렸어. 알지? 러시아 이름은 가운데에 아버지 이름이 들어가잖아. 넌 아빠를 닮았어.

내가 러시아 사람 같이 생긴 줄은 몰랐는데.

내 이름은 예까체리나 이바노비차 솔다토프. 예까체리나, 군인의 자손이자 이바노프의 딸이라는 뜻이지. 우리 집안은 대대로 군인이었어. 비차가 누군가의 딸이라는 뜻이고.

어렵고 긴 이름이네. 하지만 너한테 어울리는 이름이야.

고마워. 미안해.

걱정했었어.

용서해줘.

다행이야. 예까체리나.

그녀가 내 이마에 손을 댔어요. 엄지손가락으로 내 이마를 살짝 댔죠.

나는 눈을 감고 대검도 내던졌어요. 빅이 살아있으면 그걸로 된 거였거든요.

총소리가 울렸어요.

내 이름도 부르더군요. 왐보시의 목소리였죠.

그녀는 배에 큰 구멍이 나서 내장과 피를 쏟아내고 있었어요.

그런데도 그녀는 피가 흐르는 내 이마를 손으로 짚었어요. 그리고 미안하다고 말했어요. 마지막으로 너랑 시가가 피고 싶다고 말했어요.

왬보시는 그게 빅이라는 것을 알고 나에게 미안하다고 했어요.

팔 하나만 남은 그 친구와 나는 식어가는 빅을 안고 울었지요.

나는 한국으로 돌아와 커피숍을 열고 빅이 좋아했던 시가를 피워둬요.

그녀가 내 이마에 남긴 흉터가 아파올 때마다 평화롭기만 한 일상이 거짓말 같이 느껴졌죠. 어쩌면 내가 겪은 것이 거짓말일지도 몰라요. 흉터가 쑤시지만 않으면 난 과거의 거짓말을 잊고 현재의 거짓말 속에서 살죠.

그러다 흉터가 아파오면 빅이 내게 찾아왔다는 착각이 들어요. 현재의 거짓말은 사라져요. 망령처럼 찾아오는 아픔을 달래려고 러시아 민요를 틀어놓는 셈이지요. 바보 같은 짓이에요.

밤이 되면 나는 내 이마에 남은 빅의 지문을 봅니다. 그러면 빅의 마지막 모습이 눈앞에 보이고 나는 차갑게 변한 빅의 입술에 입을 맞추지요.

처음 아가씨가 가게로 왔을 때, 난 놀랐어요. 아가씨와 빅이 어딘가 닮아 있었기 때문이에요. 아가씨가 빅과 외모가 꼭 닮았거나 한 것은 아니에요.

나는 만일 빅이 평화로운 곳에서 현재의 거짓말 속에서 성장했다면 아가씨처럼 되지 않았을까 하는 생각이 들었어요. 아가씨는 어쨌는지 모르지만 적어도 나는 아가씨가 좋았어요. 깊은 친밀함을 느꼈지요.

그 날 기억나요? 내가 화냈던 날.

그 날은 빅의 기일이었어요. 나는 아가씨가 내 이마의 지문을 보는 걸 보고 놀랐어요. 자칫하다가는 아가씨에게 내 과거의 거짓말이 옮겨갈지도 모른다는 착각에 빠졌었거든요. 아가씨가 빅처럼 될지도 모른다고요. 미친 사람의 헛소리죠. 그래도 나는 그렇게 느꼈고 아가씨를 보호하고 싶었어요.

그래서 나는 가게 문을 닫고 과거와 대면하려고 했어요. 일본으로 가 타무라를 만났어요. 타무라는 어엿한 사업가가 되어 있었고 나에게 자기 일을 도와주지 않겠냐고 제안했어요. 나는 나중에 답을 주겠다고만 했어요.

나는 왐보시에게 전화를 걸어 타무라와 함께 쟝-밥티스트와 빅의 무덤으로 가자고 이야기했죠. 타무라는 그때 일을 몰라요. 나와 왐보시만 알죠.

그리고 오늘 돌아왔어요.

말이 너무 길어졌네요.

미안해요.

4.

아저씨는 긴 이야기를 마쳤고 우리는 한동안 아무 말도 없었다.

허공에 흩어지는 시가 연기만 바라보며 밤이 새도록 그 자리에 앉아있기만 했다.

커피는 식었고 시가는 모두 재가 되었다.

아저씨는 떠났고 나는 아저씨에게 아무 말도 하지 못했다.

가게는 문을 닫았고 카페 〈빅〉과 아저씨의 모습은 사라졌다.

나는 더 이상 커피숍에서 글을 쓰지 않게 되었다. 예까체리나 이바노비차 솔다토프, 빅에 대한 이야기는 완전히 잊어버리려 노력했다.

나는 남영동을 떠났고 학교를 졸업했고 소설을 쓰며 직장에 다녔고 거기서 새로운 남자친구를 만났다.

그는 내가 타준 커피가 맛있다고 했다.

■ 지 문 과 커 피 는 ……

　소설을 쓰겠다고 마음먹고 열심히 수련하던 2007년 시절, '지문'을 주제
로 썼던 엽편 〈빅〉을 오랫동안 고쳐온 글이다. 지금의 형태를 갖추게 된 것은
2011년 5월 1일 일요일 오후 7시다. 빅의 일화에 여주인공의 일인칭 독백이
들어가며 점점 살이 붙었다. 당시 살던 남영동 풍경을 담고 있고, 그 외에도
특전사 요원이었던 내 아버지의 경험담이나 이야기가 많이 들어가 있다.

　이름을 가지고 내기를 하는 아이디어는 〈카우보이 비밥〉의 에피소드 중
스페이스 트럭운전사 여장부 V. T에서 따 왔다. 나는 그 에피소드를 특히 좋
아하는데, V. T가 내 어머니와 닮았기 때문이다.

데 스 매 치 로 속 죄 하 라
국 회 의 사 당 학 살 사 건

데스매치로 속죄하라
국회의사당 학살 사건

1. truth4all.egloos.com/19483 (2012년 12월 1일 토요일)

2012년 9월 3일 오후 7시 26분경. 주범 장백산의 죽음과 함께 일명 〈국회의사당 학살사건〉의 막이 내렸다. 그러나 국회의원 전원이 잔인하게 살해당한, 대한민국 건국 이래 유례없는 괴사건의 여파는 아직도 계속되고 있다. 흥미본위의 지엽적이고 말초적인 정보를 물어뜯느라 바쁜 언론 때문에 진실은 여전히 미궁 속이다.

이 사건은 제대로 이해해야 한다. 그렇지 않으면 테러, 대형사고, 조직적 강력범죄에 제대로 대처하지 못하고 비극을 반복하게 될 것이다.

온갖 억측과 음모론, 속보, 엉터리 정보는 진실을 가리고 사람들을 불안하게 만들 뿐이다. 인간은 이해할 수 없는 문제를 맞닥

뜨리면, 지성과 논리가 아닌 감정에 의지하곤 한다. 제대로 된 정보를 제공하지 않으면 동물적인 본능이 불안을 증폭시키고, 스스로를 파멸에 이르게 한다.

나는 지금의 대한민국이 그 어느 때보다 '정보'를 필요로 한다고 주장한다. 사건이 터진 지 3개월이 지나도록 제대로 된 대처와 조사도 없이 정부는 강압적으로 정보를 통제하려 들고 있다.

진실은 단순하지 않다. 객관적으로 확인된 정보를 다각도에서 취합할 때 드러나는 복잡한 구조물이다. 이 사건을 이해하려면 지엽적인 정보가 아니라, 핵심적인 정보가 필요하다.

이 글은 본래 내가 일하고 있는 잡지사의 월간지 특집기사로 예정되어 있었다. 모종의 압력으로 나는 잡지사를 그만두게 되었고, 이 기사의 초고는 내 하드디스크에 영원히 잠들 운명이었다. 그러나 나는 이 기사를 그대로 묻힐 수 없다. 나는 앞으로 이 블로그에 연재될 예정인 기사를 통해 사람들이 올바른 진실을 구축할 수 있도록 정보를 전달하고, 장백산이 어떤 과정을 통해 바가반 치타사난다라는 왜곡된 구조물로 구축되었는지 분석할 생각이다.

장백산. 그는 나의 친구이자, 테러조직의 우두머리이자, 유사 이래 대한민국 범죄 사상 최악의 범죄를 저지른 흉악범으로 역사에 남게 되었다. 그러나 전직 프로레슬러, 종교가, 사기꾼 등 여러 수식어 중에서도 그에게 가장 어울리는 말은 역시 거인이었다.

프로레슬러는 신장과 체중을 부풀린다. 그도 현역 프로레슬러

시절 그러했었다. 부검 결과 키 211센티미터, 몸무게 188.7킬로그램임이 밝혀졌다. 인상적인 수치다. 엄청난 근육으로 '비스트'라는 이명을 얻은 이종격투기 선수 밥 샙의 신체조건이 키 200센티미터에 몸무게 170킬로그램이라는 점을 감안해보면 상상을 초월하는 육체의 크기를 어림짐작할 수 있을 것이다.

거인은 죽어서도 기이했다. 자기 자신을 신화로 포장한 광대는 죽어서까지 장난을 멈추지 않았다. 검시관에 따르면 격렬한 운동 후 사망한 시체에게서 흔히 나타나는 강한 사후경직으로 인해 주검을 데운 뒤에야 겨우 메스를 사용할 수 있었다. 신체 각 부분에 총상을 입었으며, 적출한 탄두는 모두 쉰다섯 개였다. 사망원인은 출혈과다였다.

그가 총을 맞는 순간 나는 현장에 있었다. 미국과 달리 강력범죄에도 총을 사용하지 않는 우리나라에서 (군대에서 총을 쏴 본 경험자는 얼마든지 있으나) 사람이 총에 맞는 장면을 직접 목격하는 경험을 몇이나 할까? 나는 그 희귀한 사람 중 하나가 되었고, 아이러니하게도 죽은 사람은 나의 친구였다.

당시 국회의사당 앞에 저지선을 펼친 부대는 일명 707부대라 부르는 대테러부대로, 특전사 정예요원만을 선발하여 혹독한 훈련을 시켜 구성한 정예부대다. 당연히 사격실수는 없었다. 대테러작전의 경우 표적이 인질과 가까이 있는 경우가 많기 때문에 정확한 사격과 억지력은 무엇보다 중요하다.

사격 실력뿐 아니라 일반적으로는 사용이 금지된 홀로 포인트 탄을 사용하기까지 한다. 탄두 끝이 오목해, 신체 내부에서 에너지양을 견디지 못하고 파열하는, 살상력을 높인 탄환이다.

그는 707부대가 정확하게 사격한 홀로 포인트 탄환을 맞았다. 탄환은 파열하지 않고 회전을 멈추었고, 엄청난 밀도의 근육 탓에 내장까지 파고들지 못했다. 50여 발이나 총알 세례를 받은 이유는 여기에 있었다.

당시 장백산은 이미 국회의사당에서 벌인 대량살인으로 상처투성이였고, 출혈이 멈추지 않는 상태였다. 총상 때문에 딱지처럼 굳은 오래된 피 위로 새로운 피가 흘러내렸다. 그런데도 그는 멈추지 않고 다가오며, "내가 너희의 죄를 사하노라." 라고 끊임없이 외쳤다. 거대한 몸을 울림통 삼아 외치는 소리로 신도를 모으던 거인은 총성보다 더 큰 소리로 외쳐댔다. "나는 너희를 모두 사랑한다. 나는 너희를 사랑한다. 정말로 사랑한다. 나는 너희를 구원하리라. 너희를 살리리라. 내게로 오라. 내게로 오라." 그리고 대원 중 한 명을 품에 안은 뒤, 출혈과다로 인한 심부전으로 사망했다. 죽는 순간 그의 몸은 경직되어 동상처럼 제자리에 섰다.

그리고 나는 들었다. 그는 마지막 유언으로 산스크리트어로 된 기도문을 외쳤다. "옴, 샨티, 샨티, 샨티." 우리말로 번역하자면, "오, 환희, 환희, 환희여." 다.

후에 나는 당시 그의 품에 안겼던 707 부대원을 인터뷰했다. 그는 말한다. "안 되면 되게 하라, 그게 특전사의 슬로건입니다. 믿을 수 있는 것은 내 손과 손에 든 무기예요. 분명 나는 제대로 총알을 박아 넣었는데도 그 남자는 멀쩡했습니다. 그 남자는 엄청나게 큰 자석 같았어요. 존재감 때문에 주변에 자기장이라도 생긴 느낌이 들 정도로 공기가 찌릿찌릿했죠. 그 남자는 날 안아주었습니다. 포옹이죠. 진짜 부드럽고 따뜻했어요. 지금까지 살면서 지은 죄가 싸악 녹아버리고 눈에서 눈물이 터져 나왔어요. 인간을 초월한 존재, 초자연적인, 그래요, 기적. 말 그대로 기적이었습니다."

그는 당시를 떠올리며 황홀함이 가득 피어난 표정을 지었다. 종교적 환희를 느끼는 듯했다. 그러나 나는 기적을 믿지 않는다.

나는 아마추어 마술사이기도 하다. 기적이라며 보여주는 대부분의 현상이 어떻게 연출되었는지, 나는 잘 알고 있다. 마술사는 절대 같은 마술을 같은 자리에서 두 번 보이지 않는다. 트릭이 들통 나기 때문이다. 그래서 기적은 같은 자리에서 두 번 일어나지 않는다. 분명 비밀이 있다. 그 날의 사건에는 이해할 수 있는 이유가 분명 있을 것이다. 나는 그렇게 믿고 계속 조사했다.

과연 그가 마지막에 외친 환희는 무슨 의미인가? 그날 도대체 무슨 일이 벌어졌단 말인가?

이야기를 2012년 9월 3일 오전 11시경으로 돌리자. 국회의사당 학살사건의 진행은 이렇다. 국회 의사당에는 제19대 첫 정기국회 개회식을 위해 국회의원 전원이 모였다. 이례적인 일이다.

여야가 빠짐없이 참여한 이 날, 기자들은 "평소랑 다른 짓 하면 사람이 죽는다는 데, 이거 오늘 누구 하나 죽는 거 아니냐?" 하고 농담을 했다고 한다.

농담은 현실이 되었다. 무장한 테러조직이 된 종교 교단 치타사난다가 국회의사당을 습격하고 점거했다.

교주 바가반 치타사난다, 본명 장백산이 이끄는 교단 치타사난다의 제자 30여 명은 국회의사당으로 접근했다. 표면적인 이유는 종교적인 문제로 평화적 항의를 하기 위해서였다. 버스에서 꺼낸 짐에는 무기가 가득했다.

국회의사당은 의외로 쉽게 점거당했다. 목적도 밝히지 않은 채, 치타사난다는 외부와 연락을 끊고, 국회의원을 제외한 직원과 보좌관 등을 국회의사당 밖으로 내보냈다.

국회의사당에서 일명 데스매치라고 불리는 프로레슬링 경기 방식으로 국회의원이 하나하나 잔인하게 살해당하는 동안, 초기 대응은 서투르기만 했다. 매뉴얼도 없이, 설령 있더라도 매뉴얼 실행에 따르는 판단을 담당할 책임자도 없이, 인맥에 의존해 전화 한 통으로 일처리를 하는 이 나라의 한계를 여실히 드러냈다.

국회의원들의 주검은 하나같이 온몸이 난자되고, 관절이 부러지고, 피부가 뜯겨 나가고, 압정과 형광등과 철조망의 조각이 고슴도치처럼 박힌 채로 발견되었다. 이미 사람이 아니라 토막 난 고깃덩어리로만 여겨질 정도였다. 영화 속 특수효과로 구축한, 그로테스크한 피와 살로 이루어진 종교적 제의의 폭력적 미장센이었다.

제자 30여 명은 모두 공통적으로 목이 부러진 채로 발견되었다. 국회에서 근무하는 직원이나 국회의원 보좌관 등은 사건 초기 국회의사당에서 풀려나 증인능력은 없었다.

사건 발생 8시간 뒤, 오후 7시 장백산은 국회의사당 밖으로 나왔고, 707부대에 의해 사살당했다.

극단적으로 말하자면 이번 사건은 필연이었다. 707부대의 장백산 사살조차 미흡한 대처에 불만을 품고 단독으로 행동한 것으로, 이는 명백한 군법위반이다. 모두가 아는 사실이지만 이는 이후 정치문제로 발전하였고, 국방부 장관이 사퇴하느냐 마느냐로 발전하였다. 국민들은 일을 '화끈하게' 처리한 707부대를 지지했고, 사퇴는 백지화되었다.

내 개인적인 의견을 말하라고 한다면, 앞으로 이야기할 장백산의 행적과 그가 품었으리라 추측하는 동기를 토대로 판단해 볼 때, 그는 더 이상 저항할 의도가 없었다고 보인다. 그러나 당시의 707부대가 이를 판단하는 것은 무리다. 그들이 택한 행동은 확보한 정보를 바탕으로 한 최선의 선택이었다. 여기서도 정보의 중요성이 다시 부각된다고 본다. 따라서 나는 그들을 비난할 의도는 없다.

다만 내가 문제 삼는 것은 '리더로서 기능하지 못하는 리더의 위험성'이다. 평소에는 물론이고 비상사태 시에는 더더욱, 리더는 전체를 파악하고 적확한 판단을 내리는 본연의 기능을 유감없이 발휘해야 한다. 실제로 극한 상황을 자주 맞이하는 배의 선장이나 극지탐험대의 대장에게는 리더로서 기능을 충실히 수행하기 위해 절대적인 권력이 부여된다. 그들은 조직 내 선원, 대원의 목숨이라는 책임을 지기에 그만한 권리를 갖는 것이다.

만일 리더가 역량이 부족하여 제대로 기능치 못한다면 아무리

조직 전체가 일사불란하게 움직여도 아무 의미가 없다. 잘못된 선두를 따르는 레밍 집단처럼 빠르고 신속하게 절벽에 몸을 던져 집단자살로 끝난다.

조직 내에서 절대적인 영향력을 행사하는 우두머리가 잘못된 정보를 바탕으로 그릇된 선택을 한다면 조직은 파멸한다. 우두머리가 폭주하는 망상을 현실과 구분하지 못하거나, 제대로 역할도 책임도 다하지 못하면서 절대 권력만을 원한다면 더 말할 필요도 없다. 안심을 얻으려 생각을 멈추고 지도자에게 충성을 바치는 자들과 절대 권력에 도취되어 제 기능을 못 하는 리더로 이루어진 조직은 스스로의 힘으로 파괴된다.

더 큰 문제는 이러한 잘못된 조직은 조직 내부만이 아니라 외부에까지 피해를 입힌다는 사실이다. 옆 나라 일본만 보더라도, 옴진리교 사건, 후쿠시마 원전 유출 사건 등 잘못된 조직이 빚어낸 대형사고로 많은 무고한 피해자를 만들고 말았다. 이 조직은 일종의 '축소된 일본'으로서 일본 사회 전체의 문제를 노출시킨 케이스라고도 볼 수 있다.

만일 이 관점에서 본다면, 국회의사당 학살사건은 대한민국의 문제를 드러내는 축소판인 셈이다. 이 사건을 제대로 이해하는 점의 중요성을 다시 한 번 강조한다.

이후의 사건 전개는 다음과 같다. 이 사건은 대한민국의 입법부를 마비시켰다. 후폭풍으로 과거 군사정권의 쿠데타와 마찬가지로 정부가 전복되는 일이 벌어지지는 않을까 두려워한 사람들이 있었다. 실제로 외신이 그러한 분석을 내놓기도 했다. 국정원이나 경찰 공안당국, 군대에서는 북한의 공격에 유의해 미군의 협력을 요청하기도 했다.

대한민국은 아무 일도 벌어지지 않았다. 국회의원 유가족에 대한 조치도 제대로 이루어지지 않았다. 국회의원 유가족에게 "잘 죽었다"고 폭언을 하는 국민 정서마저 있었다. 금전적 보상도 심리적 상처의 치유도 이루어지지 않았다.

너무 많은 국회의원이 한꺼번에 죽어서 이번 일을 조사하다 예상치 못한 지뢰——혹시나 있을지 모르는 비리나 의혹의 증거——를 캐내지는 않을까 두려워한 사법부는 진상 검증에 미온적이었다. 정보은폐에 나섰다는 의혹도 있다. 일개 힘없는 글쟁이인 내가 이 연재기사를 개인 블로그에 게재하고 있다는 사실이 그 증거다.

대한민국은 사상누각보다 심각한, '모래사장 위에 모래로 지은 누각'이었다. 비가 내려 누각이 완전히 녹아내렸는데도, 책임지는 이도 없고, 모래 산으로 변한 더미를 감춘 채 누각이 있다고 거짓말을 반복하고, 이 사실을 은폐하느라 바쁘다. 설령 누각이 모래 산으로 변했다는 사실이 발각되더라도, 책임자라는 이름의 희생양을 골라내 '시범 케이스'로 성대하게 처형하기만 하면 국민 정서는 가라앉는다.

대한민국은 중세국가, 샤머니즘 국가다. '벌거벗은 임금님'과 벌이는 소꿉놀이에 불과하다. 교단 치타사난다가 작은 대한민국이 아니라, 대한민국 자체가 거대한 교단 치타사난다인 셈이다.

2. truth4all.egloos.com/19487 (2012년 12월 8일 토요일)

두 번째 연재기사를 올리는 데 어려움을 겪었다. 아직 구체적인 내용이 들어가 있지도 않은데도, 블로그 댓글란은 소위 정치적인 '키배'로 어지러워졌다. 나는 어디까지나 목적이 특정한 정치세력을 지지하기 위한 프로파간다가 아닌, 객관적 정보와 나 개인의 해석을 제공하는 데에만 목적을 두고 있고, 이에 전념하고 있다. 완벽하게 중립적인 정보는 존재하지 않고, 완벽하게 객관적인 입장은 존재할 수 없다. 그렇다고 해서 객관적인 입장을 포기하는 것은 내가 이전 기사에서 말한 사고 정지의 위험성 그 자체다.

따라서 나는 내 입장이 어디에 위치하고 어떤 근거로 이야기하고 있는가를 모두 밝히면서, 논의를 전개하고자 한다. 만일 내가 취하고 있는 입장에 동의하지 않는다는 사람이 나타난다 하더라도, 그 불일치점의 원인에 대해 논을 전개할 가능성이 열리게된다. 나는 악의적인 인터넷 논객이나 교단 관리자들이 내게 퍼붓는 잘못된 비판, 인신공격, 혼잣말을 그대로 둘 생각이다. 판단은 독자들에게 맡기겠다.

저번 기사에서 사건에 대한 대략적인 윤곽을 제시했으니, 이번 기사에서는 내가 이 사건과 어떠한 관계에 있고, 이 기사를 쓰게되었는지에 대해 밝히고자 한다.

나는 교단 치타사난다의 신도와 간부들에게 미움을 받아왔다. 그들이 하지 못한 일을 한 사람이기 때문이다. 나는 그들의 구루 장백산의 친구였으며, 동시에 그가 만든 교단의 위험성을 폭로한 〈광기의 교단〉을 출판한 배신자다. 그들 중 일부는 교단이 사라진 지금도 나를 미워하고 있으며 마구니, 악마, 가룟 유다라 부르며 이 블로그에 공격을 감행하고 있다.

내가 장백산과 친분을 가지게 된 계기는 1995년 벌어진 '옴진리교 지하철 사린 사건'으로 거슬러 올라간다. 전 세계적으로 충격을 준 사건임에는 분명하나, 대한민국의 평범한 사람들에게는 고작 머리와 수염을 지저분하게 기른 수상쩍게 생긴 교주 아사하라 쇼코(본명 마츠모토 치즈요)의 이미지가 지식의 전부일 것이다. 나는 일본 여행 중 사건을 마주하게 되었다. 지금 되돌아보면 안타까운 일이다. 이 사건을 제대로 이해하였더라면 이번 비극은 벌어지지 않았을 것이다. 역사는 계속해서 오류를 반복하고 이를 이해하지 못한 인류는 같은 상처로 괴로워한다. 당시의 나도 그 정도까지의 사명감은 가지고 있지 않았고, 단순히 흥미롭다는 이유로 옴진리교를 독자적으로 조사했다. 그 과정 중 비슷한 메커니즘으로 성립된 종교집단이 한국에도 존재한다는 사실을 알게 되었다. 종교집단 치타사난다다.

치타사난다는 산스크리트어 치트(chit), 사트(sat), 아난다(ananda)를 한꺼번에 붙여 부르는 개념으로, 보통은 사트-치트-아난다라고 부른다. 각각 실재(實在) 의식(意識) 지복(至福)을 의미하는데, 힌두교의 신비주의 사상인 우파니샤드에서 유래한 말이다. 교단에서는 치타사난다를 불교의 깨달음, 힌두교의 니르바나와 같은 경지로 보고 이를 목표로 수행하고 있다.

그중에서도 문제가 된 교리가 있다. 이 교리는 옴진리교와 교단 치타사난다에 공통으로 존재하는데, 죄 많은 이를 치타사난다의 경지로 올리는 방법이다. 특별한 수행을 거치지 않더라도, 해탈한 사람이 그들을 죽여 더 높은 스테이지로 환생시킨다는 논리로, 티베트 밀교의 포와(pho ba)라는 개념에서 유래했다.

본래 포와란 티베트 불교 닝마파의 신비주의 교리로, 살아있는 구루가 영적인 힘으로 죽어가는 사람 혹은 죽은 자의 혼을 더 높은 단계로 환생시키는 행위를 말하는데, 옴진리교는 교단 내부에서 우발적으로 일어난 살인을 종교적인 프레임으로 정당화하고 미화하기 위해, 죄를 진 자가 더 많은 죄를 짓기 전에 죽여 환생을 시켜주는 행위로 해석했고, 이후 린치나 사형의 의미로 사용했다.

이는 '아사마 산장 사건'을 일으킨 연합적군의 '총괄'이라는 말과 유사하다. 아사마 산장 사건은 1972년 2월 19일 일본 나가노현에 있는 휴양시설 아사마 산장에서 연합적군이 일으킨 사건으로, 간부급 조직원 5명을 포함한 15인이 인질을 잡고 10일 간 경찰과 대치한 사건이다. 조사 결과 연합적군은 사상 단결을 목적으로 총괄이라는 이름의 린치를 가해 29명의 적군파 대원 중 12명을 살해했음이 밝혀졌다. 이 사건은 국회의사당 학살사건과 유사한 패턴을 보이는 또 다른 사건으로, 옴진리교가 벌인 여러 강력범죄 또한 이 사건과 유사하다는 지적이 과거에도 일본에서 있어 왔다.

교주의 홀리 네임이자, 교단의 이름이며, 동시에 그들이 목표로 하는 상태의 이름이기도 한 치타사난다는 교단 내부에서 포와나 총괄과 같은 의미로 사용되기도 했다. 내가 〈광기의 교단〉을 쓰기 위해 취재하던 당시에는 아직 치타사난다라는 개념이 총괄이나 포와의 논리까지 발전하지 않은 상태였다. 그러나 언젠가는 논리적 귀결로 포와가 될지도 모른다는 불안감이 있었다. 졸저를 읽어본 분들이라면 알겠지만, 책의 내용은 바로 이 점을 경고하고 있다. 나는 장백산에게도 이를 경고했었다. 어쩌면 더 적극적으로 행동했어야 한다는 후회도 든다.

그러나 광기에 찬 리더와 생각을 멈춘 추종자로 이루어진 조직은 아무리 자정노력을 하더라도 결국 파멸로 치닫게 된다. 체질을 바꾸어 항상 생각과 자정노력이 멈추지 않도록 애쓰지 않는 한, 건전했던 조직도 부패하고 만다.

사건이 벌어진 전날, 나는 장백산에게 편지를 받았다. 재미있는 일이 벌어질 테니 국회의사당 근처에 와 있어 달라는 내용이었다. 지금 생각해보면 이는 미시마 유키오 할복자살 사건의 흉내다. 그는 생전에 미시마 유키오의 소설을 좋아했고, 나와 함께 영화 〈미시마〉를 몇 번이고 보았다. 미시마 유키오는 자신의 추종자들과 함께 〈방패회盾の會〉라는 사설군대를 조직하고, 자위대에 체험입대 하는 등 우익적인 행보를 보이다, 추종자들과 함께 육상자위대 동부방면대 총감을 인질로 잡고 "나와 함께 천하를 바꾸자. 궐기하라, 자위대."라고 연설한 일명 미시마 사건을 일으

켰다. 그러나 자위대원들은 오히려 야유를 퍼부었고, 실망한 그는 할복자살했다. 〈미시마〉에서도, 사건 전날 미시마 유키오가 지인에게 사건을 예고하는 편지를 보낸 사실이 묘사되어 있다.

사건 현장에서 나는 707부대와 대치한 장백산을 보았고, 그가 죽기 직전 외친 산스크리트어 기도문 "옴, 샨티, 샨티, 샨티"의 의미를 이해하고자 마음먹었다는 이야기는 이미 전 기사에서 밝힌 바 있다. 나는 진실을 알고 싶었다. 그리고 아직 진실을 모두 파악하지 못했으나, 오해를 무릅쓰고 비약하자면, 내가 모은 자료만으로도 대한민국이 곧 교단 치타사난다라는 결론에 도달할 수 있다.

이에 앞서 그동안 제기된 다양한 사건 원인 가설에 대해 이야기하고자 한다. 현재까지 범행에 대한 가장 유력한 설은 세 가지로, 마야 달력 종말론설과 북파 간첩설, 지존파 모방설이 있다.

이 중 첫 번째로 마야 달력 종말론 설에 대해 논하자면, 이 설은 2012년 마야 달력에 의한 멸망을 두려워 한 사이비 종교 교단의 일탈행위로 이 사건을 해석하고 있다. 이 의견은 인터넷을 중심으로 확산되었다.

나는 이를 부정한다. "마야 달력은 단지 칸이 부족해서 2012년까지만 적어놓은 것"이라고 장백산이 직접 이야기했던 적이 있기 때문이다. 이는 교단 관계자들도 인정하고 있으며 자신들의 교리와 마야 달력은 아무 관계가 없다고 밝히고 있다.

두 번째로 유력한 설은 간첩설이다. 북한의 사주에 의해 벌어진 사건이라는 주장인데, 지 아무개, 변 아무개 등 소위 시사평론가, 인터넷 논객, 애국보수주의자들이 각종 SNS, 신문, 저서(도대체 그 짧은 시간에 어떻게 책을 써냈는지 놀라울 따름이다) 등 다양한 매체를 통해 강력히 주장하고 있으며, 많은 인터넷 극우주의자들의 지지를 받고 있다. 교단 내에 북한 관계자나 스파이가 침투해 이러한 사건이 일어나도록 '선동'했다는 것이다.

이 또한 무리가 있는 설이다. 극우 논객들은 레드 콤플렉스라는 붉은 색안경을 끼고 세상을 바라본다. 그들의 조야한 프레임으로는 이 사건을 파악하는 것은 불가능에 가깝다. 레드 콤플렉스는 종교와 마찬가지로 불안 장사다. 사실 그들은 저급한 수준의 교단 치타사난다. 그들의 주장은 일축해도 된다고 단언한다.

그 증거로 나는 과거 교단을 취재할 당시 잠입해있던 사복 경찰에게서 들은 말을 옮겨놓겠다.

공안경찰뿐만 아니라 세계 어느 경찰조직이라도 현 권력을 비호하기 위해 안보문제만큼은 신속하게 대처한다. 실제로 옴진리교에서는 권총으로 인한 장관암살미수사건이 벌어졌는데, 용의자로 붙잡힌 신자가 일본 경시청의 사복 경찰이었기에 아직도 진범이 누구인지에 대한 논란이 벌어지고 있다. (용의자는 본인이 범인이라고 자백했고, 증거도 충분했으나, 불가사의한 증거 소멸로 인해 증거불충분처리 되었다.)

잠입한 사복 경찰은 말한다. "북한에 있는 동포를 구원하자는 식의 말은 있었어도, 북한을 찬양하거나 하는 말은 없었습니다.

애초에 교단의 교리상 교주가 최종 해탈자(解脫者)이자 가장 강한 자인데, 북한을 (위로) 모실 이유가 없지요. 오히려 북한과 대립하고 있었고, 적극적으로 일본의 민단과 협력해 탈북자들을 지원했습니다."

이상의 이유로, 북한 개입은 무리라고 판단한다.

마지막으로 지존파 모방설이 있다. 1990년대 최대의 강력범죄를 저지른 살인집단인 지존파처럼, 권력자나 부자 등 사회지도자층에 대한 적의를 품고 벌인 '테러' 행위였다는 설이다.

"더 죽이지 못한 게 한이다.", "돈 많다고 거들먹거리는 놈들이 싫었다.", "시작도 못 하고 여기서 끝난 게 안타깝다.", "피해자들에게 개인적인 원한은 없지만, 사회에 복수하고 싶었다.", "우리가 그들을 살해한 것이 아니라 불공평한 우리 사회가 호의호식하며 살아온 자들에게 내리는 벌이다." (이상, 표창원 저 〈한국의 연쇄살인〉에서 재인용)

이는 무장단체를 만들어 사회에 복수하려 했고, 무차별로 사람을 죽이는 살인공장의 악마들, 지존파가 검거 당시 카메라에 대고 외친 말이다. 왜곡된 논리구조, 리더(지존)를 향한 절대적인 충성, 사회 부적응, 극단적인 범죄 등이 교단 치타사난다와 공통점이 많은 것은 사실이다. 비슷한 해외 범죄 사례로, 종교적인 색깔을 보인 맨슨 패밀리와 비교하는 사람도 있다.

표창원의 〈한국의 연쇄살인〉을 참조해보면, 그들은 가장 나이가 많은 남자를 '지존'으로 모시며 절대적인 충성을 강조하는 극단적인 조직을 만들고, 배타적인 폭력을 휘둘러왔다. 그들은 모두 20대 초반이었고, 불우한 성장 과정을 거쳤다.

여담이지만 김지운 감독의 영화 〈악마를 보았다〉에서 최민식이 맡은 악역은 과거 '지존파'와 비슷한 무장단체 소속이었음을 암시하고 있다. 영화에서는 지존파가 범행 아지트에 만들어 놓은 지하 비밀계단과 철망을 엮어 만든 지하 감방과 유사한 시설을 묘사하고 있다.

그러나 나는 이 설도 진실과는 다르다는 의견이다. 지존파의 범행동기는 국가, 정확히는 부자나 정치가 등 사회지도층에 복수하는 것인 반면, 교단 치타사난다는 그들을 구원하려 했다. 내가 한 이 말을 오해하지 않아주었으면 한다. 이 말은 정말 그들이 그런 목적으로 '숭고하게' 살인을 저질렀다는 의미로 한 말이 아니다. 적어도 그들의 목적은 종교적 의미의 구원이었다는 말이다.

국회의사당에서 벌어진 고문과 살해 그 자체가 범행동기이자 목적이라고 나는 주장한다. 고문을 통한 일종의 대승적인 종교적 구원, 즉 포와라는 것이다. 나는 앞에서 포와의 논리를 소개했다. 포와가 린치와 동의어가 된 데에는 우발적 살인이라는 방아쇠가 있었다.

그렇다면 교단 치타사난다가 학살사건을 벌이게 만든 방아쇠는 무엇이었는가? 이에 대한 해답을 찾기 위해, 나는 다음 기사에서 이 방아쇠가 된 '안산 칼잡이 살해사건'과 교단 치타사난다의 성립배경에 대해 다루도록 하겠다.

3. truth4all.egloos.com/19491 (2012년 12월 11일 화요일)

나는 먼저 쿤달리니 요가, 옴진리교, 쾌락살인 등 인간의 무의식에 대해 전문가를 인터뷰하기로 마음먹고 일본으로 떠났다.

2012년 10월 5일 저녁, 나는 도쿄 신주쿠에 있었다. 세뇌 전문가 토마베치 히데토 박사의 사무실이다. 그는 삼십 개가 넘는 회사를 경영하는 비즈니스맨이자, 기타리스트다. 그러나 본래 분석 철학자이자 인지과학자로, 옴진리교 교단이 가한 악질적인 세뇌를 푼 것으로도 유명하다. 빈티지 기타와 고급 가구로 둘러싸인 사무실에서 인터뷰가 진행됐고, 나와의 시간은 2시간밖에 주어지지 않았다. 내가 사건의 개요를 설명하자, 가만히 기타를 치며 듣고 있던 박사는 갑자기 추상도라는 개념을 꺼내며 장광설을 시작했다. 이를 요약하면 다음과 같다.

추상도란 존재를 설명하는 방식으로, 정보량을 기준으로 한다. 정보량이 많을수록 추상도가 낮아진다. 추상도가 가장 낮은 상태, 다시 말해 정보량이 많은 상태를 모순이라 한다. 예를 들면 '야옹, 하고 우는 개'는 모순이다. 개를 정의하는 데 필요한 정보와 고양이를 정의하는 데 필요한 정보를 모두 가지고 있기 때문이다. 고양이의 추상도로는 개를 이해할 수 없다.

추상도를 올리면 이 모순은 사라진다. 정보량을 줄여 포유류라는 개념을 정의하면 고양이와 개를 한꺼번에 정의할 수 있는데, 이를 포섭(包攝)이라 한다. 본래 포유류는 우리가 오감으로 느낄 수 있는 존재가 아니라, 추상적인 개념이다. 그럼에도 인간은 이 추상적인 개념을 통해 리얼리티를 느끼도록 진화했다. 덕분에 영화, 음악, 소설 같은 엔터테인먼트는 물론이고, 사회 시스템인 법, 문화, 종교, 학문이 생겨났다.

박사는 이런 추상도가 높은 세계를 농담 삼아 저승(あの世), 혹은 '망상의 세계'라 부른다. 망상의 세계는 정보로 이루어져 있다. 바둑을 두고 있는 사람은 바둑이라는 망상의 세계 속 주민이 된다. 영화나 소설도 마찬가지다.

추상도가 높은 망상에 동조하게 되면 도파민이 다량 분출하게 된다. 도파민은 뇌내전달물질로 쾌감과 운동을 촉진한다. 기분 좋은 섹스의 도파민 분비량이 100이라고 한다면, 음주가 200, 헤로인이 300, 코카인이 400, 각성제가 1000, LSD가 2000~3000에 달한다. 옴진리교는 명상의 대용품으로 LSD를 사용했는데, 고위 간부였던 죠유 후미히로가 "명상은 섹스보다 기분 좋다"고 한 말은 도파민 수치만 놓고 보면 사실인 셈이다. 도파민이 분출되면 사고의 속도가 빨라지고, 에너지가 넘친다. 그러나 도파민 분비가 과도하면, 과거에는 정신분열증이라 불렸던 조현병(調現病)의 발병원인이 된다. 천재와 광기는 종이 한 장 차이라는 말은 과학적으로 근거가 있다.

누군가가 더 큰 망상의 세계를 현실에 구현하려고 하면 모순을 해결하기 위해 자아의 추상도를 높이고, 도파민 분비를 촉진해서 자아를 팽창시킨다. 존재감을 강하게 만들어주는 것이다. 이를 보통 카리스마라 부른다. 이 카리스마에 동조하면 도파민이 분비되어 다행감(多幸感)을 경험하게 된다. 나치나 구 일본제국 같은 극우적인 이념에 세뇌당한 사람들이 느낀 종교적 황홀감은 바로 이 메커니즘으로 발생하는 것이다.

모순을 추상도를 높여 해결하려 하지 않으면 잘못된 방향으로 폭주해 파국을 맞는다. 예를 들면 '야옹 하고 우는 개'라는 모순을 추상도를 높여 포유류라는 개념에 포섭시키지 않고, (상징적인 의미를 문자 그대로 해석하려 들듯) 현실에서 물리적으로 존재한다고 믿고 평생동안 찾아 나선다면 인생을 망치게 된다. 거대한 망상의 세계에 동조해, 일종의 아바타가 된 카리스마적인 '망상의 대리인' 주변에서는 항상 이런 위험이 도사리고 있다. 옴진리교가 그랬고, 나치가 그랬다. 망상의 대리인이 품은 광기에 동조한 결과다.

"사실 명상은 매우 위험합니다. 그중에서도 위험한 것이 쿤달리니 요가인데, 막대한 도파민 분비를 촉진하기 때문에 광기를 일으킬 확률도 커집니다." 박사는 단테스 다이지의 〈니르바나의 프로세스와 테크닉〉이라는 책을 꺼냈다. "옴진리교는 이 책에서 많은 것을 훔쳐왔습니다. 쿤달리니 요가의 핵심을 다루고 있지요. 그래서 이 책 맨 처음에는 이런 경고문이 적혀있습니다. '올바른 스승의 지도 없이 이 기법을 사용할 경우 폐인이 되거나 죽을 위험이 있다,' 라고."

쿤달리니 요가란 신체의 존재하는 근원적인 에너지인 쿤달리니를 해방해 깨달음을 얻는 에너지 요가로, 에너지를 관리하는 센터인 일곱 개의 차크라를 대상으로 한다.

1) 물질을 담당하는 물라다라(=회음부)

2) 생식을 담당하는 스와디스타나(=성기)

3) 에너지를 담당하는 마니푸라(= 태양신경총)

4) 감정을 담당하는 아나하타(=가슴)

5) 개성을 담당하는 비슛다(=갑상선)

6) 의지를 담당하는 아즈나(=미간)

7) 깨달음을 담당하는 사하스라라(=정수리)

물라다라 차크라에서 사하스라라 차크라까지 쿤달리니 에너지를 끌어올리면 니르바나를 성취했다고 본다. 쿤달리니 요가의 구체적인 기법에 대한 설명은 위험하기 때문에 접어두겠다.

"간단히 말하면 쿤달리니 요가란 임사체험입니다."

"뭐라고요?"

"하하하하." 어린아이 같은 웃음소리였다. 박사가 내게 몸을 숙이며 말했다. "물라다라 차크라는 전립선 마사지입니다. 물라다라 차크라는 사실 전립선입니다. 쿤달리니 요가란 결국 기구나 타인의 도움 없이 전립선을 스스로 자극해, 명상을 위한 에너지인 도파민을 대량분출 시키는 요가입니다. 흔히 말하는 드라이 오르가슴이지요."

"그런 게 가능하단 말입니까?"

"하하하. 가능하니까, 요가가 몇 천 년 동안 내려왔겠죠. 별것 아닙니다. 전립선과 발생학적으로 같은 기관이 여자들의 G 스폿이거든요. G 스폿으로 오르가슴을 느끼면 실신하거나 환상을 보는 등 요가와 비슷한 체험을 합니다. 쿤달리니 요가란 궁극의 마스터베이션인 셈이지요. 물라다라 차크라, 다시 말해 전립선에서 발생한 쾌감을 척추를 따라 정수리까지 끌어올리는 이미지를 피부로 체감하면 뇌에서 엄청난 양의 도파민이 방출됩니다. 그러면 이 때 요니 무드라(yoni mudra)를 합니다. 눈, 코, 입, 귀를 모두 막아 오감을 차단하는 요가의 기법인데, 이를 통해 임사체험을 경험하는 것입니다. 버추얼한 임사체험이 아니라, 피지컬한 임사체험입니다. 혈액이 모두 뇌로 집중되고 몸이 차갑게 식으면서 경직됩니다. 말 그대로 사후경직과 비슷한 일이 벌어지는 것이지요. 이때 뇌에 엄청난 양의 도파민이 방출되어 강력한 각성상태를 경험하게 됩니다. 니르바나의 정체는 바로 뇌내마약을 과도하게 사용해 뇌가 파괴되면서 황홀감을 경험하는 것입니다. 말 그대로 임사체험이지요."

"산소결핍 자위나 마찬가지군요."

"정말 죽기도 합니다. 쿤달리니 요가를 통해 교감신경이 폭주하여 코카인 과다복용과 마찬가지 상태가 됩니다. 심장마비가 올 수도 있지요. 그래서 스승이 필요한 것입니다. 원래 LSD같은 환각제를 사용할 때는 상황을 지켜보고 인도해줄 경험 많은 파트너와 동석하는 것이 원칙입니다. 그렇지 않으면 무의식을 잘못 건드려 '다크니스 바운더리(darkness boundary)'라 불리는 위험한 바닥에 들어갈 수 있지요."

아르메니아 출신의 종교가 게오르크 이바노비치 구르제프는 쿤달리니 요가의 위험에 대해 언급한 적이 있다. 그는 쿤달리니를 쿤다-버퍼(Kunda-buffer)라 불렀는데, 그의 제자 P. D. 우스펜스키가 쓴 〈기적을 찾아서〉에 따르면 쿤다-버퍼 기관은 고통스럽고 혼돈에 가득 찬 현실을 받아들이기 쉽도록 꿈을 보여주어 기만하는 역할을 하며, 한때 생리적인 기관이었으나 지금은 뇌에 흔적으로만 남아있다고 말한다.

"옴진리교의 아사하라 쇼코는 요가 실력이 형편없었습니다. 그래서 LSD나 페요테 같은 위법약물에 손을 댔지요. 원래 LSD가 히피들 사이에서 유행한 이유는 요가의 경지를 알약으로 간단하게 경험할 수 있어서, 였습니다. 인스턴트 요가라고 불렀지요. 쿤달리니 요가를 성취했다면 모를까, LSD와 문란한 성관계로 인한 뇌매독까지 겹쳐 뇌가 망가져 버린 겁니다. 그래서 그런 일을 벌인 것이지요. 붓다는 니르바나를 마스터베이션일 뿐이라고 일축합니다. 궁극의 자기완결 마스터베이션이랄까요? 다른 사람에게 폐를 끼치지는 않으니 아무래도 좋은 일입니다만. '나는 공(空)하니라' 하고 명상만 하다가 굶어 죽고 끝이지요. 하지만 일부는 조직을 만듭니다."

장백산은 인도 공군 파일럿 출신의 쿤달리니 구루 파일럿 바바에게서 쿤달리니 요가를 전수받았다. 그는 옴진리교 교주 아사하라 쇼코에게 쿤달리니 요가를 전수한 사람이기도 한데, 그의 증언에 따르면 "아사하라는 아직 쿤달리니 요가를 제대로 성취하지 못한 채 과대망상에 빠져 수행을 중단했다" 한다.

교단 치타사난다의 성립과 확대, 그리고 변질에는 베테랑 국회의원의 부인 J 씨의 존재를 빼놓을 수 없다. 그녀가 개입하기 이전의 교단 치타사난다는 애초에 교단도 아니었다. 당시 장백산은 일본에서 프로레슬링 경기 중 비극적인 사건을 겪은 뒤, 인도에서 쿤달리니 요가를 성취해 바가반 치타사난다가 되어, 한국에서 작은 명상 모임을 이끌고 있었다.

장백산은 정통 쿤달리니 구루로 수행자들 사이에 알려졌고, 설법 내용을 엮은 책이 작은 오컬트 전문 출판사에서 나오기는 했지만, 대중적으로 유명한 사람은 아니었다. 주변에 모인 수행자인 친구(당시에는 제자라는 표현을 쓰지 않았다) 모두가 순진하고 열정적인 사람이었다. 그들은 범죄와는 거리가 멀었다.

J 씨가 모임에 들어온 이후, 모임의 성격이 바뀌었다. 기존의 거대한 조직이나 미디어, 돈, 정치적 힘, 성적 대리만족을 주는 카리스마 등의 요소가 결합하는 순간, 작은 조직은 폭발적으로 성장한다. J 씨가 바로 기폭제였다. 교단은 급속도로 확대되었고, 조직화되었다.

나는 강남의 어느 호텔 커피숍에서 그녀를 만났다. 나는 그녀가 매우 우아하게 잔을 들어 올리는 몸짓에서 강한 인상을 받았다. 그녀는 육체적, 심리적, 성적 긴장에서 해방되어 보였고, 나른하고 느긋하게 온몸을 울리는 목소리로 말했다. 주변을 성적인 매력으로 채우면서도, 화장이나 옷차림은 간결하고 자연스러웠다. 진한 화장에 화려한 옷차림을 하고, 호들갑스레 애완견을 챙기며, 끊임없이 수다 떠는, 성적 욕구불만으로 종교에 빠진 중년 여성 특유의 모습이 보이지 않았다. 내가 느낀 그대로 인상을 전하자, 그녀는 웃으며 자신도 장백산을 만나기 전에는 그랬다고 대답했다.

"나는 미국에 가서 무중력을 체험할 수 있다는 사마디 탱크에 들어가 본 적이 있었어요. 존 C. 릴리 박사도 만났죠." 그녀가 말했다.

사마디 탱크(samadhi tank)는 본래 감각차단 탱크로, 존 C. 릴리(John C. lily) 박사가 만들었다. 젊은 시절 의학계의 아인슈타인이라 불렸던 박사는 후에 직접 자신의 뇌에 전극을 꽂거나, 돌고래와의 커뮤니케이션을 연구해 현대의 매드사이언티스트로 불렸다. 그는 1950년대 CIA의 의뢰를 받아 무의식과 세뇌를 연구하면서, 외부정보를 완전히 차단하여 순수하게 뇌의 작동원리를 연구하려 했고, 오감은 물론 중력마저도 차단하기 위해 황산수소나트륨 용액으로 사마디 탱크를 만들었다.

"나는 그 안에서 아무것도 경험할 수 없었어요. 평소랑 똑같았거든요. 따분하고, 질렸죠. 그 당시 나는 섹스와 종교에 빠져들었죠. 언제나 히스테리 상태였어요. 그런 내게 감각과 관능을 통제하는 힘을 주신 분이 바로 구루(장백산)십니다. 선생님은 구루의 지인이시기도 하니 잘 알고 계시겠지만, 구루께서는 카마 요가에 대해서는 정말 달인이셨어요. 저는 선인(仙人)을 자처하는 사람도 몇 명이나 만나봤고, 성적으로 유명하다는 정력가도 몇 명이나 만나봤어요. 젊은 애인도 많았고요. 하지만 그 어느 누구도, 제 육체와 의식과 영혼까지 만족시키신 분은 없었지요."

카마 요가(kama yoga)의 카마는 〈카마수트라〉에서도 알 수 있듯이 섹스를 의미한다. 장백산은 현대인에게 가장 큰 문제는 성적인 문제라고 여겼고, 카마 요가에도 정통했다. J 씨는 장백산의 카마 요가로 큰 변화를 겪었다. 소문은 상류층에 퍼져나갔다. 많은 여성들은 종교적 수준에 이르는 엄청난 오르가슴을 경험했고, 안전하게 카마 요가를 경험하기 위해 건물을 지어 바치고 교단을 확장시켰다. 조직은 체계를 갖추었다. 간부급 신도만이 출입 가능한 강남 도장은 철저한 보안이 유지되었다. 그곳에서 장백산은 하루에 30명이나 되는 여성을 상대했다. 교리상 섹스는 명상의 일종으로 여겨졌고, 신자들은 남자 여자를 불문하고 난교를 벌였다. 그 결과 교단 치타사난다는 사회 지도층과 연예인을 중심으로 퍼져나갔다.

"이 나라를 누가 다스리는지, 알아요?" J 씨가 말했다. "우리 그룹에는 장성 사모님도 있고, 나 같이 국회의원 사모님도 있고, 재벌 사모님도 있죠. 그 외에도 다양한 분야의 여자들이 있어요. 우리들이 이 나라를 다스리죠. 남자들이 이 나라를 움직이고 있다고 착각하게 하고 사실은 우리가 서로 경쟁하고 조종하고 있는 거예요."

나는 예전에 군인가족 사회를 취재한 적이 있었다. 진급 철이 되면 여자들이 서로 질투하고 험담하며 쌓은 평가가 그대로 저녁

식사 밥상머리를 통해 간부들의 귀에 들어가 최종적으로 인사고 과에 들어가는 일이 가끔 일어난다고 한다. 이런 일이 기득권의 어느 지역에나 일어나고 있다는 이야기였다.

J 씨는 이야기를 계속했다. "그런 우리가 가장 많이 빠지는 것이, 쇼핑, 성형수술, 애완동물이에요. 우리는 너무도 허무하거든요. 그래서 뭐든 채우려 하죠. 쇼핑으로 최신 패션을 가장 비싼 브랜드로 갖추고 있어도, 성형수술로 늙어가는 얼굴과 육체를 숨겨 보려고 해도, 혈통 좋은 애완동물을 자식으로 부르면서 미용으로 인형처럼 꾸며도, 헛헛한 마음은 감출 수 없고 메울 수도 없어요. 왜냐면 모두 겉만 꾸미는 것이거든요. 그래서 결국, 섹스 아니면 종교에 빠지지요. 둘은 반대 같아도, 결국 하나에요. 같은 에너지의 가장 저급한 형태가 섹스, 가장 승화된 형태가 종교지요. 나이를 먹으면 먹을수록 매력은 떨어지고, 돈으로 남자를 사지 않으면 섹스도 하지 못해요. 그나마도 나 자신의 에너지가 부족해 농밀한 섹스는 무리예요. 섹스를 통해 사하스라라로 점프는커녕 물라다라에서 벗어나지도 못하지요. 하지만 구루께 은혜를 받으면 누구라도 엄청난 절정을 맛볼 수 있었어요. 절대 사정하시는 법도 없었어요. 신도인 우리가 기절을 몇 번이나 할 만큼 환희심을 맛본 뒤에도 사정하시지 않으셨어요. 혹시 다음 신도가 자신을 필요로 할 지 모른다고 생각하셔서."

이대로라면 교단 치타사난다가 일으킨 사건은 테러가 아니라 섹스 스캔들이었을 것이다. 조직은 안산 칼잡이 사건을 계기로 잘못된 방향으로 폭주했다.

먼저 안산 칼잡이는 고아원에서 결의를 맺은 전문 2인조 범죄자의 별명이었다. 안산에 있는 고아원에서 만난 두 사람은 어린 나이에 조직 폭력배가 되어 타고난 잔인함과 사디즘을 인정받아, 사람을 죽이는 '기술자'로 성장했고, 독립 후에는 정치깡패로써 국회의원이나 관료를 위해 사람을 죽이는 일을 해 왔다.

대본소 성인극화 같은 소리를 한다고 일축하는 이도 있으나, 시위 현장이나 철거현장에 나타나는 '용역 깡패'가 실존하듯 그들도 존재했다. 소위 높으신 분이 젊은 여자를 임신시키거나 하면 이를 조용히 처리하는 데 정평이 나 있었다.

안산 칼잡이 사건은 안산 칼잡이가 저지른 살인 사건이 아니라, 안산 칼잡이가 살해당한 사건으로, 또 다른 지존파 사건으로 불릴만한 추악한 사건이었으나, 많은 권력자들이 얽힌 추문 때문에 은폐됐다.

나는 본론에 들어가기로 마음먹고 안산 칼잡이 이야기를 꺼냈다. J 씨의 말에 따르면 신도 중 한 명이 카마 요가를 통한 오르가슴에 실패하였다. 그 원인이 안산 칼잡이 때문이었다. 그녀의 남편은 공금횡령을 하다 검찰에 적발되었는데 혼자 죽을 수 없다면서 모 국회의원의 비밀을 폭로하기로 검사와 약속했다.

이 사실을 들켜 안산 칼잡이의 사냥감이 되어버린 것이다. 그런데도 섹스를 하러 도장에 왔단 말인가? 나는 질려서 코웃음이 나올 정도였다만, 실제로 벌어진 일이니 어쩌겠는가? '현실은 소설보다 기이하다'라는 말은 취재하다 보면 피부로 느낄때가 너무 많다.

"구루께서는 이에 놀라, 최대한 자료를 모아오라고 지시하셨지요. 그리고 몇 달을 그 자료들을 검토하시면서 명상에 잠기셨어요."

그 자료는 안산 칼잡이 형제가 저지른 가장 큰 범죄와 그들이 보험으로 모아둔 이 나라의 부패였다. 안산 칼잡이가 벌인 범죄는 크게 두 가지로 하나는 살인이었고, 나머지 하나는 소녀들을 지옥으로 밀어 넣은 것이었다.

그들은 소아성애자였다. 소아성애란 권력욕과 성욕의 망상이 폭력으로 나타나는 사디즘의 일종으로 볼 수 있다. 그러나 본디 SM은 상호동의 및 합의 하에 상대를 배려하는 성행위다. 소아성애를 SM 플레이에 포함시키는 것은 언어도단이며, 쾌락살인과 마찬가지로 도착적 파괴충동에 불과하다. 성범죄는 대부분 성욕보다는 오히려 권력욕이 원인이다. 권력자들이 강간이나 치한, 소아성애 등의 성범죄를 일으키는 일이 많은 이유도 여기에 있다.

안산 칼잡이 형제는 매춘굴을 운영했다. 소녀를 납치하거나 사와, 고양시 외곽에 지은 거대한 저택에 감금했다. 개장수가 조악한 철장에 개를 가두어두듯 몇십 개나 되는 철장에 소녀를 가두었다. 상품성이 낮은 소녀는 연습용이라 부르며 잔인하게 난자해서 살해했고, 얼굴이 예쁜 소녀는 윤간 후 약물과 폭행으로 정신을 마비시키고 손님을 받게 시켰다. 손님은 주로 사회 지도층 인사들이었다. 사회 지도층 인사들 대부분은 책임감도 강하고 윤리감도 강하다. 그러나 일부는 권력욕에 취해 타인을 철저히 짓밟고 위로 오르려는 공감능력이 결여된 사이코패스(psychopath) 혹은 반사회적인 소시오패스(sociopath)다. 이들은 권력욕이 강해 계급 상승을 노리나, 정작 사회지도층이 되고 나면 제약이 강해져 스트레스가 쌓인다. 안산 칼잡이는 권력욕 덩어리인 추한 자를 위해 '영계'를 제공했다. 그들은 단순히 성적인 행위만이 아니라, 소녀들을 고문하고 심지어 살해하기까지 했다. 보안이 철저히 관리되고 비밀이 유지된 탓에 권력자들은 담합이나 정치적 밀담을 위한 회의장소로도 이용했다. 치타사난다의 도장은 사하스라라 차크라라면, 안산 칼잡이의 추악한 저택은 물라다라 차크라인 셈이다.

장백산은 이 나라의 깊은 부정부패를 알게 되었고, 그들을 악행에서 구원하지 않으면 안 된다고 결심을 내렸다. 모두 다 구원하겠다는 계획은 이때부터 세웠는지도 모른다. 이 순간 치타사난다는 포와가 됐다.

장백산 또한 망상의 대리인이었다. 그렇다면 그는 어떻게 망상의 대리인이 되었는가? 여기에는 기묘하게도 프로레슬링이라는 또 다른 망상과 모순의 세계가 관계하고 있다. 장백산의 개인사와 프로레슬링에 대한 자세한 내용은 다음 기사에서 다루도록 하겠다.

4. truth4all.egloos.com/19501 (2012년 12월 17일 월요일)

장백산의 운명은 미리부터 예정되어 있었을지도 모른다. 본래 온화하고 착한 사람이었으나, 데스매치 프로레슬링이라는 모순과 망상의 세계에서 폭력으로 생계를 꾸려나갔다. 이번 기사에서는 그의 어린 시절부터 프로레슬러를 거쳐 쿤달리니 구루가 된 과정까지를 프로레슬링이라는 망상의 세계를 해설하면서 다룰 예정이다. 이번 사건을 이해하는 데 중요한 정보라고 확신하는 바이다.

1986년 7월 24일 저녁, 16살이던 장백산은 일본행을 결정했다. 프로레슬러가 되기 위해서였다.

어릴 때부터 몸집이 컸던 장백산은 중학교 씨름부에서 두각을 보였는데, 부모의 죽음으로 씨름을 그만두고 중퇴해야 했다. 이를 아깝게 여긴 씨름부 선배이자 조직 폭력배인 유연식이 장백산을 마산시 외곽의 요정으로 데려갔고, 그 자리에서 만난 프로레슬러 애니멀 아라이(ア二マル新井)의 적극적인 권유로 일본으로 건너가게 되었다.

일본 이름 아라이 이사오(新井勳), 한국 이름 박훈(朴勳)인 애니멀 아라이는 본래 아마추어 레슬링 출신으로, DJPW(Dynamite Japan Pro Wrestling)이라는 단체의 사장이자 에이스였다.

장백산은 처음으로 도장에 간 날부터 가혹한 대우를 받았다. 스모선수 출신 역도산이 만든 일본 프로레슬링은 스모 베야(相撲部屋)의 시스템을 그대로 이어받았다. 스모의 도장에 해당하는

스모 베야는 합숙식으로, 엄격한 위계질서가 있으며, 상급자가 하급자에게 다양한 종류의 폭력을 가하는 것을 당연시하는 봉건적 시스템을 아직도 유지하고 있다. 특히 선배가 후배에게 가하는 일방적인 가혹행위와 폭력을 귀여워한다는 의미의 카와이가리(可愛がり)라는 부르는데, 장백산은 첫날부터 카와이가리의 제물이 되었다. 장백산의 큰 덩치는 선배들의 질투를 샀고, 한국에서 왔다는 이유로 다른 선수들의 몇 배에 달하는 '카와이가리'를 경험했다.

그가 각성제를 처음 경험한 것도 도장에서였다. 프로레슬링의 그늘 중 하나는 약물 오남용인데, 대체로 애너볼릭 스테로이드나 각종 마약이 돌아다닌다. 애니멀 아라이도 야쿠자로부터 한국산 각성제를 공급받았다. 시작은 역도산까지 거슬러 올라간다.

역도산은 자신이 재일교포임을 숨겼으나 공공연한 사실이었고, 자신의 인기를 질투해 시합 중에 공격을 받을지도 모른다고 두려워했다. 게다가 인기를 얻은 뒤로 유흥에 빠져 트레이닝을 게을리해 체력도 떨어졌다. 이 때문에 각성제의 일종인 히로뽕(ヒロポン)을 사용했다. 히로뽕은 상품명으로, 메탐페타민을 말한다. 일본인 화학자 나가이 나가요시(長井長義)가 개발한 이 약물은 중추신경 흥분작용을 일으키며 피로를 날려버린다는 이유로 제2차 세계대전 중 군사 목적으로 사용되었고, 전쟁 이후에도 1951년 금지될 때까지 합법적으로 약국에서 판매했다. 이전 기사에서도 소개했지만, 각성제를 사용하면 막대한 도파민이 나오

는데, 이 때문에 역도산의 경기는 분명 쇼인 프로레슬링에 격투기와 같은 긴장감을 주었다. 각성제의 부작용인 편집증 때문에 역도산은 피해망상일 정도로 상대를 믿지 않고 과도할 정도로 공격적인 모습을 보인 것이다. 프로레슬링에서 약속을 지키지 않고 진짜로 공격하는 것을 슈트(shoot)라고 부르는데, 총을 쏜다는 데서 유래한 말로 금기 중의 하나다. 역도산의 슈트를 본 일본 관객들은 역도산을 정말로 강하다고 믿고 말았다. '모순의 황홀'이다.

일본 프로레슬링은 작고 전쟁에서 졌던 일본인이 크고 전쟁에서 승리한 미국인을 때려눕힌다는 망상을 현실로 보여주는 데에서 시작했고, 역도산이 보여주는 실전적인 모습은 모순의 황홀을 불러일으키기 충분했다. 일본 프로레슬링이라는 망상의 세계가 슈트라는 금기를 범한 대리인 역도산을 만나 종교가 된 셈이다. 이를 실전 신앙이라고 부른다.

실전 신앙은 역도산의 제자 안토니오 이노키에게 전수되었다. 그는 복싱 챔피언 무하마드 알리, 유도 금메달리스트 빌렘 루스카, 극진공수도의 윌리 윌리엄스 등 유명 격투기 선수와 이종격투기전을 벌일 정도로 실전 능력도 갖추고 있었다. 게다가 그는 슈트에도 강했고, 상황이 불리하면 얼마든지 슈트를 걸었다. 그래서 마니아들은 그를 킬러 이노키라고 부르며 숭배했다.

애니멀 아라이는 안토니오 이노키같은 실전능력이 없어, 각성제를 이용한 인스턴트 카리스마로 DJPW의 마니아를 만들어야 했다. 그러나 약물로 만든 카리스마는 언젠가 무너진다는 사실을 잘 알고 있던 애니멀 아라이는 DJPW를 크게 만들 새로운 카리스마로 장백산을 주목했다. 그가 거인이기 때문이었다.

프로레슬링에는 실전 신앙 말고도 거인 신앙이라는 또 다른 망상이 존재한다. 실력이 부족하더라도 존재감이 강한 거인을 링 위에 올리면 팬이 몰려든다는 신앙이다. 마치 서커스와 같다는 인상을 받을지도 모르나, 프로레슬링의 기원은 서커스의 프릭쇼(freak show)에서 시작했다. 시작부터 망상의 세계였다.

일본의 거인 신앙도 역도산이 만들었다. 그는 자신의 수제자로 실전 능력이 강한 안토니오 이노키가 아니라 요미우리 자이언츠 투수 출신이자 신장 210센티미터의 거인 자이언트 바바를 선택했다. 그는 일본인이면서도 일본인이 아닌, 그 자체로 모순적인 망상의 대리인이었다. 따라서 실전 능력이 부족해도 계속해서 스타로 존재할 수 있었다. 관객들은 그가 거인이라는 이유로 신적인 존재를 영접하듯 경기장을 찾았고, 그를 40년 동안 일본 프로레슬링의 왕으로 모셨다.

애니멀 아라이는 장백산이 제2의 자이언트 바바가 되어 거인 신앙의 대리인이 되기를 기대하며 철저히 훈련시켰고, 1990년 20살이 된 장백산은 기간트 하리모토(ギガント張本)라는 링네임을 받았다. 신장은 211cm가 되었다. 데뷔전은 성공적이었다. 1999년 자이언트 바바 사망 이후, 약 10년의 커리어를 쌓은 29살의 기간트 하리모토는 촉망받는 젊은 피로 업계의 주목을 받았다.

그러나 종합격투기 붐이라는 복병이 프로레슬링이라는 거대한 망상의 세계 자체를 망가뜨렸다. 브라질의 그레이시 가문이 몰고 온 종합격투기 붐은 프로레슬링의 실전 신앙에 큰 위협이 되었고, 이를 막기 위해 프로레슬링 선수들은 차례로 그레이시 가문에 도전했다. 결과는 철저하고 꼴사나운 패배로 끝났고, 실전 신앙의 모순이 적나라하게 드러났다. 거인 신앙도 깨졌다. 팬들은 슈트 능력이 없는 프로레슬러를 무시하기 시작했다.

성품이 따뜻하고 착했던 장백산은 기간트 하리모토가 되어도 시합 중 상대가 다칠까 봐 제대로 된 공격도 가하지 않았다. 이 점은 프로레슬러 사이에서는 평판이 좋았고 신뢰를 주었으나, 팬들에게는 '쇼맨'이라고 야유를 받았다. 기간트 하리모토는 팬들의 비난을 받으면서도 어리둥절하게 링 위에 서 있었다. 당황한 애니멀 아라이는 해서는 안 되는 짓을 하고 말았다. 평소 장백산과 사이가 좋지 않은 선수에게 돈을 주고 시합 중에 장백산을 '슈트(shoot)' 하라고 지시했다. 프로레슬링에서 해서는 안 되는 행위다. 동시에 장백산에게는 각성제를 먹이고 시합을 시켰다. 각성제 때문에 제정신이 아닌 장백산은 링 위에서 슈트를 당하자, 상대방의 팔을 부러뜨렸다. 기간트 하리모토의 소문이 팬들 사이에 퍼졌고, 손님이 불어났다. 그러나 아무리 슈트가 손님을 모은다고 하더라도 매번 팔을 부러뜨릴 수는 없는 노릇이다. 일시적으로 늘어난 팬은 다시 줄어들었다.

각성제 부작용으로 애니멀 아라이가 죽자, DJPW와 기간트 하리모토는 큰 위기를 맞게 되고, 극단적인 선택을 하고 말았다. 바로 데스매치다.

2012년 9월 3일 국회의사당 현장에서 발견된 흉기는 당신의 상상을 초월하는 악몽의 바겐세일 품목이었다. 압정, 형광등, 야구 배트, 낫, 제초기, 스테이플러, 테이블, 접이식 파이프의자, 사다리, 소형 폭탄, 나이프, 유리, 유리병, 심지어는 가로 1미터 세로 3미터에 달하는 합판에 대못, 철조망, 형광등, 면도날 등 위험한 물건이 촘촘히 붙어있는 무기까지 있었다. 부검 결과 국회의원 모두가 흉기로 고문을 받았음이 확인됐다. 유리, 압정, 형광등 조각, 대못, 철조망 등의 파편이 전신에 박혀있었고, 피를 흘리지 않은 시체는 단 한 구도 존재하지 않았다. 이 무기들은 모두 프로레슬링의 마이너 장르 중 하나인 데스매치에서 주로 사용하는 무기들이다. 교단 치타사난다와 데스매치는 밀접한 관계가 있다. 그 이유는 그들의 교주가 깨달음을 얻은 장소가 바로 데스매치의 링 위였기 때문이다.

애니멀 아라이가 죽자, 장백산에게 불만을 가진 선수들이 대량으로 이탈했다. 장백산은 새로운 선수를 뽑고 훈련시켰지만 질이 좋지 못했다. 그는 오니타 아츠시에게 주목했다. 그는 FMW(Frontier Martialarts Wrestling)라는 과격파 인디 단체를 성공시키고 국회의원까지 된 인물이다.

오니타 아츠시는 데스매치라 불리는 과격한 시합방식을 취해 매스컴의 주목을 받았다. 오니타 아츠시는 극단적인 데스매치로 망상의 대리인이 되었다. 철조망에 폭약을 연결시켜 접촉하면 터지게 만드는 전류폭파 철조망 데스매치, 시한폭탄을 설치해 시간 내에 경기를 끝내지 않으면 터지게 하는 시한폭탄 데스매치, 링에 불을 붙인 파이어 데스매치, 링 주변에 수조를 설치해 피라니아를 풀어놓은 피라니아 데스매치 등 만화에서나 나올 법한 위험한 경기를 실제로 벌였다. 이와 똑같은 경로를 장백산이 걸었다. 다른 점이 있었다면 그는 외국인이라는 점이었고, 이 모순은 더욱 강력한 무기가 되었다.

장백산은 한국인이면서도 일장기를 이마에 두르고 "일본인으로 태어나지 못했지만, 그 누구보다도 야마토타마시이(大和魂)를 가진 대일본남아(大日本男兒)"라고 주장하며 미국의 데스매치 단체인 CZW(Combat Zone Wrestling)와 "항쟁"을 벌였다.

나는 그 당시의 경기 테이프를 보고 구토할 뻔했다. 상상을 초월한 경기였다. 형광등 구조물 위로 다이빙하거나, 입안에 압정을 넣고 주먹질을 하거나, 형광등 다발로 때리거나, 대못을 잔뜩 박은 합판 위에 사람을 내던지거나, 철조망으로 만든 로프에 사람을 던진다. 스테이플러나 예초기로 공격하기도 한다. 안전장치는커녕 보호 장구도 없이 온몸에 피를 흘리는 모습에 팬들이 환호하고 있었다. 경기가 끝나면 욱일승천기를 휘두르며 기간트 하리모토가 "텐노헤이카반자이(天皇陛下晚歲萬歲)!"를 외친다. 상징적인 모습이었다.

일본의 텐노는 또 다른 망상의 대리인이다. 물론 현행 일본 헌법으로는 부정되어 있지만, 본래 텐노는 아라비토가미(現人神),

살아있는 신이다. 기간트 하리모토는 한국인으로 태어났지만, 텐노를 위해 목숨을 버리고 귀축미영(鬼畜美英)과 연출된 잔혹극인 데스매치를 처절하게 연기하는 프로레슬링의 피투성이 아라비토 가미였다.

타파스(tapas)라는 말이 있다. 산스크리트어로 깨달음을 얻기 위해 고행을 가해 악업을 상쇄시키는 행위를 말하는데, 데스매치는 세속적인 타파스라고 할 수 있다. 종교적 목적이 아니기에, 데스매치 선수들은 대부분 만성질환과 진통제 중독에 시달린다. 야쿠자에게서 약을 제공받던 장백산이다 보니 진통제를 구하는 것도 손쉬운 일이었다. 장백산은 약물에 중독되어 갔고, LSD나 마리화나에까지 손대기 시작했다. 그의 극우적인 기믹도 사실은 극우 정치인을 후원하는 야쿠자가 짠 것이었다.

그는 심리적으로도 육체적으로도 강력한 스트레스에 빠져 있었다. 극도의 스트레스를 받으면 코르티솔 등 스트레스 뇌내전달물질이 분비되고 뇌세포에 실질적인 상처가 나거나 위축되게 된다. 흔히 말하는 이중인격이라는 현상은 이러한 스트레스로 인한 직접적인 뇌손상으로 인해 기억을 담당하는 해마가 위축되어 나타나는 해리성 기억장애다. 해리란 의식이 현실에서 벗어나 분리되는 현상을 말하며, 신비한 현상으로 오해받는 빙의, 최면, 혼수상태, '필름이 끊긴 만취' 같은 현상도 기억처리의 오류로 인한 해리 현상으로 설명 가능하다. 당시의 그는 기간트 하리모토와 장백산으로 나뉜 해리 상태에 있었다고 볼 수 있다.

극도의 스트레스, 각성제, 환각제 등 뇌를 망가뜨릴 수 있는 모든 수단으로 자신을 망가뜨린 장백산은 살짝만 밀어도 광기의 영역으로 들어갈 준비가 되어 있었다. 등을 민 것은 경기 중에 벌어진 사고였다. 기간트 하리모토는 부쳐보이라는 선수와 데스매치 경기 중 쾌락살인에 눈을 뜨고 말았다.

쾌락살인은 인간이 진화를 거쳐 얻은 부작용이다. 같은 종족을 죽이고 이를 즐기는 동물은 인간밖에 없다는 말이 있다. 상식적으로는 이렇게까지 번영한 종족이 서로를 죽여 개체 수를 줄이는 짓을 즐길 리가 없다고 생각할 것이다. 진화를 거치는 과정 중 이런 생물은 자연도태의 경쟁에서 살아남지 못했을 것이다. 그러나 인간의 뇌는 진화하면서 다른 이의 감정에 동조하는 능력을 얻었다. 망상의 대리인은 이 능력 때문에 생긴 것이다. 살인에 동조하게 된 사람들이 바로 쾌락살인자다.

'쾌락살인에는 자기만의 종교의식이 있는 법입니다. 살해 행위에 의미부여를 하는 예가 많습니다. (중략) 살아있는 인간에게 있어서 최대의 쾌락은 임사(臨死)입니다. 죽음 그 자체가 최고의 쾌락이 됩니다. 뇌가 파괴되는 과정이 가장 기분이 좋습니다. 호메오스타시스 동조에 의해, 눈앞에서 죽어가는 사람에게 압도적으로 동조해 쾌락을 얻습니다. 임사체험을 자기 안에서 일으켜 도파민을 대량으로 방출합니다. 종교적인 체험이기 때문에 한번 맛보고 나면 그만둘 수 없게 됩니다. (중략) 유전적 이유 혹은 후천적 이유로, 상대방을 죽여서 압도적인 쾌락을 느끼는 것이 쾌락살인입니다. 인간이 최대로 쾌감을 느끼는 순간은 죽음을 맞이하는 순간입니다. 죽으면서 뇌가 파괴될 때, 도파민이 최대한으로 방출됩니다. 눈앞에 천천히 죽어가는 자와 동조하여, 자신도 최고의 쾌락을 얻는 것입니다.'

(토마베치 히데토(苫米地英人), 〈ドクター苫米地が真犯人を追う！11 大未解決事件〉에서 인용. 번역 저자)

사람은 타인의 아픔에 동조해 자신도 아픔을 느끼는 것이 가능하다. 맹자는 이를 측은지심(惻隱之心)이라 불렀다. 쾌락살인은 측은지심과 정 반대의 현상이다. 유전적 혹은 후천적인 이유로 타인의 고통을 공감하는 능력이 없는 사람이 죽음의 공포에서 벗어나기 위해 방출되는 엄청난 양의 도파민에 동조하는 것이다. 데스매치란 결국 거대한 타파스와 쾌락살인의 현장이었던 셈이다.

부쳐보이와의 데스매치에서 벌어진 사고가 방아쇠가 되어, 장백산은 쾌락살인자로 눈을 떴다고 나는 추측한다. 그는 쿤달리니 요가를 성취해 쾌락살인의 욕망을 억누르고 종교적 경지로 승화시켰을 것이다. 그러나 안산 칼잡이 사건이 쾌락살인에 다시 눈뜨게 하고, 이 나라를 치타사난다하겠다고 결심하게 만든 것이다.

나는 다음 기사를 통해 비디오 영상과 증언을 토대로 재구성한 기간트 하리모토 대 부쳐보이의 데스매치를, 그리고 안산 칼잡이 사건의 전모를 전하고자 한다. 이 기록을 통해 당신은 그날 국회의사당에서 어떤 일이 벌어졌는지를 완전히 이해할 수 있을 것이다. 많은 기대 바란다.

5. truth4all.egloos.com/19511 (2012년 12월 25일 화요일)

이번 기사에서 나는 트루먼 커포티의 〈인 콜드 블러드〉나 노먼 메일러의 〈밤의 군대〉와 〈파이트〉의 신저널리즘 수법으로, 장백산이 쿤달리니 교주가 되게 한 DJPW 부쳐보이 사망사건, 그리고 국회의사당 학살사건을 일으키게 한 원인인 안산 칼잡이 사건을 재구성해나갈 것이다. 현장에 있지도 않은 네가 어떻게 이 사실들을 다 아느냐는 의문을 던지는 사람도 있을 것이다. 나는 여시아문(如是我聞)이라고 대답하겠다. 불교경전에서 유래한 말로 나는 이렇게 들었다는 의미다. 불교 경전은 모두 이 말로 시작한다. 어쩌면 처음부터 그렇게 시작해야 했을지 모른다. 나는 확신을 가지고 두 사건을 재구성했다. 객관적 자료나 주관적 진술을 통해 재구성된 두 사건을 토대로, 국회의사당에서 어떤 일이 왜 벌어졌는지를 여러분이 직접 재구성하기를 바란다.

긴 연재기사였다. 함께해준 여러분에게 감사를 전한다.

건장한 체격에 배가 많이 나온 백인 남자가 링 구석에 있는 기둥인 코너 포스트 위에 올라가 있다. 이름은 부쳐보이로 미국의 데스매치 전문 프로레슬링 선수다. 형광등 다발을 안고 있는데, 관객들은 그가 형광등 다발로 머리를 내리칠 때 퍼지는 형광물질의 안개를 특히 좋아했다.

그는 표적을 확인한다. 기간트 하리모토, 장백산이 그 표적이었다. 그는 9인치짜리 대못을 촘촘히 박은 커다란 합판 위에 마치 인도의 고행승 파키르(fakir)처럼 누워서, 공이 울리기를 기다리고 있었다.

관객들이 소리 지른다.

"코로세!(殺반!) 코로세! 코로세!"

──죽여라. 죽여라. 죽여라.

피에 굶주린 관객들이 발을 구르자, 어두컴컴한 경기장 안에 메아리가 울린다. 공이 울렸다.

부쳐보이는 형광등 다발을 들고 달려들었다.

장백산은 아무 반응도 보이지 않았다.

형광등 다발이 배를 강타했다. 형광등이 산산조각 났다. 안에 들어있는 형광물질이 안개처럼 피어오르자 관객의 함성이 쩌렁쩌렁 울렸다.

"하리모토!"

환호에 보답하듯 장백산이 몸을 일으켰다. 천천히, 대못 침대 위에서 몸을 옆을 굴리며 일어난 그의 등에는 붉은 점이 규칙적으로 찍혀있었다. 핏자국이었다.

"으아아아아아!"

장백산이 고함쳐 위협했다.

부쳐보이가 반 동강 난 형광등 조각으로 다시 머리를 내리쳤다. 안개가 피어올라도 장백산은 끄떡없었다. 오히려 한 대 더 쳐

보라고 도발하기까지 했다.

또 한 방.

장백산은 자기 머리를 마구 때리며 괴성을 질러댔다. 화가 난 부쳐보이가 가슴팍을 밀자, 장백산도 밀었다. 체격은 장백산이 더 컸다. 그가 부쳐보이의 머리를 야구 글러브처럼 큰 손으로 붙잡고 박치기를 먹였다.

부쳐보이의 무릎이 풀썩 꺾였다.

함성. 관객들에게 손을 들어 빈틈을 보이는 장백산에게 부쳐보이가 팔로 급소를 공격했다.

장백산이 바닥에 쓰러지자, 부쳐보이가 양동이에 잔뜩 들어있는 압정을 뿌렸다. 바닥에 금색 압정이 물처럼 쏟아졌다.

관객들이 "하리모토" 콜을 날렸다.

"하리모토."

"하리모토."

환호에 보답하듯 장백산이 일어났다. 부쳐보이가 당황해 주먹을 휘둘렀다. 주먹의 단단한 뼈 부분이 아닌 주먹 밑동의 살이 많은 부분(hammer)으로 타격했다.

프로레슬링에서는 해머링이라고 부르는 기술로, 뼈로 가격하는 펀치는 반칙이다.

해머링을 맞으면서도 서서히 일어난 장백산이 부쳐보이를 내려다보며, "코노 치비야로!" 하고 외친다. 꼬맹이라는 뜻이다.

그 순간, 경기장의 흥분은 극에 달한다. 양놈보다 큰 일본인, 일본인으로 태어나지는 않았지만 누구보다 대일본남아인 일본인,

기간트 하리모토가 망상의 대리인이 되는 순간이다.

제2의 진주만 습격이 시작됐다. 부쳐보이는 저항을 계속한다. 주먹을 휘두르다 못해, 이번에는 양동이를 복싱 글러브 삼아 해머링을 날렸다. 그럼에도 아무렇지도 않은 듯, "텐노헤이카반자이!"를 외치며 장백산이 정수리에 당수를 날렸다. 각성제와 진통제 기운이 돌기 시작해 눈동자는 완전히 풀려있었고, 의식은 이미 망상의 세계로 날아갔다.

당수는 몇 번이고 계속되었고, 부쳐보이는 무릎이 풀려 흐느적거렸다.

장백산은 멈추지 않았다. 우그러진 양동이를 부쳐보이의 머리에 씌우고 당수를 내리쳤다. 그는 피투성이의 아라비토가미가 되었고, 절대적인 정의이자 성스러운 폭력으로 변했다.

이번에는 철조망을 감은 야구방망이로 양동이를 후려쳤다.

양동이가 공중으로 날아가고, 부쳐보이는 압정 위로 쓰러졌다. 비명을 지르며 몸을 일으킨 부쳐보이의 등에는 금빛 압정이 촘촘히 박혀있었다.

"텐노헤이카반자이!" 하고 장백산이 낫을 하늘로 뻗쳐 들었다. 물론 실제 낫보다 훨씬 날과 끝을 무디게 만든 것이기는 하나, 분명 흉기다. 그는 저항하려는 부쳐보이의 등에 낫을 휘둘렀다. 두 발을 동시에 링 바닥에 굴러 충격을 흘려내기 때문에 치명상은 입지 않았지만, 상처가 터지고 피가 흘렀다.

부쳐보이가 뒷발로 급소를 차 반격하고, 비틀거리는 그의 머리에 접이식 파이프의자를 내리쳤다.

장백산이 압정 위에 엉덩방아를 찧었다.

파이프의자 세례는 멈추지 않았다.

다섯 번.

여섯 번.

일곱 번째 공격의 충격으로 그는 압정 위에 대(大)자로 뻗고 말았다.

멈추지 않고 부처보이가 대못 합판을 주워들고 장백산의 몸을 덮쳤다. 그는 압정과 대못에 샌드위치 상태가 되었다.

부처보이가 손을 들어 관객들에게 어필했다. 그 사이 장백산이 겨우 일어났다. 그의 몸을 보고 관객들이 비명을 질렀다. 등에 박힌 압정과 대못에 뚫려 온몸에 일정한 간격으로 생긴 상처에서 피가 흘러내렸다. 부처보이가 일어선 장백산을 붙잡고 로프로 던졌다.

폭발.

철조망이 장백산의 등을 할퀴고, 300볼트의 전류를 뿜으며 폭약이 터졌다. 전류폭파 데스매치에서 사용하는 장치로, 로프에 충격을 가하면 스위치가 연결되어 폭약이 터지는 방식이다.

폭발을 온몸으로 받아내고 흰 연기를 뿜어내는 거인 장백산의 모습은 흡사 신화 속에 나오는 구름 위의 신을 연상시켰다. 등의 일부가 검게 타버렸다.

관객들은 모두 황홀경에 빠졌다. 고통을 느끼는 장백산과 동조하여, 비일상적인 폭력이 지배하는 망상의 세계로 도피했다. 일상생활에서 느끼는 스트레스, 콤플렉스, 울분도 폭발과 함께 모두 날아갔다.

그는 축 늘어져 철조망에 기댔다. 체중이 실려 등에 길게 상처가 생기는데도 개의치 않았다. 그만큼 충격파의 여운이 길었다.

부쳐보이가 다시 한 번 폭약이 설치된 반대편 철조망으로 그를 내던졌다.

쾅음.

전기 스파크가 부채꼴로 퍼지며 폭발했다.

부쳐보이가 스테이플러 건으로 〈CZW〉의 로고가 그려진 팸플릿을 박는다. 마치 벽에다 포스터를 박아 넣듯, 팔과 가슴과 이마에 스테이플러 심을 박아 넣었다.

부쳐보이가 환호성을 유도하며 5미터 높이의 접이식 사다리를 펼쳤다. 손에는 철조망이 둘둘 감긴 낫을 들고 사다리를 올라가면서, 장백산의 상태를 살폈다.

장백산은 철조망에 마치 의자 등받이인 양 뒤로 기대고 있었다. 정신이 몽롱한 상태였다. 심한 출혈과 고통, 진통제, 그리고 각성제 때문이었다.

사다리에 다 오른 부쳐보이는 관객들의 환호를 유도하면서, 관객석 맨 앞줄에 앉아있던 DJPW의 2인자 스기모토 신지(杉本紳枝)의 얼굴을 살폈다.

스기모토 신지는 시합 전에, 장백산에게 부상을 입혀 은퇴하게 만들면 돈을 주기로 부쳐보이와 약속했다. 데스매치에서는 극히 드문 슈트를 지시한 것이다.

부처보이는 높은 사다리에 올라가 낫으로 목을 부러뜨릴 계획이었다. 높은 곳에서 낙하하는 공격은 밑에 있는 상대가 쿠션이 되어 받아주는 것이 프로레슬링의 불문율이다. 장백산이 자신을 받아주는 사이 공격하면 분명 피하지 못할 것이다. 부처보이가 도약했다. 장백산은 충격으로 실신상태여서 자신을 받아줄 상태가 아니었다. 공중에 뜬 부처보이는 자신이 실수를 저질렀다는 사실을 깨달았다.

황급히 공중에서 몸을 틀었지만 이미 늦었다.

부처보이의 낫이 허무하게 허공을 갈랐고, 몸이 철조망 위로 떨어졌다. 엄청난 스파크를 튀기며 폭약이 폭발했다.

후폭풍으로 장백산이 나가떨어졌다.

로프 대신 둘러쳐진 철조망 사이에 부처보이의 몸이 끼어 뒤엉켰고, 온몸에 철조망이 감겨 선인장처럼 변했다. 교수대의 올가미 마냥 코너 포스트에 매달려 링 밖에서 버둥거리는 부처보이의 목에서 피가 흘렀다. 철조망의 가시가 경동맥을 찌른 것이다. 괴로워하며 철조망 올가미를 풀어내려고 손으로 잡아 뜯으려다 손바닥에 구멍이 뚫려 피가 흘러내렸다. 동시에 경동맥이 졸리고 산소공급이 차단된 뇌세포가 파괴되기 시작했다. 도파민을 비롯한 다양한 뇌내마약이 막대한 양으로 방출되었고 부처보이는 완전한 하이(high) 상태, 치타사난다의 경지에 다다랐다.

당황한 진행요원인 후배 레슬러들이 놀라서 전류폭파의 스위치를 끄려고 허둥대는 사이, 장백산이 맨손으로 철조망을 잡아끌어 부쳐보이의 목을 졸랐다.

인간교수대가 된 장백산의 머릿속에서는 이미 현실적인 감각이 완전히 사라지고 수없이 많은 사람과 동조하는 데서 오는 쾌감만이 가득했다.

관객들은 지금 벌어지고 있는 '사고'의 쾌락에 동조하였다.

그 중심에는 장백산이 있었다. 그는 그 자리에 있는 모든 사람들을 구원하는 모순의 존재, 망상의 대리인, 아라비토가미로서 존재했다.

장백산을 통해 관객들은 모두 부쳐보이의 죽음에 동조하고 있었다. 쾌락살인자와 마찬가지로 막대한 뇌내전달물질과 함께 임사체험의 쾌감을 맛보고 있었다.

장백산과 부쳐보이가 버둥거리는 탓에 또 다른 폭약이 점화되고, 폭발했다.

스파크.

부쳐보이의 고막이 터져 피가 흘렀고 충격을 받은 심장과 뇌가 엉망진창으로 변했다.

진행요원들조차 막지 못한 채 장백산의 황홀경에 동조되어 버렸다. 장백산을 허브 삼아 거대한 망상의 세계에 접속한 관객들은 장백산과 함께 황홀경을 경험했다.

장백산 안에서 바가반 치타사난다가 눈 뜬 순간이었다.

고양시에 있는 안산 칼잡이의 저택에 손님이 찾아왔다.

거대한 덩치에 온화한 남자는 외국에서 흔히 말하는 동양풍의 비단으로 만든 옷을 입고 있었다. 화려한 색깔이지만 수수한 디자인이다. 소매가 길어 손을 가리고 있었기에 검은 가죽 서류가방이 옷에 연결된 일부로 보일 정도였다.

고기만두처럼 둥근 몸에 꽉 끼는 양복 차림을 한 안산 칼잡이의 형 '면도칼'은 손가락에 전부 반지를 낀 손을 흔들며 거한을 안으로 안내했다.

"미리 이야기는 들었습니다."

면도칼이 국회의원의 이름을 들먹이며 말했다. 그 국회의원이 그 거한의 손에 엉망으로 고문당한 뒤 신자로 귀의했다는 사실을 면도칼은 알지 못했다.

"돈은 준비하셨지요?"

거한이 품에서 깨끗하고 빳빳한 지폐 다발을 면도칼의 손에 던졌다. 오랜만에 좋은 봉을 물었구나, 면도칼은 흥분으로 몸을 떨었다. 종교가란 놈들은 죄다 이렇다니까. 목사들만 어린 년 좋아하는 줄 알았더니, 이제 보니 이런 놈도 그렇구나. 물건도 커 보이는데, 상급년 주면 다 찢어지겠네. 못생긴 년으로 줘야겠다.

"저쪽 방에 가시면, 예쁜 애로 보내드리──"

"동생분은 어디 있습니까?"

"예?"

"인사를 한번 드려야 하지 않나 싶어서요."

미친놈, 면도칼은 속으로 중얼거렸다. 그러면서도 입으로는

"아이고, 물론이죠."

하고 고개를 숙인 뒤, 동생을 불렀다.

동생은 매우 짜증스러운 얼굴로 문을 열고 방 밖으로 나왔다. 손님 앞이든 뭐든 관계없다는 태도로 노골적으로 화를 내고 있었다. 거한에게는 당할 수 없어도 어느 정도 큰 키에 완전히 깡말라 갈비뼈가 드러난 몸에는 금팔찌나 금목걸이 같은 장신구 말고는 아무것도 걸치고 있지 않았다. 짜증스럽게 파마를 한 장발을 뒤로 넘기고는 발기한 성기에서 콘돔을 빼 내던졌다. 콘돔은 피에 젖어있었다. 아직 사정하지 못해 화가 난 모양이었다.

화난 눈으로 거한을 노려보는 동생이 무슨 일을 저지를지 모른다고 불안해진 면도칼이 중간에 끼어들어 동생을 소개했다.

"제 동생입니다."

"안녕하십니까."

거한이 고개를 천천히 숙였다.

그 모습을 바라보는 동생은 페니스처럼 고개를 뻣뻣하게 쳐들고 거한의 움직임을 노려보았다. 말라서 나무뿌리의 옹이처럼 갈라진 근육이 꿈틀거렸다.

"뭐해, 인사해." 면도칼이 속삭였다.

그제야 동생이 고개를 살짝 숙였다. 턱을 앞으로 뻗어 인사보다는 시비를 거는 것처럼 보였다.

면도칼의 동생은 손도끼를 무기로 써서 '도끼'라는 별명이 있었다. 너무 과격하고 화를 잘 내 온몸에 악과 깡이 잔뜩 들어있다. 성적으로도 과격해서 형 면도칼은 상품을 망가뜨린다고 내심 화를 내고 있었다.

"야. 가서 윤주 데려와."

"지금 내가 먹고 있는데. 먹다 나와서 짜증 나 죽겠는데."

"알았어. 알았어. 그럼――"

"그 아이로 괜찮습니다." 거한이 말했다.

거한의 말에 도끼의 근육이 꿈틀거렸다. 분명 히트맨으로서는 최고다. 포주로서는 최악이다. 도끼는 사디스트라 상품에 흠을 내고 만다.

면도칼 자신도 사디스트지만 절대 상품으로 쓸 아이들에게는 손을 대지 않는다. 언제나 손을 대는 아이는 망가져서 처리해야 할 아이들로 정해놓고 있었다.

"그럼 저쪽 방으로 가시죠."

하고 면도칼이 안내하자, 도끼가 항의하려고 덤벼들었다.

면도칼은 말없이 지폐 다발을 보여주었다.

도끼는 아무 말 없이 지폐 다발을 지켜보다, 거실의 소파에 앉아 욕을 중얼거리며 자위를 시작했다.

면도칼은 한숨을 내쉬며 금고로 향했다.

비명. 면도칼과 도끼는 이 소리에 놀랐다. 방은 완벽히 방음이 되어 있어서 비명을 질러도 종이책을 넘기는 음량 정도의 소리만 들릴 뿐이다.

면도칼과 도끼가 방으로 달려갔다.

문이 열려있었다.

벌거벗은 윤주가 목이 완전히 뒤틀린 채로 죽어있었다. 윤주의 얼굴은 완전히 평온했다. 침대에는 이완되어 흘린 배설물이 스며

들고 있었다.

"옴 샨티. 샨티. 샨티." 거한이 말했다.

"뭐야, 이 새끼야!"

도끼가 덤벼들었다.

가랑이 사이의 급소를 노리고 도끼가 날린 발차기가 거한의 우악스러운 손에 붙잡혔다.

거한이 해머던지기를 하듯 다리를 붙잡아 붕붕 휘둘러 벽에 집어 던졌다.

그 사이 면도칼이 달려들었다. 손에는 자신의 무기인 '면도칼'이 들려있었다.

면도칼이 거한의 가슴을 베었다.

비단옷이 찢어지고 피가 흘러나왔다.

거한은 반응이 없었다. 오히려 만족스러운 표정이었다.

마조히스트인가? 면도칼은 뒤로 물러나며 생각했다.

옷이 찢어진 틈 사이로 보이는 몸은 엄청난 근육질이었고 곳곳이 흉터가 보인다.

"도끼야!"

"씨발…… 괴물이야, 이 새끼."

"너 왜 그래?"

면도칼이 도끼의 발목을 보며 말했다. 도끼가 다리를 절고 있었다.

"이상해. 관절이 나갔나 봐."

"가서 도끼 가져와."

"알았어."

도끼가 방을 나가는 데도 거한은 아무 반응이 없었다.

"너 뭐야? 목적이 뭐야?" 면도칼이 말했다.

"그대들의 죄를 속죄하기 위해 왔습니다."

"뭐? 경찰이냐?"

"옴 샨티. 샨티. 샨티."

"뭐라고?"

"그대에게 안 좋은 카르마가 보입니다. 이 건물 전부 다. 이대로는 안 됩니다. 당신의 아트만(atman)을 해방하고 치타사난다를 받아들이세요."

"미친놈이 뭐라고 하는 거야?"

면도칼이 돌진했다.

평소라면 덩치를 이용해 힘으로 밀어붙이며 공격할 테지만 상대가 엄청난 거인이기 때문에 통할 리가 없다.

그러나 아무리 거인이라고 하더라도 동맥을 공격하면 꼼짝 못할 것이라는 계산이 있었다.

"미친놈!"

거한은 야구글러브 같은 큰 손으로 면도칼날을 붙잡았다. 손안에서 피가 흘러내리는 데도 상관하지 않고 다른 손으로 손목을 붙잡았다.

"당신은 죄가 큽니다. 그만큼 타파스를 해야 합니다."

거한이 손목을 비틀었다. 단단한 것이 조각나는 불길한 울림을 내며 손목의 관절이 복합골절을 일으켰다. 부러진 뼈가 신경과 근육을 찌르며 면도칼의 온몸에 전기가 흐르게 만들었다.

그 사이 거한이 '면도칼'을 빼앗아 들고, 손목에 휘둘렀다.

동맥과 정맥이 모두 잘려 피가 쏟아졌다.

거한의 난도질은 멈추지 않았다.

열 번.

스무 번.

팔 전체를 엉망진창으로 그어버리면서도 거한은

"옴 샨티. 샨티. 샨티."

하고 중얼거렸다. 얼굴에는 미소가 사라지지 않았다. 팔에도 가슴에도 얼굴에도 난자는 멈추지 않았다.

고통으로 일그러진 면도칼의 얼굴에서 눈물과 함께 피가 흘렀다. 발버둥 치고 저항해도 거한의 힘 앞에서는 무력했다.

거한은 애초에 죽일 마음이 없었다.

고문하고 있었다.

"더 괴로워하십시오. 더 고통스러워하십시오. 당신이 지은 죄를 고통의 불꽃으로 태우는 겁니다."

거한이 면도날을 이마에 대고 잔뜩 힘을 주어 천천히 그었다.

"으아아아아아아아아아아아악!"

"옴 샨티. 샨티. 샨티."

"이 개새끼!"

"옴 샨티. 샨티. 샨티."

"뭐하는 짓이야, 이 새끼야!"

도끼가 발을 절며 나타나 '손도끼'를 휘둘렀다.

'손도끼'가 거한의 등에 박혔다.

거한은 전혀 반응이 없었다. 오히려 그 공격을 일부러 받은 양 보였다.

짐승처럼 잔인하고 겁이 없는 도끼도 거한의 반응에는 등줄기가 서늘해졌다. 그제야 형이 항상 자랑하던 깔끔한 정장이 너덜너덜해진 것을 발견했다. 온몸의 살갗까지 엉망진창으로 베여 피투성이로 늘어졌고, 피가 그 위로 쏟아졌다.

피가 얼어붙었다. 자신들이 그동안 벌인 살육과 고문과는 다른 이질적인 감각을 느꼈다.

거한이 면도칼과 '면도칼'을 바닥에 내던졌다.

면도칼이 바닥에 쓰러지며 받은 충격으로 비명을 질렀다.

거한은 이를 무시하고 도끼에게 다가갔다.

도끼가 발목을 질질 끌며 도망쳤다.

드디어 천벌이 내렸나, 도끼는 생각했다.

미소 지으며 다가오는 거인이 자신을 최대한 괴롭히고 죽일 생각이라고 확신했다. 손에 잡히는 것은 죄다 집어던지며 저항하다, 자신이 집어 던졌던 피에 젖은 콘돔을 밟고 미끄러져 넘어졌다.

팔을 잘못 짚는 바람에 손목이 꺾였다. 비명.

뒤에서 천천히 다가오던 거인의 얼굴은 기분 나쁠 정도로 평온하게 웃고 있었다.

장백산의 몸은 베이고 찔린 상처의 감각을 통해 과거 링 위에서 부처보이와 싸웠던 시절로 돌아가고 있었다.

뇌에서 방출되는 엄청난 양의 도파민이 고양감을 불러왔다. 의식은 망상의 세계로 도약했다.

자신의 눈앞에 검고 탁한 기를 뿜어내는 도끼의 몸에서 인간다운 영혼은 보이지 않는구나, 그는 생각했다. 이 남자를 구원해야만 한다.

그는 등에 박힌 도끼날이 주는 통각을 철저히 의식하며, 천천히, 손을 위로 뻗어 올렸다.

사하스라라를 통해 들어오는 우주 의식의 에너지가 물라다라를 때리고 손으로 모였다. 온몸에 환희가 차올랐다.

"옴 샨티. 샨티. 샨티."

단두대의 날이 단숨에 내리꽂히듯, 그의 두꺼운 손날이 저항하는 죄 많은 남자의 정수리를 내리쩍었다.

악한 카르마와 함께 남자의 의식이 날아가 버렸다.

남자를 내버려 둔 채, 그는 다시 방으로 돌아갔다.

방에는 편안한 얼굴로 치타사난다에 이른 어린 소녀──소녀의 아트만에 축복이 깃들기를──와 자신의 선지피로 젖은 비만한 남자가 널브러져 있었다.

잘려나간 양복 사이로, 상처에서 내압으로 밀려나온 피하지방이 해양생물처럼 보였다. 그 옆에 떨어져 있는 서류가방을 열고 날카롭게 날을 벼린 낫을 꺼냈다.

그는 기운을 느낄 수 있었다.

이 건물에는 그 말고도 '손님'이 있었다.

주차장에 모인 고급 승용차를 보아도 이를 가늠할 수 있다. 그럼에도 이 소란에 아무 반응이 없는 이유는 이용하는 자들이 혹시나 자신들의 말이 녹음되어 이용당할 것을 두려워해 완벽하게 방음을 했기 때문임은 가늠하지 못했다.

그는 문을 열려 했으나 방문은 안에서 잠겨있었다.

문고리를 발로 걷어찼다. 문고리가 부서지자 잠금장치도 힘을 잃었다.

문이 열리자, 고통으로 흰자위를 드러내며 엎드린 채로 기절한 여자아이를 침대에 파묻어버릴 기세로 엉덩이를 흔들고 있던 정치인이 고개를 들었다.

얼마 전 정치적인 실수가 신문지상에 발표되어 자숙하라고 지시받았던 국회의원 M이었다. (그는 현재까지도 행방불명 상태다)

장백산은 당황한 그에게 달려가 어깨를 낫으로 내리찍었다.

비명. 그는 낫을 비틀어 근육 안을 헤집어놓았다. 더 많은 고통을 겪으며 죽어야 나쁜 카르마가 상쇄되어 더 좋은 육체와 운명을 타고 환생할 수 있기 때문이다.

고통으로 눈이 뒤집어지고 몸을 비틀어대는 국회의원 M의 하반신은 피로 젖어있었다.

"속죄하시오."

장백산은 나직하게 말했다. 그의 목소리에는 자비심이 흘러넘쳤다.

당장에라도 슬픔으로 눈물을 흘릴 것 같은 얼굴로 낫을 점점 밀어 넣었다. 뼈와 살이 갉혀 나가는 소리가 났다.

그가 거대한 손바닥을 죽어가는 남자의 정수리에 얹었다. 그 순간, 남자의 얼굴은 황홀경에 빠졌고, 정수리 한가운데의 사하스라라 차크라를 통해 영혼이 빠져나갔다.

"옴 샨티. 샨티. 샨티. 옴 치타사난다."

이번에는 기절한 여자아이의 정수리에 손을 대고 기운을 불어넣었다. 여자아이의 얼굴이 평안을 되찾자, 목을 잡고 조용히 비틀었다.

경추가 부러지는 소리가 났다.

고통받은 여자아이에게는 더 이상의 타파스가 필요 없었다. 기도문을 외운 그는 낫을 들어 올리고 다음 문으로 향했다……

그렇게 그는 안산 칼잡이의 저택에 있는 여자아이들 42명과 사회 지도층 인사 7명을 치타사난다를 이유로 살해했다.

살아남은 안산 칼잡이 형제는 미리 대기하고 있던 치타사난다 간부들에 의해 그들의 수행장으로 끌려갔다.

시끄러운 소리에 그들이 정신을 차렸을 때는 강한 조명에 눈이 부셔 한동안 주변을 제대로 살피지 못했다.

그들은 링 위에 있었다.

링 위에는 데스매치에서 쓰이는 다양한 흉기가 있었다. 응급처치 정도만 받은 두 사람은 욕을 내뱉으며 몸을 일으켰다.

링 바깥으로 들어선 관객석에는 치타사난다의 상위 신자들이 빼곡하게 앉아있었다. 여자와 남자의 비율은 7 대 3이었다.

비단으로 된 수행복을 입은 치타사난다의 수행자들이 모두 합장하며, "옴 샨티. 샨티. 샨티." "옴 치타사난다." 같은 산스크리트어로 된 만트라를 읊고 있었다.

그들이 영창하는 만트라는 서로 부딪히고 뒤섞여 거대한 울림이 되어갔다. 마치 폭포가 떨어지는 소리나 빗소리처럼 자연계에 존재하는 진동이 되어 공기를 흔들었다.

"너네 뭐야, 씨발!"

도끼가 손에 잡히는 대로 링 위의 무기를 철망에 집어 던졌다.

폭발.

철망에 무기가 접촉하는 순간, 전류폭파 데스매치에서 사용하는 접촉식 전기발화 폭약이 터졌다.

전기 스파크가 수만 개의 조각이 되어 굉음과 함께 울려 퍼지고, 안산 칼잡이는 충격으로 멍한 표정을 지었다.

그 사이에도 신자들은 아무 반응 없이 계속해서 만트라를 영창했다.

연기가 가라앉자, 상반신에 붕대를 감은 근육의 나신이 나타났다.

장백산의 모습을 보자 영창은 더욱 커져갔고, 신음소리를 내며 기절하는 관객도 있었다.

아예 자위를 시작한 신자도 있었다.

마치 콘서트에 등장하는 록스타처럼 당당하게 링을 향해 걸어가는 그의 모습을 스포트라이트가 비췄다.

강렬한 빛 아래에서 그의 모습은 더욱 신화적인 존재로 보였다.

아라비토가미, 망상의 대리인다운 풍격을 보이며 손을 들어 올리자, 영창이 멈추었다.

J 씨가 장백산의 뒤에서 앞으로 나왔다.

"너 뭐야 이 새끼야!"

"내보내! 씨발아!"

경기장이 조용해져 더 잘 들리게 된 안산 칼잡이의 폭언에도 그는 갓 태어난 자신의 어린 아기를 바라보는 자애로운 어머니의 눈으로 두 사람을 바라보았다

"옴 샨티. 샨티. 샨티."

"뭐라는 거야, 이 새끼야!"

도끼가 덤벼들려다, 앗, 하고 걸음을 멈추었다.

로프가 철조망임을 이제야 발견했다.

"당신들은 죄를 너무 많이 지었습니다. 이를 속죄하십시오."J 씨가 말했다.

"속죄? 지랄하고 있네. 좆까 씨발 년아!"

"이미 당신들이 한 악행의 기록을 구루께서 모두 읽으셨습니다. 구루께서는 이 나라 전체가 악업으로 위기에 처했음을 아셨습니다. 그래서 스스로 이 나라의 모든 악업을 대속하시리라 마음 잡수셨습니다. 구루께서는 말씀하셨습니다. 당신들과, 당신들과 관계된 모든 사람들의 아트만이 다음 생에 좋은 위치에서 태어나 선업을 쌓게 하기 위해, 치타사난다가 필요하다 하셨습니다. 죄업을 불태울 타파스가 필요합니다."

커다란 접이식 사다리가 두 개, 철망의 좌우에 설치되었다. 그 사이에 튼튼한 판자가 얹어져 간이 다리가 만들어졌다.

그중 하나의 사다리를 장백산이 올랐다.

한단, 한단 천천히 오를 때마다 찬탄과 관능에 찬 목소리가 울려 퍼졌다. 사다리를 올라가는 장백산의 거대한 손과 발이 자신들의 몸을 더듬는 애무로 느끼는 듯했다.

사다리에 모두 올라, 다리 한가운데까지 이동한 장백산이 중앙에서 스포트라이트를 받으며 조용히 합장했다.

그 순간에 눈물과 비명이 섞인 만트라의 영창이 울려 퍼졌다.

이해할 수 없는 상황에 안산 칼잡이 둘만이 겁을 먹고 그 자리에 얼어버렸다.

도약.

장백산이 뛰어내렸다.

몸이 너무 난자당해 일어나지 못하고 있던 면도칼의 무릎 위로 장백산의 거체가 폭격을 가했다.

부러진 무릎을 끌어안고 뒹구는 면도칼을 뒤로하고 장백산이 일어났다.

도끼가 야구방망이를 주워들고 덤벼들었다.

장백산은 팔뚝으로 쳐내고 도끼의 뺨을 후려쳤다.

부러진 이가 섞인 피를 뱉으며 도끼가 야구방망이를 지팡이 삼아 링 위에 버티고 섰다.

"개…… 새끼……."

하고 욕을 지껄이는 도끼의 머리카락을 장백산이 틀어쥐었다.

도끼가 야구방망이로 반격하려 했으나 뺨을 맞으면서 입은 충격으로 제대로 설 수 없어 다리가 꺾이고 말았다.

머리카락을 붙잡힌 채로 매달린 꼴이 되어버린 도끼가 비명을 질렀다.

"잘 하고 있습니다." 장백산이 말했다. "그대의 죄는 고통과 함께 사해지고 있습니다."

"미친놈——으아아아아——"

"속죄하십시오. 옴 샨티. 샨티. 샨티."

장백산이 도끼를 던졌다.

스파크가 튀었다.

철조망에 뒤엉킨 도끼가 피와 연기를 뿜으며 바닥에 쓰러졌다.

"도끼야!"

하고 면도칼이 동생을 향해 기었다.

비대한 몸을 팔로 지탱해 끌어당길 때마다 상처가 벌어져 피가 흘러나왔다.

그 모습을 본 장백산이 눈물을 터트렸다. 온 얼굴을 적실 정도로 터져 나오는 눈물 줄기가 조명에 빛났다. 미소 지은 입술 사이를 따라 눈물이 흘러내려 턱 아래에 맺혀 반짝였다.

"그대들의 아트만을 축복하노라."

철조망 방망이를 주워 든 장백산이 두 죄 많은 육신을 향해 구타를 시작했다. 살이 뜯겨나가고 뼛속까지 충격이 전해졌다.

잘 다져진 고기를 내려다보며 만족스러운 미소를 짓는 주방장처럼 장백산은 쓰러진 두 사람의 머리카락을 틀어쥐고 질질 끌어당겨 중앙으로 옮겼다.

그들 주변에 압정이며 형광등이며 깨진 유리조각을 뿌렸다. 대못이 촘촘히 박힌 합판도 놓았다.

기절해 늘어진 사람을 일으키거나 들어 올리는 것은 쉬운 일이 아니다. 사람의 몸은 가방과 달리 움직일 때마다 무게중심이 달라지기 때문이다.

그런데도 장백산은 바닥에 떨어진 가방을 들어 올리듯 도끼와 면도칼을 들어 올려 바닥에 메쳤다.

등이 완전히 너덜너덜해진 두 사람을 들어 올려, 이번에는 로프와 철망을 향해 던졌다.

엄청난 폭발음을 내며 두 사람의 육체가 스파크와 전기충격으로 파괴되었다.

쾅.

쾅.

쾅.

쾅.

여운. 연기. 안산 칼잡이 형제는 이미 실신과 각성을 거듭하며 완전한 쇼크 상태에 있었다.

출혈 과다 때문에 정신이 몽롱했고 고통은 점차 쾌감으로 변했다. 견딜 수 없는 고통을 이겨내기 위해 뇌가 베타 엔도르핀을 방출하기 시작한 것이다.

그들의 귀에는 신자와 장백산이 영창하는 만트라가 천상의 소리처럼 들렸다.

"속죄하십시오."

장백산이 그들의 머리를 잡아들어 올렸다.

"당신들이 저지른 겁간과 살인과 폭력을 속죄하십시오. 당신들이 상처 입힌 영혼을 위해 속죄하십시오."

공중에 매달린 채로, 두 사람은 처음으로 누군가에게 미안하다는 마음이 들기 시작했다.

자신들이 저지른 행동에 대한 엄청난 죄의식이 몰려들었다.

그들에게 있어 태어나서 처음으로 느끼는 감정이었다. 여태까지 숨어있다 나타났다기보다는, 강제로 '인스톨' 당한 것이었다. 눈물이 터져 나왔다. 두 사람은 가슴 깊은 곳에서 솟구쳐 오르는 느낌을 그대로 쏟아냈다.

꺽꺽거리며 우는 그들의 모습을 보며 장백산이 더 큰 눈물을 터트리며 울부짖었다.

"나는 그대들을 사랑하노라! 내가 그대들을 속죄하노라! 그대들의 죄를 용서하노라!"

오열. 두 형제가 차라리 죽여 달라고 소리쳤다.

처음으로 이식받은 죄의식은 날카로운 나이프보다 더 예리하게 그들의 깊은 곳을 후벼 팠다.

그들은 이미 찢기고 타고 너덜너덜해진 가슴을 쥐어뜯으며, 손톱으로 살을 후벼 파며, 제발 자신들의 괴로움을 편안히 해달라고 애원했다.

"옴 샨티! 샨티! 샨티!"

충격. 단단한 물건이 함몰되는 둔탁한 소리가 울렸다.

장백산이 두 형제의 머리를 맞부딪혀 서로의 두개골을 깨버렸다.

콧구멍에서, 눈에서, 입에서, 뇌수가 뒤섞인 피눈물을 흘리며, 둘은 절명했다.

"들어라, 귀 있는 자여! 이대로라면 이 나라는 멸망하고 만다. 너무 많은 죄악. 너무 많은 악업. 너무 많은 무책임이 이 나라를 지배해왔다. 에고로 가득한 이 나라를 청정한 선업의 나라로 만들기 위한 타파스가 필요하다. 선택받은 30명의 사도여. 나를 따르라. 우리가 사랑하는 이 나라의 죄를 씻기 위해 준비하라. 옴, 샨티. 샨티. 샨티."

■ 데 스 매 치 로 속 죄 하 라 – 국 회 의 사 당 학 살 사 건 은 ⋯⋯

이 글은, 올해 쓴 수록작 중 가장 오래 걸렸고, 가장 나를 지치게 한 문제작이다. 여러분에게 이 글은 일종의 모큐멘터리로 보일 것이다. dcdc 님이 "〈바키〉의 해설 장면 같다"고 마음에 들어 하셨다. 내게 있어, 이 글은 '사소설'이다.

나를 개인적으로 아는 사람이나, 팟캐스트 〈크로스카운터〉를 들어본 사람이라면 납득할 것이다. 나는 평소에도 이 글처럼 말한다. 눈치 없고, 두서없고, 광적이다. 나 자신의 감정이나 느낌보다는 떠오른 정보를 주로 이야기하는 장광설에, 즉흥적이라 정보가 엄밀하지 못하고, 방금 한 말도 제대로 기억 못 한다.

내 안의 감정과 생각을 모두 쏟아내기 위해서, 나는 모큐멘터리라는 가면을 쓰고 '프로레슬링'을 하는 수밖에 없었다. 공덕역에서 dcdc 님과 통화하며, 나는 온몸에 힘이 쭉 빠지고 구토감이 들 정도라고 말했던 기억이 난다. 내 안을 다 비워내는 작업이었다. 소화불량을 일으킬 정도로 납득이 가지 않는 현실을 어떻게든 받아들이려고 노력하다 나온 결과물이다. 후에 블로그 연재기사라는 형태로 한 번 더 고쳐 쓰고 난 뒤에야 지금의 형태가 되었다.

이 글에 인용된 글이나 정보, 디테일은 대부분 실제로 존재하는 것이고, 일부는 현실을 모델로 소설적으로 재구축했다. 예를 들어 데스매치 장면은 실제로 내가 본 시합 세 개를 합쳐서 만들었다.

온우주
단편선

아 기

아 기

1. 아기

"오늘 좀 늦을 거야." 그가 말했다. "걱정하지 말고 먼저 자. 알았어. 사랑해." 건조하게 내뱉고, 그는 먼저 전화를 끊었다.

그의 품 안에서 숨죽이고 있던 여자가 입을 열었다. "언제 이혼할 거야?" 그가 대답 없이 담배만 피우자, 그녀는 질문을 반복했다. "이혼. 이호온."

"조금만 더 기다려."

"매번 그 이야기잖아. 유리, 이제 더 이상 안 속아."

그는 침대 옆 재떨이에 담배를 비벼 껐다.

"자기야," 여자는 이불 속에서 그의 몸을 애무하며 말했다. "있잖아. 유리, 어제 친구랑 만났는데 애기를 데리고 왔더라고. 진짜 귀엽더라? 손가락도 얼마나 작고 귀여운지 몰라."

"이야기했잖아, 난 애기 싫다고."

"하지마안," 그녀는 페니스를 손에 쥐고 부드럽게 흔들었다. 지능 대신 관능을 얻은 짐승처럼 손가락의 섬세한 움직임으로 자극을 가했다. "유리느은 애기 좋아한단 말이야." 페니스가 다시 발기하자, 그녀는 위로 올라타려 했다.

"뭐하는 거야?" 그는 몸을 일으키며 그녀를 밀쳤다.

"유리는 자기 애기 갖고 싶단 말이야. 내가 갖고 싶은 건 다 주겠다고 했잖아."

"집도, 옷도, 백도, 다 줬잖아." 그는 타이르듯 말했다. 짜증이 섞여 나왔다.

"주는 김에 하나 더 주면 안 돼?"

"뭘."

"애기."

그는 아무 말 없이 그녀를 쳐다보았다.

"안 되냐고!" 그녀는 울먹였다. "유리가 장난감이지? 자기가 돈 주고 산 거냐고. 결혼해준다 했잖아."

그는 주제를 알라고 말하고 싶었다. 욕심이 많은 여자다.

"유리도 아기 갖고 싶단 말이야!"

얼굴을 잔뜩 일그러뜨린 그녀는 거칠게 숨을 들이마시고 내쉬며 스스로 감정을 부채질했다. 어린아이처럼 자신의 화에 취해 몸을 떨었다. 유치하고 자기중심적인 그 모습이 그는 혐오스러웠다. 그는 대답 대신 샤워도 않고 옷을 입었다. 땀 냄새와 진한 향수 냄새가 거슬렸다. 그러나 그보다 더 빨리 이곳에서 나가고 싶었다. 그는 거울을 보며 넥타이를 매만졌다. 거울 한구석에 비친 그녀의 유방이 흔들렸다. 그녀가 히스테리를 부리고 있었다.

"그래, 가버려!" 그녀가 소리쳤다. "매번 똑같아! 매번! 자긴 유리가 하는 이야기를 귓등으로도 안 듣고, 무시하고, 유리랑 자는 것만 생각하고, 그러다 듣기 싫으면 그냥 나가버리고! 유리는 자기한테 아무것도 아니지? 그지? 핑계 대지 마. 다 알고 있으니까!"

그는 옷을 다 입고 현관으로 갔다.

"다신 오지 마!"

그는 밖으로 나갔다. 유리가 깨지는 소리가 문을 때렸고, 히스테릭한 비명소리와 물건이 부서지는 소리가 뒤를 이었다. 소리는 건물을 나오고 나서야 완전히 끊겼다. 최근 들어 매번 이런 식으로 헤어지고 있었다. 자동차의 시동을 걸면서 그는 중얼거렸다. "버릴 때가 됐나……" 자동차가 기침을 하며 움직이기 시작했다. 운전 중에 핸드폰이 울렸다. 누군지를 확인하고 전화를 받았다. "왜? 먼저 자라니까. 알았어, 일찍 갈게. 끊어." 아내가 무언가 말을 하는 소리를 무시하고, 그는 전화를 끊었다.

2. 조시호

"수영이가 정신분열증이라고? 그래서 윤옥이도 못 온 거야?"

"윤옥이 죽었잖아. 수영이 그렇게 되고."

"자살한 거야?"

다른 화제라면 몰라도 이 화제라면 아무리 동기 모임에 늦었어도 끼고 싶지 않았던 그는 구석자리에서 혼자 고기를 구웠다. 그런 그를 발견한 친구는 벌써 술에 취해 얼굴이 붉어진 채 다가와 술을 권했다. 그는 억지로 잔을 들었다. "잘 지냈지?"

"너만큼 잘 지내겠냐?" 친구는 소주를 따랐다. "너 요새 잘 나간다면서? 연락 해도 안 오고 맨날 바쁘다고 그러고 말이야." 다른 테이블에서 맞장구가 날아들었다. "사장님이시잖냐. 한 달에 십삼억씩 들어온다더라!"

그들의 말이 비꼬는 것처럼 들린 그는 대답 대신 술을 비웠다. 내가 없는 사이에 내 욕을 하고 있었겠지, 그는 생각했다. 그들은 이미 사실을 다 알고 있을 것이라는 생각이 들었다. 소주의 알싸한 감각이 목구멍을 훑었다. 그제야 자기가 차를 타고 왔다는 생각이 들었다.

"심리학과에 인물 났지!"

"야, 야, 야!" 그에게 술을 권한 친구가 주의를 집중시키며 자리에서 일어나 외쳤다. "오늘 자리는 병규가 쏜단다!" 와아, 하고 함성이 터졌다. "이병규, 이병규, 이병규," 하고 연호하는 소리가 고깃집에 울려 퍼졌다. 그의 이름을 부르지 않고 술을 마시고 있는 사람은 한 사람뿐이었다. 조시호. 술이 많이 취해 있는 것처럼 보였다. 못 본 사이에 살이 더 쪘다. 대학 시절에는 누구보다도 허물 없이 지내던 사이였다.

"그래," 이병규가 말했다. "이 자리는 내가 낼게." 환호성. "대신, 먼저 가볼게. 미안하다." 그가 자리에서 일어났다.

"그래, 바쁜 사람은 먼저 가야지."

"고맙다! 잘 먹을게!"

인사를 받으며, 그는 신발을 신고 카운터로 나왔다. 카드 영수증에 사인을 하며 보니 계산은 육십만 원 정도였다. 고깃집의 문을 열고 나온 그는 담배를 꺼내 물었다. 운전에는 무리가 없을 것이라 생각하고 주차장으로 향했다. 누군가 그의 어깨를 붙잡고 거칠게 잡아끌었다.

"어이, 이병규." 조시호가 비틀거리며 말했다. "어디 그리 급히 가냐? 나랑도 한잔해야지." 말투도 술 때문에 뒤틀려 있었다. 그의 어깨를 잡은 조시호의 손에 힘이 들어갔다.

그는 손을 떼어냈다. "너 많이 취했다."

"너도 들었지? 수영이 이야기. 어떻게 생각하냐? 응? 수영이가 그렇게 된 거 말이야. 기분이 어떠시나? 옛날엔 없으면 죽는다고 붙어 다니던 여자친구가, 이제 조현증이라니까?" 조시호가 그의 가슴팍을 밀쳤다. "이 썹새끼야!" 조시호가 주먹을 휘둘렀다.

턱을 얻어맞고 쓰러진 그는 곧바로 일어나 옷을 털었다. 싸우고 싶지는 않았다. 밀릴 것이라 생각해서는 아니었다. 싸우고 싶지 않았다. "친구로서 충고하는 데 더 이상 실수하지 마라."

"뭐? 친구? 넌 그런 말 할 자격도 없어, 조까튼 셰키야! 실수? 실수는 누가 했는데?" 시호가 몸을 돌리고 떠나는 그의 어깨를 다시 잡고 뒤통수를 때렸다. 그는 몸을 굽히며 방금까지 먹던 고기와 술을 토했다. "내가 셰끼야, 언제까지 니 딱가리 하던 조시호인 줄 알아 셰끼야?"

"야, 조시호!" 소란스러운 소리를 듣고 다른 동기생들이 나와 조시호를 말렸다. "너 미쳤어?"

"놔!"

"병규야, 괜찮니?"

"괜찮아."

"술값 내고 이게 무슨 봉변이냐."

"야, 조시호 진정 좀 해 인마!"

"어떻게 진정해! 수영이가 그렇게 된 건 다 저 세끼 때문인데! 이거 놔!" 동기생들은 조시호를 끌고 다른 곳으로 갔다.

"괜찮니?" 친구 중 하나가 그를 일으켰다. 그는 머리가 지끈지끈했다. 뒤통수를 잘못 맞았는지 제대로 다리가 움직이지 않았다.

괜찮다고 말하고 그는 주차장으로 향했다. 턱과 뒤통수가 아직도 아릿했다. 입안에는 위액과 섞인 소주 냄새가 맴돌았다. 고개를 잠시 위아래로 움직여 보았다. "나 때문이라고?" 그는 중얼거렸다.

3. 넥타이

서울에서 보기 드문 대저택 앞으로 그의 차가 다가왔다. 높은 담 위로 어둠에 녹은 정원수의 그림자가 보이는 고급스러운 집이 그에게는 갑갑한 감옥으로 보였다. 정원수와 잔디 깔린 정원을 지나 현관문 앞에 섰다. 옆에 유모차가 눈에 거슬려 부셔버리고 싶었다.

"다녀오셨어요오." 아내는 품에 안고 있는 아기의 손을 쥐고 흔들며 말끝을 길게 늘이는 어린아이 말투로 말했다. 아기의 손가락이 작고 동글동글하다.

"안 재우고 뭐 했어?" 그는 겨우 굳은 표정을 펴며 말했다.

"아, 빠, 기, 다, 리, 느, 라, 요."

인형극이라도 하듯 아기를 안고 어린아이 말투를 흉내 내며 대신 이야기하는 아내가 혐오스러워진 그는 얼굴을 감추려 안으로 들어갔다. 넥타이가 갑갑했다.

"일찍 왔네? 옷이 왜 이리 지저분해?"

"별거 아냐."

"참, 아빠가 금요일 날 좀 보자는데."

"장인어른이?"

"응, 사업 관련해서 할 이야기가 있다고."

"알았어."

"있지, 오늘 세영이가 글쎄—"

"여보. 미안한데 나 좀 몸이 안 좋아서 그런데 씻고 좀 쉴게."

"…알았어."

그는 화장실로 들어가 거울로 턱의 상태를 확인했다. 내일이면 부어오를 것 같다. 세면대에 물을 받았다. 무음으로 돌려놓은 핸드폰을 꺼내보았다. 정부가 보낸 마흔두 통의 문자와 열두 통의 부재중 전화, 친구들에게 온 문자가 일곱 통이었다. 모든 기록을 삭제하고 씻은 뒤, 피곤하다는 말만 남기고 곧바로 침실로 들어갔다. 아기 울음소리가 들려 신경이 거슬렸다. 다 아기 때문이다. 모든 게 다 아기 때문에 이렇게 되었다. 어느새 잠이 든 그는 꿈을 꾸었다. 수영과 정부와 아내가 합쳐져 만들어진 거대한 갓난아기의 형상이 그의 목을 조르며 아기를 내놓으라고 소리 질렀다. 울음소리. 제발 내 인생에서 꺼지라고 소리를 지르려 해도 목에서는 아무 소리도 나지 않았다. 거대한 갓난아기의 양손이 넥타이가 되어, 그의 목을 올가미처럼 조여 왔다.

기분 나쁜 땀으로 흠뻑 젖은 채 잠에서 깼다. 아기는 또 울고 있었고, 몸이 무거웠다. 잠든 아내를 두고 침대에서 나와 화장실로 향했다. 다행히 턱은 부어오르지 않았다. 아기 울음 소리를 듣지 않으려 일부러 샤워기를 세게 틀고 샤워를 한 뒤, 가정부 아주머니에게 아침을 거르겠다고 말하고 곧바로 집을 나선 그는 현관문 앞에 놓인 유모차를 걷어차고 차고로 향했다. 아기 울음소리는 계속 들렸다. 회사에 도착해도 계속.

4. 조현병

"어제는 잘 들어갔냐? 진짜 미안하다. 시호 그 새끼가 미쳤나 갑자기 왜 그 지랄이야?"

대강 대답하고 전화를 끊었다. 권한 하나 없는 명목상 사장이라 사무실 안에서 그가 할 일은 사실상 없다. 모든 결재는 곧바로 회장실의 장인에게 간다. 인터폰이 울렸다. "무슨 일이야."

"저, 어느 분이 사장님을 만나고 싶으시다고――"

"이병규! 당장 나와!" 조시호의 목소리다. "이병규!"

"들여보내." 그는 인터폰에 대고 소리쳤다.

"여자 덕에 팔자가 좋구나, 이병규." 조시호는 어제와 똑같은 차림이었다.

"할 말이 있고 안 할 말이 있다."

"사무실 좋네?" 시호는 사무실 물건을 신경질적으로 만지며 돌아다녔다. "니가 술자리에서 한턱낸다고 다들 널 좋게 이야기할 줄 아냐? 이야기 다 들었다. 회장 딸 임신시키고 한자리 얻은 거라며?" 평소에 부하들이 등 뒤에서 소곤거리던 이야기를 조시호가 면전에 대고 하고 있었다. "그런데 용케 낳았네? 니 앤데?"

"무슨 뜻으로 하는 말이야!" 그는 더 이상 참지 못하고 조시호의 멱살을 잡았다. "여긴 내 회사야. 내 말 한마디면 경비원들이 널 좆되게 할 수도 있어, 이 돼지 새끼야. 알아?"

"수영이가 왜 조현병이 되었는지는 알아?" 조시호는 그를 비웃고 있었다.

"조현병?"

"아, 맞다. 넌 학교 다닐 때도 공부 안 했지? 지금은 정신분열증을 조현병이라 그러거든. 스키조 말이야. 이것도 모르는 데, 수영이가 왜 그렇게 됐는지 알 리가 없지."

"그걸 내가 어떻게 알아!" 그는 사무실 밖에서 직원들이 듣고 있다는 것도 잊었다. "그 년이랑 헤어진 지가 몇 년인데? 얼굴 한번 보지 않고 지냈어! 내가 그 년이 미친 걸 왜 책임져야 해!"

"네 책임이니까."

"왜? 열 받아? 니가 좋아하던 년 뺏어서? 그 년이랑 사귈 때도 기생충처럼 옆에 붙어서 따라다녔지? 이 겁쟁이 새끼야. 무서워서 고백도 못 해놓고, 이제 와서 옛사랑이 미치니까, 그게 옛날에 뺏어간 나 때문이다, 이거냐? 내가 뺏어갔어? 니가 못난 걸 왜 내 책임으로 돌려! 그리고 그 년이랑 결혼한 건 내가 아니고 윤옥이 잖아! 그 새끼한테 가서 따지라고!"

"니 애 임신했다 낙태한 게 발병 원인인데도?"

"뭐?"

"책임을 지란 말이야!"

"그건 옛날 일이야. 발병한 건 최근이잖아, 내 책임이 아니야!"

"수영이는 그렇게 생각 안 해. 널 보고 싶어 해." 시호의 표정은 진지했다. "널 찾고 있어. 안 그랬으면 여기까지 오지도 않아." 이병규가 놀라 몸이 굳어버리자, 조시호는 멱살을 뿌리치고 옷매무새를 다듬었다. 둘은 입을 다문 채 서로를 노려보았다.

사무실의 문이 살짝 열리더니, 비서가 고개를 내밀었다. "사장님, 무슨 일——"

"나 잠깐 나갔다 올게요." 당황해하는 비서를 내버려둔 채, 시호를 따라 그는 사무실을 나섰다.

5. 이수영

두 사람은 교외의 정신병원에 도착했다. 조시호가 일하는 곳이자, 이수영이 입원한 곳이다. 안으로 들어간 그는 그녀가 있는 병실에 점점 가까워 오자 초조함을 느꼈다. 그녀를 다시 보는 것은 그녀와 배윤옥의 결혼식 이후 처음이다. 축의금만 내고 밥도 먹지 않고 도망치듯 빠져나왔다. 그녀의 얼굴을 볼 자신도, 모든 동기생이 자신에 대해 수군거릴 뒷공론을 견딜 자신도 없었다. 조시호도 그곳에 있었다.

"너도 심리학과 나왔지만," 조시호가 앞서 걸으며 뒤따라오는 그에게 말했다. "임상 전공이 아니니 실제로 환자를 본 적은 별로 없을 거야. 다들 정신과에 입원한 환자들이 광기에 차 괴상한 행동을 하고 표정을 짓는다고 상상하지. 편견이야. 대부분은 평범하게 일상생활을 하는 사람과 크게 다를 것이 없지. 거리를 걸을 때마다 무슨 생각을 하는지 알아? 굶어 죽지는 않겠군. 다들 멀쩡한 얼굴을 하고 있어도 껍질 안에는 망가지고 부서져 있지. 뒤틀리고 경련을 일으키고 있어." 조시호가 말을 멈추고, 뒤돌아 그를 빤히 쳐다보았다. "수영이는 달라."

아니야.

"수영이는 어린아이처럼 순수한 모습 그대로야. 수영이는 원래 그랬어. 옛날이나, 지금이나. 그런 순결한 애를 네가 망쳐놨어."

아니야. 그는 조시호에게 외치고 싶었다. 넌 몰라. 언제나 침대에서 내 위에 올라타 거칠게 허리를 흔들며 더 박아달라고 소리를 지르던 건 수영이야. 넌 수영이를 네 이상형으로 생각하고 있을 뿐이야. 네가 가지지 못할 것이라 지레 겁먹고, 평생 그 옆에서 얼쩡거리면서 수영이가 먼저 고백해주길 감히 꿈꿨겠지. 결국 네가 얻은 것은 망가진 수영이의 껍질뿐이야.

두 사람은 병실 문 앞에 도착했다.

이 문 안에 이수영이 있다. 그는 목 뒤가 굳어가는 게 느껴졌다.

"수영이는 얼마 전 유산을 했어." 조시호가 말했다.

"유산?"

"그래. 윤옥이 사이에서 아기가 생겼지. 수영이는 정말 신경을 썼어. 수영이는 아기를 좋아하니까."

그의 뱃속이 뜨거워졌다.

"유산이었지. 이유야 누가 알겠어? 수영이는 점점 망가져 갔어. 공원에서 남의 집 아기를 유괴했다가 발견되고 나서, 결국 이곳으로 오게 됐지. 윤옥이 부탁이었어. 수영이는 윤옥이 얼굴을 보고 싶어 하지 않아 했어. 윤옥이도 그랬고. 죄책감일지도 모르지. 다 네 탓이야."

문이 열렸다.

"수영아." 조시호가 말했다. "데리고 왔어."

그는 수영의 환자복이 헐렁한 것에 놀랐다. 환자복은 본래 누구나 맞게 입을 수 있도록 헐렁하게 만든다는 사실은 알고 있었지만 그녀는 도가 지나쳤다. 옷걸이에 걸어놓은 양 환자복이 그녀의 앙상한 육체에 겨우 매달려 있었다. 옷 위로도 알 수 있을 정도였다. 크게 파인 옷의 목 부분을 통해 힘줄이 그대로 드러난 말라붙은 가죽이 보인다. 그녀는 무언가를 안고 있었다. 인형이었다. 헝겊 조각을 얼기설기 이어 붙여 만들었는데, 눈 대신 단추를 달고 실을 십자 모양이 되게 바느질한 입은 새초롬했다. 수건을 강보 삼아 싼 인형을 소중하게 안고 바라보느라, 그가 들어와도 고개를 들지 않았다.

반응이 없는 얼굴에서 위화감을 느꼈다. 그녀의 표정은 지나치게 온화했다.

"우리 아기." 그녀는 중얼거렸다.

구토가 치밀어 올랐다. 동물적인 모성본능, 그 무조건적이고 자기애적인 집착이 그는 혐오스러웠고, 경멸했다. 어머니가 떠올랐다. 언제나 아들을 위하는 자신을 누구보다 사랑한 그녀.

"수영아." 조시호가 그녀에게 다가갔다. "데리고 왔어."

그녀는 조시호를 무시하고 그를 똑바로 쳐다보았다. 그는 뭐라고 말해야 좋을지 몰랐다. 뭐라고 인사를 해야 할지도 몰랐다. 애초에 여기에 온 것 자체가 좋은 것이었는지도 확실히 몰랐다. 혼란과 후회가 밀려왔다. 그 순간, 그녀는 소리를 지르며 그에게 달려들었다.

"아기이이이이이이이이이."

그녀는 그의 목을 졸랐다. 헐렁한 옷 사이로 흉하게 뒤틀리고 갈라진 그녀의 육체가 그대로 드러났다. 목이 점점 더 조여 왔다. 조시호는 웃으며 상황을 지켜보기만 했다. 야윈 몸에서 뿜어져 나오는 엄청난 힘으로 그를 바닥에 찍어 누르고, 말을 타듯 올라타 목을 졸랐다. 말라붙은 유방. 공허한 얼굴.

"내게 아기를 줘. 내게 아기를 달라고!"

그는 저항하지 못했다. 고통이 몸을 마비시켰다. 그녀의 얼굴은 그로테스크하게 일그러져 있었고, 그 뒤로 조시호가 미소 짓고 있는 모습이 보였다. 분노가 치밀어 오르는 그의 눈에 인형이 보였다. 인형이 마치 바닥을 기듯 아무렇지도 않게 천장을 기어가고 있었다. 인형이 고개를 돌렸다. 인형답게 관절이 없는 양 돌아간 얼굴은 어설프게 만든 얼굴이 아니었다. 피부를 벗겨 내 붉은 혈관과 근육이 그대로 드러난 피로 얼룩진 얼굴이었다. 아기의 울음소리가 울렸다. 그는 비명을 지르려 했다. 목이 계속 졸려와 소리를 내지도, 숨을 쉬지도 못했다.

의식이 멀어져갔다.

6. 현실

"잤어?" 조시호가 말했다.

두 사람은 카페에 있었다. 그는 어리둥절한 기분이 들었다. 꿈이라도 꾼 것일까? 여긴 어디지? 주변을 둘러보니, 군데군데 놓인 테이블에 환자복을 입은 사람과 지인들이 마주 앉아 이야기를 하고 있었다. 병원 안 커피숍이다.

조시호는 양손에 커피를 들고 서 있었다. 테이블에 앉아있는 그의 앞에 커피를 내려놓고 건너편 자리에 앉았다. "많이 피곤했나 보다. 커피 받으러 잠깐 다녀온 그 사이에 잠이 든 거야?"

이 녀석이 갑자기 왜 이러지? 그는 의아해했다. 방금 전 공격당할 때는 손 놓고 웃으며 보고 있던 놈이——

"왜 그래?" 조시호가 커피를 내민다.

아까까지 있었던 일이 꿈이었나? 하고 반문하며 커피를 받아들었다. 조시호의 태도는 그전과는 달리 자연스러웠고 친근해져 있었다. 그런 사람에게 그전까지 왜 자신에게 적대적으로 대했느냐, 아까 이수영은 왜 나를 공격했느냐, 하고 묻기는 어려웠다. 턱을 만져보니, 아주 약간이지만 통증의 흔적이 남아있었다. 그러나 이 통증이 어제 얻어맞아서인지 아닌지 확신이 서지 않았다. 애초에 지금 여기에 어떻게 왔는지 기억이 나지 않았다. 마치 술을 마시고 난 뒤 필름이 끊긴 채로 잠에서 깬 기분이었다.

"수영이가 그렇게 밝은 모습인 건 오랜만에 봐." 조시호가 말했다. "역시 네가 보고 싶었었나 봐. 윤옥이가 사고로 죽고 나서 저렇게 웃는 모습을 못 봤거든. 정말 고맙다."

그는 수영을 처음 보았을 때의 모습이 떠올랐다. 온화하게 웃으며 무언가를 안고 있었다. "아기!" 그는 소스라치게 놀라며 말했다. 분명 그의 기억 속의 영상에는 수영이 핏덩이나 다름없는 아기를 안고 있었다.

"갑자기 무슨 소리야?"

"수영이가 아기를 안고 있었어⋯⋯!"

"무슨 말을 하는 거야? 자리에 앉아. 이상한 소리 하지 말고. 진정해. 무슨 아기를 안고 있었다는 말이야. 그냥 인형이었어. 인형."

"인형?"

"그래, 인형. 그것도 수영이가 혼자서 만든 인형이었잖아. 손바느질해서 만든 인형."

이마에 맺힌 땀을 훔치며 말없이 자리에 앉은 그는 아이스커피를 마셨다. 차가운 씁쓸함이 입안에 퍼지자 기분도 진정되는 것 같았다.

"요새 업무 때문에 많이 힘들구나?" 조시호의 말투는 온화했다. 임상심리사다운 차분하고 따뜻한 목소리는 그를 혼란스럽게 만들었다. 언제부터 이렇게 온화했는지 위화감만 들었다. 어젯밤엔 주먹으로 구타했고, 오늘 아침만 해도 사무실에서 소란을 피운 사람이 지금은 이렇게 다정하게 말을 걸고 있다니. 꿈을 꾸고 있는 건가? 과거를 확인하기 위해 다시 턱을 어루만졌다. 어제 시호에게 얻어맞은 곳이고, 어제저녁 샤워를 할 때 느껴졌던 둔중한 통증이 아직 남아있는 곳이다. 통증이 현실을 확인시켜 줄 것이다.

통증은 없었다.

턱은 아파야 했다. 아파야만 했다.

"어제부터 좀 이상하다." 조시호가 말했다. "아무래도 요새 회사 일 때문에 신경을 너무 쓰는 것 아냐?"

"어제 말이야."

"어제?"

"동기 모임."

"아, 지금 네가 한턱냈다고 자랑하려고 그러는 거냐?" 조시호는 목을 울리며 웃었다. "돈 좀 번다고 자랑하기는. 노래방은 내가 냈잖아."

"노래방?"

"그래. 네가 일차에서 술을 너무 마셔서, 나랑 정창이랑 태욱이랑 송희랑 예숙이랑, 다 같이 노래방 가서 술 좀 깨자고 갔잖아. 네가 운전하겠다고 우기니까 대리 불러줬고."

"대리운전기사를 불렀다고?"

"그래. 대리운전기사가 차 좋다고 호들갑 떨어서 내가 번호랑

네 차번호까지 다 적고, 도착했나 하고 창이가 전화도 걸었잖아."

그는 핸드폰을 열었다. 기록이 지워져 있다. 그는 집에 돌아온 뒤 자신이 통화기록을 모두 지웠다는 사실을 기억해냈다.

"네가 수영이랑 만나고 싶다고 해서 내가 오늘 너네 사무실로 찾아갔잖아."

"……나 이만 가볼게."

"그래. 또 보자. 수영이 보러 자주 오고."

조시호가 웃었다.

7. 탯줄

다정하게 작별인사를 하는 조시호와 헤어져 회사를 향해 차를 몰면서, 그는 정신이 이상해진 것은 아닌가 의심스러워졌다. 핸들을 굳게 잡아보니 손아귀 힘이 느껴졌다.

하지만 조시호는 그가 기억하는 것과는 다르게 행동하고 있었다. 악몽 같은 불확실함은 회사에 들어섰을 때도 똑같았다. 로비에 들어설 때도 엘리베이터를 오를 때도 사무실을 가로질러 사장실로 들어갈 때도, 사람들의 태도는 평소와 다름없이 너무도 자연스러웠다.

오히려 어색하게 생각하고 행동하는 것은 그 자신이었다. 어딘지 모르게 불편한 듯 의식적으로 움직였다. 그는 스스로가 모든 동작을 하나하나 계산해서 움직여야 하는 로봇처럼 느껴졌다.

사무실로 돌아온 그는 악몽처럼 느껴지는 외부세계를 벗어나 편히 쉬기 위해 인터폰으로 회장님께 연락 올 때까지 다른 연락을 금해달라고 비서에게 명령한 뒤, 안락의자에 깊게 기대어 눈을 감았다.

아무것도 생각하지 않으려 했는데도, 생각은 스스로의 힘으로 꼬리에 꼬리를 물고 이어져 물줄기처럼 그의 머릿속을 채웠다. 생각의 물소리는 거슬리는 다른 소리로 변해갔다.

사람의 마음을 거칠게 할퀴며 자기 자신의 존재를 알리는 아기의 울음소리였다.

탯줄을 자를 때의 감각이 손에서 되살아났다.

자신의 아이를 지우고도 그의 기분을 상하게 하지 않으려고 억지로 웃으려 하던 수영의 모습을 보았을 때 느낀 혐오감이 되살아났다.

심장이 뛰었다. 가슴과 고막을 울리는 박자는 점점 빨라졌다. 울음소리도 점점 커졌다. 눈앞에 보이는 탯줄이 목을 조이려 뱀처럼 기어왔다. 그는 도망치려 했다. 다리가 움직이지 않았다. 바닥에서 물이 차오르더니 움직임을 방해했다. 그는 물속에 잠겼고, 좁은 공간에 갇혀, 탯줄에 목이 매여 가라앉았다.

인터폰이 울렸다. "사장님. 회장님께서 보자고 하십니다."

잠에서 깬 그는 기분 나쁜 땀으로 범벅이 된 이마를 쓸어내며 인터폰의 응답버튼을 눌렀다. "언제요?"

"아홉 시입니다."

"장소는?"

비서는 일전에 가족끼리 저녁식사를 한 레스토랑이라고 알려주었고, 그는 알았다고 이야기하고 인터폰을 껐다. 시계를 보니 여섯 시 이 분이었다. 땀으로 젖은 몸을 씻어내고 싶었다.

그는 핸드폰을 꺼내 정부에게 전화를 걸었다. 정부는 반쯤 잠에서 깬 목소리로 기다리겠다고 했다. 그녀의 목소리 뒤로 또 다른 사람의 코 고는 소리가 들렸다.

그는 한 시간 뒤 도착할 것이라 이야기하고 전화를 끊었다.

8. 폭력

사십 분 뒤, 그는 노크도 없이 정부의 집 문을 조용히 열었다. 전자자물쇠가 아닌 게 다행이었다. 소음 없이 문을 열 수 있었다. 열쇠를 손가락 사이에 끼고 관절이 하얗게 변할 정도로 견고하게 주먹을 쥐었다. 현관에는 다른 남자의 구두가 있었다. 다른 손으로 구두를 거꾸로 집어 들고 신발을 벗지 않은 채로 이야기 소리가 들리는 방 안쪽으로 향했다. 구두 뒷굽이 소리를 내지 않게 발끝으로만 걸었다.

제대로 닫히지 않은 문 안쪽에서 들리는 자기야, 하고 이야기하는 여자의 목소리는 아무리 곱씹어봐도 그의 정부였다. 문을 발로 차 연 그는 아랫도리를 드러낸 채로 셔츠를 입던 남자의 머리를 손에 든 구두 뒷굽으로 후려쳤다. 그는 한마디도 하지 않고, 거친 숨도 내뿜지 않고 폭력을 휘둘렀다.

정부가 비명을 질렀다.

열쇠를 쥔 주먹으로 코를 쳤다. 콧등의 연골이 박살났고 콧구멍과 열쇠에 찔려 난 구멍을 포함해 세 개의 구멍에서 피가 흘러내렸다. 연달아 사타구니를 구두 끝으로 걷어차 올려 비명도 지르지 못하게 만들었다. 한쪽 발등을 구두 뒷굽으로 짓밟고 사정 없이 손에 든 구두를 몽둥이 삼아 휘둘렀다.

그는 쓰러진 남자를 짓밟았다. 자신을 말리려고 매달리는 정부의 등을 주먹으로 내리찍고, 턱을 무릎으로 갈겨 바닥에 쓰러트렸다. 얼굴. 턱. 목. 가슴. 배. 사타구니. 가리지 않았다.

가슴께를 밟자 무언가가 부러지는 감각이 느껴졌다. 갈비뼈가 부러졌는지 격렬하게 기침을 하는 남자의 벌어진 입을 걷어찼다. 이가 부러지는 것을 감촉으로 느낄 수 있었다. 기분이 상쾌해졌다. 몸 안에 있던 쇠사슬이 툭 끊어진 기분이었다.

자신의 발을 붙들고 늘어지는 정부의 머리채를 잡고 뒤흔들었다. 입을 구두로 후려치자 입술이 찢어졌다.

"언제부터야." 그는 건조하게 한 마디를 내뱉고, 대답하지 못하는 입에 다시 구두를 휘둘렀다. "언제부터야." 겁에 질려 대답하지 못하는 그녀의 머리채를 다시 바닥으로 내팽개쳤다. 바닥에 널브러진 그녀의 몸이 고통으로 이리저리 뒤틀렸다. 그는 배를 구두 끝으로 걷어찼다. 욱. 압축된 신음소리가 터져 나왔다. "아기가 갖고 싶다고?" 걷어찼다. "다 사다 주니까, 정신 못 차리지?" 걷어찼다. "아예 아기를 못 가지게 해 줄게." 걷어찼다. "앞으로 군소리 말고 다리나 벌려." 걷어찼다. "징징대지 말고. 말도 하지 말고." 걷어찼다. "알아들었어?"

그녀는 대답하지 못했다. 배를 부여잡고 우는 그녀의 눈에서는 눈물이 흘렀고, 사타구니에서는 피가 흘렀다. 그는 그 모습이 더 없이 혐오스러웠다.

그 순간, 아기 울음소리가 들렸다. 남자가 입에서 피를 흘리며 기침을 하는 소리가 아기의 울음소리처럼 들렸다. 등 뒤에서 또 다른 아기의 울음소리가 들렸다. 정부가 내는 소리였다. 둘의 신음소리가 아기 울음소리로 들렸다. 그는 울면서 비는 정부의 머리채를 휘어잡았다. 입을 향해 주먹을 휘둘렀다. 이가 부서지는 소리가 들렸다. 주먹에 이의 파편이 박혔다.

등 뒤에서 기척을 느낀 그는 몸을 돌렸다. 남자가 무릎으로 기면서 도망가고 있었다. 그는 배를 걷어차 남자를 벌렁 뒤집어지게 만들고, 대자로 뻗은 남자의 사타구니를 짓밟았다. 충격을 이기지 못하고 경련을 일으킨 남자가 기절하자, 그는 짓뭉개진 성기와 고환이 부어오르고 찢겨나가, 더러운 핏덩이가 될 때까지 짓밟았다.

숨이 차자, 순식간에 피로가 몰려왔다. 정부와 남자는 완전히 기절했다. 그런데도 귀에서 들리는 아기 울음소리는 끊이지 않았다. 와인셀러에 보관해 둔 와인병 중 하나를 꺼내 병째로 단번에 들이켜 비웠다. 입가에 넘쳐흐른 와인이 와이셔츠를 피처럼 붉게 적셨다. 진정하려고 해도 소리는 끊이지 않았다. 소리를 지르며 와인병을 벽에 던지자, 벽에 상처가 난 것처럼 와인이 튀어 바닥으로 흘러내렸다.

시계를 보니 이미 여덟 시가 넘어 있었다. 그는 옷장에서 옷을 꺼내 입은 뒤 곧바로 차를 몰았다. 자신이 취해 있다는 것을 생각할 만큼 제정신이 아니었다.

9. 아내

레스토랑에 제대로 도착한 것이 기적이었다. 눈치가 빠른 사람이 아니라도 금세 그가 정상이 아니라는 것을 알아챌 수 있었다. 그는 매우 신경과민 상태였고 흥분되어 있었다. 그리고 취해 있었다.

사업이야기를 하려던 장인은 당황했다. "자네 괜찮나?" 장인이 물었다. "요새 너무 일을 무리해서 하는 것은 아니겠지?"

"예?" 그는 제때 대답하지 못했다. 귓가에 울리는 아기 울음소리 때문에 장인의 말이 제대로 들리지 않았다.

"괜찮냐고."

"아, 예. 괜찮습니다." 그는 괜찮지 않았다.

장인이 불러 준 대리운전기사 덕분에 그는 집에 올 수 있었다. 신경이 날카로워 잠을 자려고 해도 잘 수가 없었다. 집에 도착해서 어떻게 안까지 들어왔는지 그는 기억하지 못했다. 몸이 제멋대로 기계적으로 움직였다는 것을 의식했을 때는 이미 지친 채로 소파에 앉아 있었다. 과정이 기억나지 않아, 마치 순간 세상에서 소멸되었다가, 지금 이 순간 다시 생긴 것은 아닌가 싶을 정도였다. 새로 생긴 세상이 현실인지 꿈인지 확인할 길이 없었다. 꿈이라면 악몽이 아니기를 빌었다. 움직임 하나하나가, 인식할 수 있는 주변의 모든 것이, 전부 다 모호하게 느껴졌다.

"아빠한테 전화 왔었어, 잘 도착했냐고." 아내가 말했다. "많이 피곤한가 봐. 아까 낮에 전화하니까 나갔다고 하던데."

"잠깐 약속이 있어서."

"누구랑?"

"친구랑."

"친구 누구?"

"모를 거야, 누군지."

"누군데?"

"친구."

"그러니까, 친구 누구?"

그는 잠시 한숨을 내쉬고는 대답했다. "대학 동기."

"왜 만났어?"

"일이 있어서."

"무슨 일?"

"그냥 일." 아기 울음소리가 대화를 중단시켰다. 그 소리가 자신의 머릿속에서 나는 소리인지 아니면 진짜 아기 울음소리인지 그는 한동안 구분하지 못했다. 아내가 아기를 안고 거실로 나타나서야 자신이 들은 소리가 진짜임을 알 수 있었다. 울음을 멈추지 않는다. 그는 귀를 막으며 말했다. "조용히 좀 시켜."

"당신 요새 좀 이상해."

"뭐가?"

아기가 운다.

"내가 이야기 안 하려고 했는데."

"하지 마 그럼."

아기가 운다.

"오늘 입고 간 옷 그거 아니잖아."

"……땀이 많이 나서 갈아입었어."

"어디서?"

아기가 운다.

"회사에서."

"회사에 옷 가져다 놓았었어?"

"안 그러면 어떻게 갈아입겠어?"

"그래서 물어보는 거잖아?"

아기가 운다.

그는 자신을 추궁하는 아내가 귀찮고 혐오스러웠다. 정부의 집에서 있었던 일이 기억에서 되살아나자 몸 안 깊숙한 곳에서 뜨거운 기분이 들었다. 그의 마음속에서는 또 다른 자신이, 그동안 갇혀 있던 짐승이 풀려나와 그의 귓가에 속삭이기 시작했다. 남편이 하는 말을 믿지 못하겠다는 거야 뭐야? 나는 네 덕분에 이렇게 사는 게 아니란 말이야. 아기가 운다. 감히 네가 나에게 감히 네가 나에게 감히 네가 감히 부자 아버지 둔 덕에 나를 소유할 수 있다고 생각하는 거야? 그깟 애기가 생겼다고 내가 네 것이 될 것 같아? 아기가 운다. 시끄러워 시끄러워 시끄러워 시끄러워 시끄러워 시끄러워 시끄러워 시끄러워 "그만 울어! 그만! 그만 울으라고!"

10. 광기

그녀는 아기를 어르며 말했다. "미쳤어?"

"씨팔, 그만 울게 하라고! 그만 울어! 그만! 그만!"

228

"당신 왜 그래 요새? 무슨 일인데 그래?"

"당장 울음 멈추게 해. 당장. 안 그러면 큰일 치를 줄 알아."

"무섭게 왜 그래!"

그의 안에서 울부짖고 있는 짐승이 한계를 넘어서려 하고 있었다. 그는 더 이상 참지 못하고 몸부림을 쳤다. 온몸의 에너지가 끓어올라 세포 하나하나가 진동하는 것 같다. 목덜미에서부터 가려운 열기가 솟아오르고 어금니가 바스라질 것처럼 이를 악다물었다. 짐승처럼 이를 드러내고 거친 숨을 몰아쉬는 그를 보고 처음에는 화를 내던 아내가 이제는 완전히 겁에 질렸다. 아기는 더욱더 크게 울었다.

"닥치라고!" 그가 말했다. "내가 그렇게 우습게 보이지? 내가 우습게 보이냐고!"

"왜 그래 당신!"

그는 난동을 부렸다.

리모컨이 날아가 텔레비전에 박혔다. 선반에 있는 도자기며 인테리어를 모두 쓸어 내버렸다. 요란한 소리 사이로 아기 울음소리가 찢어지듯 울려 퍼졌다. 그 소리가 자신의 귓속에서 나는 소리인지 밖에서 나는 소리인지 그는 알 수 없었다. 그는 견디지 못하고 귀를 쥐어뜯기 시작했다. 울음소리가 들렸다. 울음소리. 울음소리. 울음소리. "그만! 그만! 그만!"

"나가."

"뭐라고?"

"나가라고!"

"누구 맘대로 나가라고 해?"

"당장 나가!"

"건방지게!" 그는 아내의 뺨을 갈겼다. 얻어맞으면서도 그녀는 본능적으로 아기를 보호하기 위해 몸을 움츠렸다. 그 모성이 그를 더더욱 화나게 만들었다. 그녀는 방으로 도망쳐 문을 걸어 잠갔다.

그는 방을 발로 차고 집안의 물건을 모두 부수었다. 화를 낼수록 불에 기름을 끼얹듯 아기 울음소리는 그의 귓속에서 메아리쳤다. 머리 안이 온통 울음소리로 가득 차고 뇌가 끓어올라 녹아내리는 기분이었다. 이성은 이미 사라진 지 오래였다.

한참 동안 난동을 부리던 그는 어지러워졌다. 너무 흥분한 탓인지 눈앞이 어둑어둑해지고, 어둠 속에서 빛이 번뜩였다.

눈앞에 환영이 나타났다.

아이의 환영이었다.

그리고 지금까지 들은 적 없던 환청이 들렸다.

"아이의 어머니는 광기와 교접한다. 보라, 저 여섯 개의 머리와 여섯 개의 가랑이를 가진 뱀과 뒤엉키는 여자를. 여인은 몸을 틀며 환희와 수치로 경련하고 오쟁이를 진 양아버지는 이를 맑은 이성의 눈으로 꿰뚫어본다.

정신을 제 손으로 목 졸라 죽이려 해도 그들은 용서치 않는다. 명징한 의식을 유지하도록 얽매여 신음하리라. 이윽고 아이가 잉태되리라. 악마들의 축복을 받으며 동산처럼 둥글게 부푼 배가 반으로 갈라지고 불길이 타오르는 한가운데에서 주홍의 아이가 걸어 나오리라.

태반을 배에 매단 채로 세상을 향해 불같은 증오를 뿜어내며 그를 세상으로 불러낸 어머니를 저주하며 그 음문을 태우리라. 젖무덤에서 고름 찬 우유가 터져 나올 때 주홍의 아이는 젖을 빨며 친아버지를 부르짖으리라. 아들이 그를 찾으리라. 야! 야! 프나마근 히히쉬리 마 야 람만 두 하즈레드!"

"그만! 제발 그만!" 그가 말했다. 그는 귀를 쥐어뜯었다. 귓가가 찢어져 피가 날 정도였다,

현관문이 열리는 소리가 났다.

"지금 뭐하는 짓이야!" 그의 장인이었다. "미진이 전화를 받고 무슨 일인가 하고 와봤는데, 지금 이게 무슨 일이냔 말이야!"

그는 대답도 없이 장인의 눈을 똑바로 바라보았다. 그의 얼굴은 분명 정상이 아니었다. 부릅뜬 눈과 거친 숨. 미세하게 떨리는 아래턱과 손끝이 조금씩 움직였다. 그는 장인에게 손가락질을 하며 소리쳤다. "당신이 뭘 알아? 뭘 아냐고!"

"뭐가 어쩌고 어째? 남의 집 귀한 딸 임신시켜놓고 사장 자리까지 꿰찼으면 감사한 줄 알고 일이나 열심히 할 것이지, 이게 무슨 짓이야!"

"닥쳐!"

"이 자식이!"

장인이 그의 멱살을 잡자, 그는 장인의 얼굴에 주먹을 날렸다. 쓰러진 장인의 배를 걷어차자, 문이 열리며 아내가 그에게 달려

들었다.

"이 미친놈아! 우리 아빠한테 무슨 짓이야!" 그녀는 말을 채 마치지 못했다. 그가 턱을 날려버렸기 때문이다. 넘어지면서도 아기를 보호하느라 몸을 돌려 그녀는 제대로 충격도 흡수시키지 못하고 바닥에 내동댕이쳐졌다. 쇼크로 그녀는 정신을 잃었고 장인은 고통으로 꿈틀거리며 기침을 토해냈다.

아기는 울고 있었다.

그의 아들은 울고 있었다.

그는 밖으로 나갔다.

전화벨이 울렸다.

조시호였다.

조시호가 전한 말을 들은 그는 급히 브레이크를 밟았다.

"정말이야?" 그가 말했다.

조시호의 대답을 들은 그는 전화를 끊었다.

그가 중얼거렸다. "수영이가 죽었다고?"

11. 기억

저기 보이는 건 군부대야?

응. 어릴 때 군인 아저씨들이 행군하는 걸 봤어.

나도 군대생활을 강원도에서 했었어.

알아. 눈 치우느라 고생했다면서?

눈 이야기는 꺼내지도 마. 참, 할머니는 어디 가셨어?

가끔씩 할머니가 저 군부대로 갔어.

왜?

위령제 때문에.

위령제? 무당이시라 그런 일도 하시는구나.

자살하는 사람들이 자주 있었거든, 저 부대.

나 있던 부대에서도 그런 일이 있었어.

안에 구경해볼래?

절 안에?

싫어?

아니, 그런 건 아닌데.

가보자. 할머니가 지키는 절이야.

무당이신데 절을?

삼신할미나 칠성각 같은 건 신선을 모시는 데거든.

이상하네.

우리나라 불교는 원래 그래.

난 절을 보면 기분이 나빠져. 분위기가 뭐랄까 좀 이상해.

그런가? 난 잘 모르겠던데.

어? 불상이 없네?

여기는 원래 없었어. 누가 훔쳐갔는지도 모르고.

빈 지 오래되었나 봐. 먼지가 많은데? 들어가지 말자.

자기야. 저기 작은 불상들 보여?

응? 저거? 엄청 많은데?

저 불상이 뭔지 알아?

글쎄?

세상에 태어나지 못하고 죽은 아기들이야. 여기에 용이 잠들어 있대.

용?

응. 옛날에 이 절터에 용이 살았대. 두 마리가 알을 낳고 살았나 봐. 그런데 수컷용이 암컷용과 싸우다, 새끼용이 든 알을 물어 죽이고 떠났나 봐. 그래서 암컷용이 이곳에서 계속 새끼를 찾아 울었대. 그래서 이 절을 세워서 용을 위로했고, 세상에 태어나지 못한 아가들을 위해 위령제를 지냈나 봐.

그래.

그래서 위령제 지내는 거야. 아기들이 자꾸 군부대 남자들을 홀려서 죽게 만들거든.

뭐라고?

아빠.

목소리가 들렸다.

아빠.

어느 방향에서 들리는지 얼마나 떨어져서 울리는지 알 수 없는 소리.

아빠.

어둠 속을 두리번거려도 어둠은 어느 곳이나 깊은 핵심이었다.

어둠 속에서 소리가 울리고 있었다.

검붉은 소리였다.

아빠.

소리가 메아리친다. 그를 부르는 소리. 그는 눈을 감았다. 눈꺼풀 위로 주홍색 어둠이 깜빡인다.

소리가 메아리친다.

아이의 어머니는 광기와 교접한다.

보라, 저 여섯 개의 머리와 여섯 개의 가랑이를 가진 뱀과 뒤엉키는 여자를. 여인은 몸을 틀며 환희와 수치로 경련하고 오쟁이를 진 양아버지는 이를 맑은 이성의 눈으로 꿰뚫어본다.

정신을 제 손으로 목 졸라 죽이려 해도 그들은 용서치 않는다.

명징한 의식을 유지하도록 얽매여 신음하리라.

이윽고 아이가 잉태되리라.

악마들의 축복을 받으며 동산처럼 둥글게 부푼 배가 반으로 갈라지고 불길이 타오르는 한가운데에서 주홍의 아이가 걸어 나오리라.

태반을 배에 매단 채로 세상을 향해 불같은 증오를 뿜어내며 그를 세상으로 불러낸 어머니를 저주하며 그 음문을 태우리라.

젖무덤에서 고름 찬 우유가 터져 나올 때 주홍의 아이는 젖을 빨며 친아버지를 부르짖으리라.

아들이 그를 찾으리라.

야! 야! 프나마근 히히쉬리 마 야 람만 두 하즈레드!

뿌린 대로 거두리라.

죄를 씻는 것은 피니라.

죄는 값을 치르리라.

복수.

복수.

복수….

──괜찮냐?

그가 눈을 떴을 때 처음 본 것은 조시호의 얼굴이었다.

이유는 알 수 없지만 그 얼굴이 견디지 못할 정도로 혐오스럽게 느껴졌다. 내미는 컵을 받아들고 자신의 상황을 이해해보려 했다.

기억이 나지 않는다.

자신이 전혀 알 수 없는 시공간에 갑자기 내던져진 기분이었다. 공중에 떠 어디로 흘러가는지도 모른 채 표류하는 풍선처럼 그는 불안해졌다.

"여기가 어디지?" 엉망이 된 주변을 둘러보며 말했다. 어디인지 기억이 나지 않았다.

"네가 전화했잖아."

"내가?" 그는 핸드폰을 열고 통화목록을 확인했다. 조시호의 이름이 있다.

"기억 안 나?"

그는 고개를 끄덕이며 컵 안에 든 음료수를 마셨다. 마음이 진정되자, 이곳이 정부에게 사 주었던 아파트라는 것을 떠올렸다. 정부는 어디로 갔는지 보이지 않았다. 뭘 어떻게 했기에 방을 이렇게 엉망으로 망가뜨려 놨지? 그는 잡동사니로 어지럽혀진 바닥에 컵을 내려놓았다.

"요새 고생하는 것 같은데?"

"그걸 어떻게 알아?"

"난 임상가야. 그 정도쯤은 보면 알 수 있어. 환청. 환각. 편집증. 분노의 제어가 되지 않지?"

그는 조시호를 보았다. 웃고 있었다. 기분 나쁘게 입을 좌우로 찢으며, 잇몸을 보이며, 지나치게 하얀 이를 보이며.

"아이의 어머니는 광기와 교접한다." 시호가 말했다.

시호의 말을 듣자, 그는 온몸에 소름이 돋는 것을 느꼈다. 정신이 아득해진다.

"보라," 조시호가 말을 이었다. "저 여섯 개의 머리와 여섯 개의 가랑이를 가진 뱀과 뒤엉키는 여자를. 여인은 몸을 틀며 환희와 수치로 경련하고 오쟁이를 진 양아버지는 이를 맑은 이성의 눈으로 꿰뚫어본다. 정신을 제 손으로 목 졸라 죽이려 해도 그들은 용서치 않는다. 명징한 의식을 유지하도록 얽매여 신음하리라."

"이 개새끼!"

온몸에 폭력의 충동이 저릿하게 흘렀다. 짐승처럼 이를 드러내며 그는 조시호에게 달려들려 했다.

그는 움직일 수 없었다. 손가락 하나도 까딱할 수 없었다. 그는 이유를 알 수 있었다.

컵.

아까 그 음료수가──

그는 더 이상 생각할 수도 없었다. 정신이 아득해진다. 시호의 말은 최면을 거는 것처럼 그의 의식을 더듬었다.

이윽고 아이가 잉태되리라.

악마들의 축복을 받으며 동산처럼 둥글게 부푼 배가 반으로 갈라지고 불길이 타오르는 한가운데에서 주홍의 아이가 걸어 나오리라.

태반을 배에 매단 채로 세상을 향해 불같은 증오를 뿜어내며 그를 세상으로 불러낸 어머니를 저주하며 그 음문을 태우리라.

젖무덤에서 고름 찬 우유가 터져 나올 때 주홍의 아이는 젖을 빨며 친아버지를 부르짖으리라.

아들이 그를 찾으리라.

야! 야! 프나마근 히히쉬리 마 야 람만 두 하즈레드!

뿌린 대로 거두리라.

죄를 씻는 것은 피니라.

죄는 값을 치르리라….

12. 대가

예리한 머릿속의 아픔이 그를 깨웠다. 하지만 자신이 꿈을 꾸고 있는 것인지 현실에 있는 것인지, 죽어있는 것인지 살아 있는 것인지 잘 이해할 수 없었다.

주변은 어두웠고 조명은 촛불이 전부였다.

눈이 어둠에 익숙해져 오자, 그는 필사적으로 주변을 둘러보았다.

어둠 속의 모호한 경계선도 시간이 지나자 한없이 세밀하게 보였다. 그의 주변에는 원형으로 촛불이 배치되어 있었고 주황색 불꽃 너머로 공간이 보였다. 본 적이 있는 공간이었다. 먼지가 쌓인 차가운 바닥, 염료가 떨어져 나가 흉물스럽게 변한 탱화, 태어나지 못하고 죽은 아이들을 상징하는 작은 불상들, 있어야 할 불상이 사라져 텅 빈 좌대, 낡아 썩은 내가 나는 서까래의 거미줄, 악취.

예전에 그가 온 적이 있던 곳이다. 이수영과 왔던 기억 속의 낡은 절이었다. 강원도 산골의 그 절에서 할머니 이야기를 들었고, 태어나지 못한 채 죽은 아기들의 이야기를 들었다. 작은 불상을 놓으며 낙태한 그와 이수영 사이의 아기를 애도했었다. 어미 잃은 용 이야기도 들었다. 모두 기억 속의 일이다. 그런데 왜 내가 여기 있지? 그는 생각했다. 꿈인가? 꿈이라면 설명이 된다. 기억을 더듬어 보려고 해도 제대로 연결되지 않는다. 꿈이 확실하다.

아니다. 그의 뱃속에서 직감이 속삭였다. 이건 현실이야. 생각해봐. 네가 당한 걸. 누가 네 손과 발을 묶었나.

손과 발? 그랬다. 벌거벗은 채로 대자로 사지를 뻗고 누운 그의 양손과 양발은 끈으로 묶여서 나무로 된 마룻바닥에 못으로 고정되어 있었다. 조시호에 대한 분노가 떠올랐다. "조시호!" 그가 지른 소리는 어둠 속에 녹아들어 사라졌다. 분노로 몸부림쳤다.

몸에서 격통이 일정한 기하학적 형태로 욱신거렸다. 처음에는 무질서했던 통증이 점차 특정한 기하학 무늬로 변하자, 그는 겨우 고개를 들고 자신의 몸을 확인해 보았다.

가슴과 배에는 기이한 문양의 자상이 가해져 있었다. 몸을 움직일 때마다 상처가 벌어져 피가 배어 나왔다. 정신이 아득해지려 했다. 머릿속 깊은 곳에 있는 한 점이 정수리를 넘어 먼 곳으로 날아가는 듯한 충격이었다.

"몸부림치면 더 아프기만 할 걸?"

"조시호!"

"정신이 좀 드나?"

"이게 무슨 짓이야!"

"흥분하지 마. 수영이랑 그 짓 할 때도 그렇게 흥분했나?"

"뭐라고?"

"난 다 알고 있어. 수영이한테 들었거든."

"수영이한테?"

"수영이는 나에게 모든 걸 이야기했어. 수영이는 나를 일기장으로, 아니, 쓰레기장으로 이용했지. 자기에게 있는 안 좋은 일을 내게 모두 털어놓고 위안을 얻는 거야. 나에겐 신부처럼 고해성사를 들어야 할 의무가 없었지만 그렇게 하면 수영이의 마음을 얻을 수 있을 거라 생각했었지. 하지만 수영이는 마음의 짐을 털고 나면 다시 다른 남자에게 갔어. 그래도 난 가끔이라도 내게 와 안기고 울음을 터트리는 수영이를 놓치고 싶지 않았어. 그 온기, 그 감촉이 없이는 살 수 없었거든." 조시호는 한 손에는 나이프를 들고 있었다. 예리하게 휘어진 스쿠버용 나이프였다. 다른 한 손에는 메스를 들고 있었다. 시호는 지휘봉을 휘두르듯 메스를 이리저리 휘두르며 말했다. "이곳에서 있었던 일도, 여기 오게 만들었던 낙태도 난 다 알고 있었어. 나는 그 모든 것을 공유한 대가로 내가 수영이와 결혼할 줄 알았지. 하지만 수영이는 돈 많은 윤옥이를 골랐어. 나더러는 좋은 친구라고 했지."

"그래서, 뭘 어쩌라는 거야? 내가 무슨 잘못을 했는데?"

"그 뒤로도 나는 고해성사를 들어야 했어. 윤옥이나 수영이나, 바람을 피운 이유가 똑같은 걸 알고 있어? 서로 다른 방향이지만."

"내가 알게 뭐야."

"아니, 넌 알아."

사실이었다.

"수영이는 아기를 갖고 싶었거든. 윤옥이는 아기를 갖고 싶지 않고." 조시호가 자신의 가슴에 메스를 댔다. "수영이는 아기를 갖고 싶어 했어. 예전부터. 아, 그거 알고 있어?" 조시호가 메스로 스스로의 몸을 천천히 그었다. 옷과 함께 베인 살갗에서 피가 흘러나왔다. 조시호의 표정이 황홀하게 변했다. "왜 콘돔을 항상 썼는데, 수영이가 임신을 했을까?"

그는 대답을 알고 있었다.

조시호는 잇새로 신음소리를 내며 쾌감으로 몸부림쳤다. "나중에 그러더라고. 네가 그 사실을 알아서 수영이를 버린 거라고." 조시호가 이번에는 메스로 이병규의 찢겨나간 가슴을 한 번 더 깊게 그었다. 고통이 피와 함께 터져 나와 온몸을 뜯어먹는 것 같았다. "이미 수영이는 낙태를 했어. 그런데도 넌 수영이한테 몸을 달라고 했지. 여기까지 와서. 이 절에서. 그 전에 수영이가 콘돔에 바늘로 구멍을 뚫었다지? 피임약을 먹는다고 속이고?"

"날 배신한 건 그년이야!"

"그래서 넌 수영이를 버렸지?" 조시호가 자신의 가슴에 난 상처를 그의 상처에 맞대며, 그의 몸 위로 올라왔다. 관계를 맺는 양 온몸을 밀착시키고 서로의 상처에서 흘러나오는 피가 뒤섞이게 했다. 그는 이 행위가 초자연적인 차원을 여는 음란한 성적 행위임을 알지 못했다. 그저 무의식적인 혐오감으로 눈을 감고, 당장 이 돼지 같은 놈의 목을 졸라 죽여 버리고 싶다는 생각만을 했을 뿐이다.

"넌 버렸어. 임신 4개월인 수영이를. 만나주지도 않고."

"내 탓이 아니야!"

"애기를 둘이나 지운 그 수영이를 보듬은 건 난데."

"네가 못난 걸 나보고 어쩌란 말이야!"

"수영이는 윤옥이한테 갔지."

"남 탓 하지마."

"아니! 다 네놈들 탓이야!"

시호는 그의 허벅지에 메스를 박아 넣었다.

13. 복수

비명.

"다 네놈들 때문이야!" 조시호가 메스를 천천히 그었다.

"이 개새끼…." 고통으로 몸부림치며 그가 말했다. "약물까지 써서 사람 머릿속을 이 지경으로 만들더니…… 이제는……"

"약물?" 조시호가 웃음을 터트렸다. "웃기지 마. 내가 이용한 힘은 더욱 강대한 것이니까. 위대한 옛것의 힘으로 난 네놈들을 다 파괴해버렸어. 윤옥이 그 새끼를 자살하게 만들었고, 네놈 머리를 엉망으로 만들어놨지. 수영이는 그동안 내가 마음껏 범해버렸어. 어차피 자궁이 망가져서 임신은 못 하게 되었거든. 내가 망가뜨린 거지만."

"미친 놈."

"내 힘을 의심하나 본데." 조시호는 일어나 촛불 주위를 맴돌기 시작했다. 촛불을 따라 원을 그리며 도는 그의 얼굴은 도취되어 있었다. "네가 겪은 그 모든 일이 증명하지 않나? 금방 망가지지는 않더라고. 보통은 죄책감을 불러일으키면 자살하는데, 넌 모든 건 자기 탓이 아니라고 생각하고 다른 사람이 망가지는 것을 아무렇지도 않게 여기는 쓰레기여서 자살은커녕 주변에 민폐만 끼치더라고. 병규야, 넌 남이 망가져도 너만 살면 된다고 생각하는 놈이지. 개쓰레기지."

"너는 아닌 줄…아나 보지?"

그는 대답을 하면서도 조금씩 손발을 움직여 밧줄을 고정시킨 못을 헐겁게 만들려고 했다. 조시호는 자신의 이야기에 취해 그의 행동을 눈치채지 못했다. 그는 아직 포기하지 않았다. 일부러 조시호가 자신의 이야기에 취하도록 놓아두었다. 조시호는 미쳐 있었다. 적어도 그가 보기에는 그랬다. 미친놈에게는 약이 없다. 얻어터지는 것 외에는.

"내가 왜 쓸데없이 이런 무대장치를 마련했는지 알아? 꼼꼼히 묶어서 바닥에 고정시키고 촛불을 이렇게 잔뜩 켜 놓고 말이야.

이 절의 용이 내게 힘을 줬기 때문이지. 난 이제 그 대가로 네놈을 바칠 거야. 넌 마지막 제물이 될 거야." 조시호는 웃음을 터트리며 나이프를 거꾸로 쥐었다. "필요한 제물은 이제 모두 모였어. 윤옥, 수영, 그리고 너만 남았지."

"이런다고 뭐가 달라져?"

"수영이는 나를 보지 않았어. 끝까지. 정신을 망가뜨리고 나만 바라보게 하려 했지만 하지만 수영이는 나를 보지 않았어. 네놈의 더러운 씨앗이 만든 아기만 보았지. 이번에는 달라! 난 수영이를 되살릴 거야! 수영이를 다시 태어나게 만들 거다! 나만 사랑하고 내가 하라는 대로 하는 인형으로!"

그는 마지막 힘을 짜내 팔과 다리를 휘둘렀다.

헐거워진 못이 반쯤 뽑혀 나왔다.

놀란 조시호가 달려들었다.

촛불이 넘어진다.

그는 자리에서 일어나 조시호에게 달려들었다.

14. 종말

그날은 악몽 같은 일이었다. 생각할 때마다 소름이 돋았다. 산부인과 복도에서 아내의 해산을 기다리며 조시호와의 일을 떠올리고 있었다. 아직도 선명히 남은 손목과 목덜미의 흉터가 공연히 욱신거리는 것 같다. 둘째는 아직 세상에 나오지 않고 있다.

장인과 아내가 그를 다시 가족의 일원으로 받아들이는 데에는 시간이 오래 걸렸다. 모든 일이 그의 의지가 아니라 약물 때문에 일어난 일시적인 일이었음을 이해하기는 했어도, 그에게 직접적으로 받은 폭력의 기억은 쉽게 사라지지 못했다.

그러나 그의 헌신적인 태도에 아내도 점차 앙금이 풀려나갔고 아이를 하나 더 갖고 싶어 하는 아내의 의견을 받아들여 같이 노력했다.

아내는 임신했고, 그는 가정에 충실했다. 일요일이면 아내를 따라 교회에도 나갔다. 회사에서도 인정받는 사장이 되었다.

간호사가 나온다. "예쁜 공주님이세요."

그는 아기의 얼굴을 보기 위해 아내가 있는 곳으로 갔다. 아내는 피로와 고통과 부종으로 보기 안쓰러운 모습이었다. 땀에 젖어 있었지만 그의 눈에는 더없이 성스럽게 빛나 보였다. 환자복을 입은 그녀는 아기를 안고 있었다.

"여보." 그가 말했다.

그녀는 자랑스레 둘째 아이를 내보였다. 아이의 얼굴은 수영과 똑같았다. 놀란 그가 고개를 들자, 아내의 모습은 사라지고 마지막으로 보았던 수영의 모습이 그곳에 있었다. 텅 빈 눈동자와 마를 대로 마른 몸을 한 수영이 내 아기, 하고 속삭인다. 갓 태어난 딸의 모습은 흉측한 살덩어리로 된 인형의 모습으로 변해있었다. 그가 놀라 뒷걸음치자 아내인지 수영인지 모를 여자가 그를 쳐다보았다. 아기가 울기 시작한다.

"우리 아기." 여자가 말했다.

의사가 다가온다. 의사의 얼굴은 조시호와 똑같았다.

그는 비명을 질렀다. 갑자기 병원이 무너져 내리고 검고 끝없는 공간이 나타났다. 공간을 둘러싸고 열기가 밀어닥치더니 어둠 아래로 불길이 치솟아 올라 그를 가두었다. 수영의 형상을 한 여자는 아기를 안고 침대에서 일어나 그에게 다가와 품에 안은 이형의 살덩어리를 내밀었다.

"우리 아기."

그는 비명을 질렀다.

세상이 깨진 유리처럼 무너지고 그는 고통과 함께 다시 절이었다. 그는 엎드려 있었고 주변이 매우 밝았다. 열기가 느껴진다. 넘어진 촛불로 불이 난 것이다.

몸을 움직이자 배에서 강렬한 고통이 느껴졌다. 상처에서 피가 계속 흐르고 있다. 허벅지에 박힌 메스 주변의 상처에는 피가 맺어 있었다. 그는 출혈과다로 정신이 아득해졌다. 메스는 뽑지 않았다. 메스를 뽑았다가는 피를 더 흘리게 되기 때문이다. 그는 더 이상 출혈이 일어나는 것을 원치 않았다.

그는 자신의 옆에 조시호가 쓰러져 있는 것을 발견했다. 목이 부러져 불가사의한 방향으로 돌아가 있었다. 버려진 못생긴 인형 같았다. 배에는 나이프가 박혀 있었다. 그가 정신없이 저항하는 와중에 스쿠버 나이프를 빼앗아 찌른 모양이었다. 피가 배어 나와 바닥에 웅덩이졌다.

밝아진 주변 탓에, 피웅덩이 안에서 천장이 비쳐 보였다. 천장에 아기의 모습이 보였다. 아기는 아들의 모습처럼 보이기도 했고, 수영의 모습으로도, 시호의 모습으로도, 아내의 모습으로도,

정부의 모습으로도 보였다. 그리고 그 자신으로도 보였다. 아기는 벌거벗은 채였다. 그는 공포로 온몸이 굳어버린 것을 느꼈다. 어쩌면 출혈과다 때문인지도 몰랐다. 피부가 서늘해지고 오한이 들었다. "아, 아기."

불에 타지 않기 위해 도망쳐야 한다는 생각도 하지 못했다.

아기 울음소리.

그는 천장을 보았다. 천장에는 아무것도 없다. 불길이 옮아 붙는 것만이 보였다.

울음소리는 계속 들렸다.

울음소리는 피웅덩이에 파문을 일으키며 새어나오고 있었다.

피웅덩이에서 손이 튀어나왔다.

손은 뼈와 인대로만 얽혀있었다. 손이 바닥을 밀어내자, 몸이 웅덩이 밖으로 나왔다. 수영장 풀에서 몸을 일으키듯, 지옥에서 이수영이 돌아오고 있었다. 피부가 없이 근육과 인대와 신경과 혈관으로만 이루어진 새빨간 이수영의 몸에서 고름과 구더기가 쏟아져 내렸다. 이수영이 울부짖었다. 아기의 울음소리가 불타는 절 안에 울려 퍼졌다.

"수영아."

"아기."

이수영이 바닥을 기어와 그를 붙잡았다. 힘이 온몸에서 빠져나 갔다. 도망칠 생각도, 변명할 생각도, 사과할 생각도 들지 않았다. 여태까지 주변 사람들에게 상처 주며 살아왔던 그에게 위대한 옛 것이 형벌을 내렸다.

이수영이 그의 몸으로 기어올랐다. 피로 젖은 그녀의 입술이 그의 입을 막았다. 그는 숨을 쉴 수 없었다. 타액과 혈액과 체액이 뒤섞인 점액질의 덩어리가 그의 목을 막았다. 그녀는 그의 몸 위에 올라탔다. "아기." 그녀는 발기도 되지 않은 그의 페니스를 몸 안에 쑤셔 넣고, 복강에 손을 넣어 자신의 창자를 꺼내 그의 목을 졸랐다. 기도와 경동맥이 졸리자, 조여진 혈관의 내압을 이기지 못한 페니스가 발기했다. 그녀가 거칠게 몸을 움직였다. 그녀의 몸에서 떨어지는 피가 그의 몸을 더럽혔다. 그녀는 계속 골반을 흔들었다. 고통이 쾌감을 가져다주었다. 피스톤 운동이 계속되었다. 들어갔다. 나왔다. 들어갔다. 나왔다. 감정도 없다. 증오도 없다. 애정도 없다. 반복적인 움직임과 마찰로 생기는 열기처럼 말초적인 관능을 동력으로 기계적으로 움직였다. "아기. 아기. 아기." 몸을 움직이면서 그녀가 외쳤다. "아기. 아기. 아기. 아기. 아기. 아기. 아기. 아기. 아기."

그가 사정했다. 그녀가 몸을 굽히고 그에게 입을 맞추었다. 피가 입으로 흘러들어 갔다. 부풀어 오른 그의 얼굴은 보랏빛으로 변해가고 있었다. 두꺼워진 혀가 밖으로 빠져나오려 하자, 그녀가 입술 없는 입으로 빨아들여, 뜯어냈다. 고통으로 몸부림치는 그를 두고, 그녀가 그의 몸 아래쪽으로 내려갔다. 목을 조이던 창자가 느슨해지자 그는 격렬히 숨을 들이켜려 했다. 피가 섞여 들어와 기도가 막혀 기침이 터져 나왔다. 그녀는 사정해 줄어들어가는 그의 페니스를 입에 머금고 힘껏 빨아들였다. 예민해질 대로 예민해진 그의 하반신으로 고통과 쾌감이 찾아왔다. 피와 침과 체액과 정액과 고름으로 미끈미끈해진 그녀의 입안에서 페니스는 다시 발기했고, 그녀는 페니스를 쥐어뜯고 삼켰다. 지고의 환희와 함께 그는 숨을 거두었다.

순식간에 그녀의 배는 부풀어 올라 있었다. 자궁에서 무언가가 발로 차기라도 하듯 뱃속이 꿈틀거렸고, 피부가 없는 그녀의 근육과 복강의 모세혈관이 터져 피가 흘렀다. 구더기와 고름으로 가득한 자신의 배를 그녀는 소중히 감싸 안았다.

"아기."

그녀의 마지막 말이었다.

불길을 이기지 못한 낡은 서까래가 무너지고 지붕이 내려앉았다. 불길은 끝없이 타올랐다. 불길의 형상이 거대한 아기의 모습을 하고 있는 것은 아무도 보지 못했다.

불은 꺼질 줄을 모르고 검은 연기를 피워 올렸다.

■ 아 기 는 ……

　2009년에 쓴 중편이다. 이 글의 원형도 3일 동안 휘갈겨 썼다. 크툴루 신화와 〈로즈마리의 아기〉와 클라이브 바커를 합쳐보고 싶었다. 어떤 이는 〈신세기 에반겔리온〉에서 아스카의 어머니 회상 장면과 〈헬레이저〉의 부활 장면을 지적했다. 맞다. 고쳐 쓰면서 의도적으로 의식하기도 했다.

　이 글의 주인공과 달리, 나는 아기를 매우 좋아한다. 나는 내가 가장 혐오할 수 있는 인물을 주인공으로 삼고 싶었다. 모성에 중독된 남자. 형제를 질투하고 어머니의 관심을 독점하려는 남자. 어머니에게 끝없는 폭력을 휘두르면서도, 그걸 다 받아달라고 어리광부리는 유치한 남자. "나 엄마 발로 찼다." 하는 남자와, 그 말에 "우와아" 하고 영웅시하는 친구들. 이시하라 신타로의 소설 속 남자. 이사하라 신타로 그 자신.

　V. T 같은 어머니는 그런 아들을 가만두지 않는다.

학 원 기 숙 사 일 족

학 원 기 숙 사 일 족

1. 하이드림 아카데미

유권종은 택시에서 내려 건물 앞에 섰다. 건물 표면에는 최고급 구두처럼 잡티 하나 없었고, 간판에는 흰 배경에 검은색 글씨로 〈하이드림 아카데미〉라고만 간결하게 쓰여 있었다. 택시가 급발진 소리를 내며 떠났고, 그 자리에는 고무 타는 냄새만 남았다. 그는 코를 찡그렸다.

목적지가 이곳이라는 말을 들었을 때부터 택시기사는 노골적으로 혐오감을 드러냈다. "거긴 미친 곳이야." 택시기사가 했던 말을 떠올렸다. "왜정 때부터 있던 곳인데, 소문이 안 좋아. 분명 왜정 때 여기서 독립운동하던 양반들이 고문당하고 그랬을 거야. 친일파가 만든 데거든. 그래서 그런가, 귀신이 나온다고 하더라고. 어쩌다 내가 밤에 손님 데려다 주고 이 앞에 지나갈 일이 있었는데, 피투성이를 한 애가 손짓을 하더라고. 귀신인 줄 알고 놀라서 도망가다 백미러로 보니까, 아무도 없어."

그는 택시기사의 괴담은 귓등으로 흘려버렸다. 이 학원의 기숙사 사감으로 고용된 그에게 학원은 엄청나게 많은 돈을 주겠다고 했다. 기숙사 사감에게도 많은 돈을 주는 학원이라면 동네 사람들이 질투하게 마련이라, 별별 소문이 다 나는 법이라고 생각했다. 이 학원은 야산과 논밭밖에 없는 이 동네와 어울리지 않을 뿐이다. 수준이 높으면 언제나 적대감과 질투가 따르는 법이다. 주차장에 보이는 외제차만 봐도 알 수 있었다.

그는 건물의 외관에 감탄했다. 완벽하게 몸단장을 한 신사 같았다. 불필요한 살을 모두 빼서 만든 대리석 조각 같은 몸에 오차 없이 맞춘 정장을 입은 양 빈틈이 없다. 복싱을 배운 적이 있는 그는 프로 선수들이 정장을 입을 때의 모습을 떠올렸다. 게다가 과하다 싶을 정도로 깨끗해, 현관문의 스테인리스 스틸 손잡이도 기름진 손자국 하나 없이 반짝이고 있었다. 붙잡는 게 죄송스러워질 정도였다.

문을 열고 안으로 들어가자, 그는 더욱 놀랐다. 모든 게 반짝였고, 더 반짝이게 만들려고 열심이었다. 깨끗한 제복을 입은 중년 여성들은 마스크를 쓰고 분무기와 걸레로 구석구석을 닦으며 더러움을 살해하고 있었다. 걸레마저 그가 입고 있는 양복보다 깨끗해 보였다. 결벽증에 걸린 사람이 너무 많이 문질러 헐어버린 피부를 바라보는 것 같은 기분이 들어 조금 불편해졌다.

보통 학교나 학원의 벽이란 벽은 죄다 아이들이 만들어놓은 발자국, 찌든 때, 칼자국, 시답잖은 농담, 혹은 몇 년만 지나도 잊어버릴 우정의 확인과 연예인을 향한 신앙 간증을 적은 낙서 때문에 지저분하기 마련이다.

청결하고 잡티 하나 없이 깨끗한 이 학원의 벽은 학원보다는 미술관이나 고급 호텔 같았고, 아이들은 VIP 같았다.

아이들의 모습도 다른 학원과는 달랐다. 잡담을 하거나 아이답게 뛰어노는 모습은 전혀 보이지 않는 학원생들은 하나같이 정장 차림에 굳게 입을 다물고 교실에 바르게 앉아있었다. 눈은 반쯤 감겨있었고 모든 일에 무관심해 보였다. 지나가다 마주쳐도 우두커니 서 있는 그에게 슬쩍 눈길을 한번 주었다가 아래위로 훑어보고는 곧바로 시선을 거두고 자기 갈 길을 갔다. 마치 한눈에 평가하고 견적을 낸 뒤 가치가 없다고 내팽개치는 듯했다. 부잣집 자식들은 다 이 모양인 건가? 그는 기분이 좋지 않았다.

"무슨 일이시죠?" 수수한 정장 차림의 여자가 말을 걸었다. 화를 꾹 참고 있는 듯 보이는 건물 안 모든 사람들 중에서도 이 여자는 챔피언이었다. 하얗게 변할 정도로 꼭 다문 입술은 얇게 눌려 있었고, 머리카락은 완전히 뒤로 넘겨 머리끈으로 묶은 게 보는 사람까지도 긴장되게 만들었다.

그는 자신의 방문 목적과 이름을 밝혔다. 그녀는 원장 비서였다.

긴 복도를 걸어가는 동안 그녀가 학원의 역사에 대해 자부심 어린 말투로 설명해주었다. 그녀의 말에 따르면 〈하이드림 아카데미〉는 국내에서 가장 오래된 사설 학원으로, 설립자 임고지(林高志)―일본 이름으로 하야시 타카시(林高志)―가 '나라를 이끌 높은 뜻을 가진 엘리트를 양성하고 서로 간의 우애를 다진다'는 목표로 대한제국 이전에 세운 〈고지사숙(高志私塾)〉이 그 시작이라고 했다.

"여러 번 이름을 바꾸기는 했지만," 그녀가 말했다. "학원은 계속해서 존속했고, 지금도 모든 학생과 모든 선생님이 설립자 선생님이 세우신 숭고한 목표를 충실히 이행하고 있어요. 현재 하이드림 아카데미의 원장선생님은 설립자 선생님의 손자시죠."

원장의 이야기를 시작한 그녀의 얼굴에서 유권종은 위화감을 발견했다. 입은 딱딱하게 굳어 있는데, 눈이 웃고 있다. 숨도 거칠다. 혐오, 관능, 그리고 부끄러움이 동시에 솟아나 엉켜버린 표정이다. 그는 이 표정을 잘 알고 있다. 성적 흥분을 억누르라고 명령받은 노예가 주인의 애무를 받을 때 짓는 표정, 터져 나오려는 흥분을 억누르며 괴로워하는 표정, 그가 좋아하는 표정이었다. 누군가가 그녀를 성적으로 훈련시켰다. 원장이? 원장은 이미 노인이라 들었는데?

음란한 상상을 억누르기 위해 그는 옷매무새를 단정히 하고 넥타이를 조였다. 정장은 감정을 억누르기 좋은 옷이다. 온몸을 철저하게 긴장시키고 바른 자세를 유지하게 만든다. 몸을 통제하면 생각도 통제할 수 있는 법이다.

원장실 앞에 도착했을 때 이상한 소리가 들렸다.

"흐응."

신음소리다.

비서는 화를 억지로 참으며 헛기침을 했다. 음탕한 소음은 복잡하고 섬세하게 조각한 금속장식이 박힌 두껍고 검은 떡갈나무 문 너머로 새어나왔다. 그녀가 노크하자, 문 너머로 목소리가 들렸다.

"기다려요." 원장의 목소리는 문 너머로도 확실하게 들렸다. 부드러운 말투지만 명령을 내리는 우두머리로서의 권위가 있었다.

"사감을 담당하실 선생님께서 면접을 보러 오셨습니다." 사무적이고 긴장된 그녀의 목소리에서 그는 미묘한 질투를 느낄 수 있었다. 원장이 그녀의 주인임이 확실했다.

안에서 대답이 없어, 비서와 그는 어색하게 침묵을 지켜야 했다. 문이 열리고 여자가 밖으로 나왔다. 비서는 그녀를 쳐다보지도 않으려 했고, 그는 그녀를 뚫어져라 관찰했다. 그녀의 몸은 나이를 가늠할 수 없이 다듬어져 있었다. 글래머라는 진부한 단어가 잘 어울리는 여자였다. 풍만한 가슴과 잘록한 허리 아래로 살집 좋은 엉덩이가 수수한 정장 아래에 감추어져 있었다. 정장으로도 관능은 감출 수 없었다. 무릎 바로 위까지 내려온 스커트에는 구김과 주름살이 남아있어, 누군가 그 안으로 손을 집어넣었다는 사실을 암시하고 있었다. 농염한 몸매에 감탄한 그를 유혹하듯 그녀는 육감적인 엉덩이와 골반을 부드럽게 좌우로 움직이며 멀어져갔다.

"들어가세요."

비서의 말에 정신을 차린 그는 사무실로 들어갔다. 고급스러운 가구와 담백한 인테리어. 실내에는 음란한 냄새가 분명하게 남아 있었다.

원장이 자리에서 일어나 그를 맞이했다. 원장은 상상했던 것과 전혀 다른 모습이었다. 그는 분명 노인이었지만, 전혀 노인으로 보이지 않았다. 머리부터 발끝까지 모두 하얀 정장 차림인 원장은 완벽한 무표정에 이마와 미간에는 깊은 주름이 패어있었다. 가늘게 조여진 눈꺼풀 사이로 겨우 보이는 눈동자는 에너지로 넘쳐 사람의 마음속까지 꿰뚫어 보는 것 같았다. 뒤로 넘긴 은발은 흐트러짐이 없었다.

원장의 몸은 정장을 틀로 삼아 찍어놓은 것 같다. 넓은 어깨, 두터운 가슴, 단단히 조여진 허리와 엉덩이로 미루어 보아, 신경질적으로 몸을 관리하고 있을 것이라고 그는 짐작했다. 건물을 보았을 때와 같은 인상을 받았다.

"앉으세요."

"네."

푹신해 보이는 소파에 원장이 앉았다. 그는 등받이에 몸을 기대지 않고 허리를 꼿꼿이 세우고 앉았다. 유권종은 제대 이후로 오랜만에 각을 잡고 앉아야 했다.

"언제부터 일이 가능하죠?" 원장이 물었다.

"네?" 갑작스러운 질문에 당황한 그가 입을 벌리고 있는 사이, 원장은 손수건을 꺼내 손을 닦았다. 무엇을 닦아내고 있는지, 그는 짐작이 갔다. "아, 예. 바로 가능합니다." 대답을 하면서 그는 원장의 손을 관찰했다. 귀족적인 손등은 주름 하나 없이 하얘서 푸른 정맥이 그대로 비쳐보였고, 손가락은 길고 우아해 마디마다 관절이 튀어나와 있지 않았다면 여성의 손으로 착각할 정도였다. 손톱은 깔끔하고 둥글게 깎아 투명한 매니큐어를 칠해놓았다. 세월에서 유일하게 빗겨나간 손가락들이 섬세하고 음탕하게 움직였다. "바로, 시작하겠습니다."

"잘 됐군요. 당장 기숙사 사감이 없어 곤란한 상태였습니다. 방학기간 동안 기숙사를 운영합니다. 무엇보다도 청결해야 합니다."

"알겠습니다."

"나는, 청결을 좋아합니다." 그는 테이블 위에 있는 여송연 보관함인 휴미도르(humidor)에서 한 개비를 꺼내 물었다. 담배를 피워도 되겠느냐, 혹은 담배를 피우겠느냐 같은 격식 차리는 말은 하지 않고, 당연하다는 듯 불을 붙였다. 의도적이든 아니든 그를 무시하는 행동이었다. 끈적끈적한 연기가 우아하게 피어올랐다. "방이나 건물의 상태뿐 아니라 생활 태도까지도 청결을 요구합니다. 이는 나의 할아버지부터 내려온 전통입니다." 이상하게도 원장의 목소리나 말투는 젊은 사람 같았다. 몸을 관리하는 것과 마찬가지로, 남들이 보는 자신을 신경질적으로 연출하는 듯했다. "청결은 통제에서 나옵니다. 통제. 질서. 아이들에게는 이 두 가지가 필요합니다."

"옳으신 말씀입니다."

"나는 플라톤을 이해합니다. 그가 왜 이데아라는 청정한 개념에 천착했겠습니까?"

그는 이해할 수 없어 그저 고개만을 끄덕였다. 원장은 그를 무시하고 말을 이었다.

"그의 눈에는 이 세상이 너무 무질서해 보였겠지요. 아이들에게는 윤리의 이데아, 윤리의 기하학이 필요합니다. 아시겠습니까? 유클리드 기하학보다 엄밀한 기하학이. 이를 위해서 무엇이 필요합니까? 훈육. 통제. 청결. 이 모든 것이 아이들을 올바른 존재로 만듭니다."

"엄격히 통제하겠습니다."

"이 학원이 단순한 명문대생 배출의 명소가 아닌 것은 아시겠지요? 제 입으로 직접 말하기는 부끄럽지만, 소위 사회 지도층이라 불리는 분들 가운데에는 이 학원 출신이 많습니다. 아는 사람들 사이에서 우리 하이드림 아카데미는 과거에는 사립 경기고로 불릴 정도로 엘리트 사관학교로 인정받았습니다. 지금은, 대한민국의 지도자 동창회로 불린다고 하더군요. 학원의 명예를 지키기 위한 중요한 역할을 담당하게 되실 겁니다. 자부심을 가져주시기를 바랍니다."

"알겠습니다."

"아, 그리고. 기숙사 지하 1층에 보면 지하실로 들어가는 철문이 하나 있습니다. 그곳으로는 출입을 삼가주십시오. 가족의 유해를 모신 납골당이 있습니다. 안이 리모델링을 하지 않아 조금 위험하기도 하고요. 지하실은 이 건물이 세워졌던 때에 만들어져 공기도 안 좋아요. 건강에 좋지 않습니다."

기분이 별로 좋지 않았다. 납골당이라니.

"나는 학원 건물 옥상에 살고 있습니다. 무슨 일이 있으면 바로 연락을 주세요. 계약서는 내일 쓰도록 하지요."

"알겠습니다."

"그리고 학생들이 말을 듣지 않는다면 얼마든지 기합을 주고 회초리로 때려도 됩니다. 회초리는 사감실에 준비해 두었으니 확인하세요."

"정말, 괜찮습니까?"

"부모님들은 학생들의 훈육방식에 대해 아무 말도 하지 않도록 계약서를 썼습니다. 전통이니 걱정하지 않으셔도 됩니다. 얼마든지, 통제에 따르지 않는 학생은 혼내주시기 바랍니다."

원장이 손을 내밀었다. 그는 악수를 하기 위해 손을 잡았다가, 손안의 감촉이 마치 여성의 봉긋한 유방을 만지는 것처럼 부드러워 놀랐다. 미세하게 움직이는 근육들이 그의 관능을 자극했다. 원장은 처음 보았을 때처럼 완벽하게 무표정했다.

"기숙사를 한번 보시겠어요?" 비서가 말했다.

어리둥절한 채인 그를 비서가 안내했다. 학원건물과 얼마 안 되는 곳에 있는 기숙사도 학원 건물에 뒤지지 않을 만큼 결벽하게 관리되고 있었다.

"내일부터 기숙사에 학생들이 들어올 예정이에요." 비서가 말했다. "지금은 방학이 일찍 시작되어 미리 들어온 학생 한 명뿐이죠. 아, 저기 있네요." 그녀가 손짓을 해 멀리 떨어진 나무 아래 벤치에 앉아있는 아이를 불렀다. "중학교 2학년 지연이에요."

아이가 다가왔다. 어디서 본 적이 있는 분위기다. 방금 전 원장실을 나갔던 그 미녀와 같은 분위기다. 얼굴도 닮았다. 오만하게 턱을 높이 들어 보이고 천천히 걸어오는 모습은 마치 주변의 만물을 자기가 다스릴 수 있다고 선포하는 것 같이 보였다. 자신에게 매달리는 숭배자를 무시하며 안달 나게 만들고 집착하게 만드는 무자비하고 아름다운 여왕처럼 곁눈질로 그를 훑어보았다. 중학교 2학년 답지 않은 요염함이었다.

"방금 어머니 왔다 가셨는데." 그녀가 비웃음을 띄었다. "못 만났니?"

"원장선생님 만나고 오셨어요. 선생님한테 안부 전해달라고 그러시던데요."

비서의 표정이 굳어졌다. "……새로 오신 사감 선생님이다."

"반갑구나." 그는 손을 내밀었다.

최지연은 손을 잡으려 하지 않았다. 악수의 의미를 모르거나, 부끄러워서가 아니었다. 의도적으로 무시하고 있었다.

"사람이 먼저 손을 내밀면 받아주는 게 예의야." 그는 화가 나 말했다. 어린애에게 화를 내는 것이 부끄러운 일인 줄은 알았지만, 이상하게 이 아이에게만큼은 화가 났다. "사람을 부끄럽게 만든다고 내가 잘나고 대단해지는 건 아니야."

비서도 그의 말에 놀라 두 사람을 번갈아가며 쳐다보고 있었다. 여왕은 당황하였으나, 이내 자신만의 차가움을 되찾고 싸늘한 표정으로 악수에 응했다. 손에 힘 하나 들어가지 않은 형식적

262

인 움직임이었다.

그의 손이 순간 공중에서 멈추었다. 최지연의 섬세하고 긴 손가락 끝이 자신의 손바닥 안을 살짝 긁으며 빠져나간 뒤의 일이었다. 그 행위의 의미가 무엇인지 알 수 없었다. 다만 손바닥에 남은 감촉이 마법을 걸기라도 한 듯 손은 허공에 붙박였다. 다른 사람의 손, 혹은 사물을 바라보는 감각으로 자신의 손을 바라보던 그에게 최지연이 말을 걸었다. "오늘 밤에는 단둘이 있겠네요?" 최지연이 미소 지었다. "사감실로 놀러 가도 되죠?"

"응? 아, 물론이지."

얼떨떨한 채로 그는 고개를 끄덕였다.

"모르는 게 있으시면 얼마든지 물어보세요."

그는 약물을 복용하기라도 한 듯 어질어질해졌다. 자신의 입이 그저 복종하듯 알았다고 대답하는 것에 위화감과 이물감을 느꼈고, 그 사이 손바닥의 감촉은 가시처럼 점점 깊숙하게 파고들어 그의 마음속까지 파고들어 왔다.

2. 유혹, 거짓말, 그리고 비밀

그는 짐을 풀고, 6층이나 되는 기숙사 건물을 둘러보았다. 기숙사는 완전한 정적에 싸여 있었다. 병적인 깔끔함을 집어삼킨 정적 속을 걸어 다니는 그의 발소리와 병원 소독약 냄새 말고는 아무것도 없었다. 오감이 전부 소름 끼칠 정도로 깔끔한 건물이었다.

사감실은 어지간한 호텔 방처럼 고급 침구와 가구가 갖추어져 있었고 샤워실까지 붙어있었다. 정말로 회초리가 있었다. 가늘고 길어서 낭창낭창한 회초리도 있었고, 꽤나 굵직하고 단단한 몽둥이도 있었다.

학생들의 방은 1인 1실이었고, 역시나 넓고 깨끗했다. 방마다 책상과 침대, 그리고 옷장이 구비되어 있었다. 사감실보다는 작아서 크기가 절반이고 샤워실도 없었다.

그는 사감실이 있는 1층으로 돌아왔다. 사감실 외에도 휴게실, 도서실, 멀티미디어실, 그리고 얼핏 보기에도 40대가 넘는 건조 기능이 구비된 드럼 세탁기와 다림질 도구가 완비된 세탁실까지 있었다.

"이런 고급 기숙사에서 호화로운 생활을 하며 엘리트가 되기 위해 공부하는 아가씨에 도련님들이라…" 그는 혼잣말을 했다. "인생에 쓴맛도 안 보고 산다 이거지."

질투심. 말을 듣지 않는 학생들에게는 회초리를 써도 된다고 한 원장의 말이 생각났다. 일부러 트집을 잡아서라도 혼을 내 줘야겠다. 여고생의 하얗고 긴 다리에 회초리질을 해 주겠어. 회초리를 견디며 얼굴을 찡그리는 얼굴이 보고 싶었다. 이런저런 트집을 잡아 사감실로 불러낸 뒤, 철저히 설교하고 회초리를 든다. 스커트를 걷어 올려 새하얀 종아리가 드러나면 부드럽게 쓰다듬으며 다 널 생각해서 그런 거라고 이야기한다. 회초리가 공기를 찢으며 붉은 줄을 종아리에 남긴다. 고통을 참으려고 주먹을 입에 대며 몸을 비트는 여고생에게 다시 한 번 회초리질을 한다. 다 널 위해서란다. 네, 선생님. 아아, 선생님. 아아….

원래부터가 운동을 좋아하는 그는 할 일이 없는 상황이 가장 싫었다. 학원 건물에서는 수업이 벌어지고 있을 테지만, 그는 기숙사만을 담당하기 때문에 아직 원생이 없는 상황에서는 할 일이 없었다. 정적이 자신을 짓누르는 것 같은 기분이 들자, 정장과 넥타이마저 목을 조르는 것 같아 트레이닝복으로 갈아입었다. 가볍게 몸을 움직인 뒤, 섀도복싱을 시작했다.

그는 아마추어 미들급 복서였다. 학생 시절부터 싸움에 강해지기 위해 시작한 복싱이었다. 프로의 길로 가려고 마음먹었지만 시대는 복싱에 관심을 잃어갔다. 이를 알아차리지 못한 협회는 추태를 부리기 시작했고, 그는 프로의 길을 단념했다. 먹고 살기 위해 타고난 체격과 복싱 실력을 이용해 종합격투기 선수가 되어 보려 했지만, 이마저도 돈이 필요했다. 세상과 인생에 화가 난 그는 술집에서 일부러 시비 붙어 싸움질이나 하고 다녔고, 그 와중에 도장에서 알고 지냈던 조직 폭력배 형님의 소개를 받았다. 몇 번이나 어깨가 되라고 권하던 형님이다. 그 형님은 급히 일자리가 들어왔다며, 이 학원의 사감 일을 소개해 주었다. 조직 폭력배에게 학원 기숙사 사감 선생님 일을 소개받는다, 일은 어떻게 풀릴지 모르는 일이다.

허공을 가르며 훅, 어퍼컷, 스트레이트를 반복하는 사이 몸에서는 기분 좋은 땀이 나기 시작했다. 그러자 금방 여자 생각이 났다. 운동을 할 때는 하루라도 여자를 안지 않으면 견디지 못하던 시절도 있었다. 하지만 운동을 쉬기 시작한 이후로 성욕도 어느 정도 진정됐다. 그런 그에게 성욕이 다시 찾아왔다. 원장과 여자 사이에 있었던 일이 적나라하게 뇌리에 그려졌다. 그 일 때문인지도 모른다.

그리고 그 여자와 닮은 소년, 최지연도 계속해서 생각이 났다. 육체관계 경험이 풍부한 편이기는 하지만, 남자와는 관계를 해본 적도 없고 할 생각을 해 본 적도 없었다. 그런데도 그 소년이 이상하게 신경이 쓰였다. 손바닥을 스치고 지나간 하얗고 섬세한 촉감이 아직도 남아 파고들어 왔다. 촉감이 방아쇠가 되어 그의 음란한 상상력이 타오르기 시작했다. 마치 최면에 걸린 사람처럼 그동안 안았던 많은 여자들의 육체가 떠올랐고, 하반신에는 피가 몰렸다. 어쩌면 그 여자를 향한 성욕이 소년에게 옮겨간 것인지도 몰랐다.

소년이 벌거벗고 있는 광경이 떠올랐다. 미묘한 곡선을 드러낸 몸을 마음의 눈으로 훑어 내리며 감미로운 흥분을 느꼈다. 손으로 만지는 듯한 착각이 들 정도로 생생한 이미지가 그의 몸을 훑어 내렸다. 안 된다. 아무리 예뻐도 남자는 남자다. 그는 흥분한 정욕을 여자에게 돌리려 했다. 그런데 누구에게 돌린다?

비서도 나쁘지 않았다. 화장만 제대로 하고 머리만 풀어헤친다면. 비서가 자신의 배 위에 올라타 머리를 한껏 흐트러트리며 비명을 질러대는 모습을 상상하니, 학원이 마음에 들기 시작했다. 비서가 원장에게 훈련을 받았다 해도 상관없다. 아무리 단련해도 늙은이는 늙은이다. 이 학원을 지배하는 수컷은 이제 그가 될 차례였다. 젊음이라는 무기가 있으니까. 그 부인도 내 것이 된다. 그는 두 여자가 자신의 발기한 남성을 앞다투어 핥으려 들고 그에게 사랑해 달라 조르는 망상을 즐기며 느긋하게 바지 안으로 손을 넣었다. 부드럽게 해면체를 마사지하자 바지 안이 답답해도 기분이 고조되었다.

"선생님."

깜짝 놀란 그가 고개를 돌렸다.

땀에 젖어 반투명하게 비치는 티셔츠를 입고 목에 수건을 건 최지연이 안으로 들어왔다. "뭐하세요?"

"아, 그냥 심심해서." 그는 발기한 페니스를 감추려 몸을 살짝 돌렸다.

"몸," 최지연이 그를 아래위로 훑어보더니, 미소 지었다. "좋네요."

"노, 노크는 하고 들어와야지."

"뭐 어때요. 샤워 좀 할게요."

"샤워실 있잖아."

"아직 애들이 안 들어왔다고 보일러를 안 틀었어요. 사감실은 개별난방이라 온수 나오거든요."

"그래?" 그는 그 사실을 최지연이 어떻게 알고 있나 궁금했다. "할 수 없지. 써라."

"심심해서 운동하고 있었더니 땀이 나서요." 최지연이 샤워실로 들어가다, 고개만 내밀고 말했다. "같이 씻으실래요. 뭐 어때요, 남자끼리." 최지연이 미소를 지어보이더니, 그에게로 다가갔다. "선생님?"

"응?"

악수할 때처럼 최지연이 손을 내밀었다. 무의식중에 그는 악수
에 응하려 손을 내밀었다. 최지연은 악수에 응하는 대신 그의 손
바닥을 손끝으로 살짝 건드리고는, 샤워실로 완전히 들어갔다.
"먼저 들어갈게요."

그는 멍하니 서서 안에서 들리는 샤워기의 물소리를 들었다.
소년의 나신이 갑자기 떠올랐다. 발기가 가라앉지 않는다. 오히
려 더 흥분되기 시작했다. 남성의 벗은 몸인데 왜 내가 흥분하는
거지?

"왜 안 들어오세요?" 물소리의 간섭으로 웅얼거리듯 들리는 소
년의 목소리가 문밖으로 들렸다. "들어오세요. 지금 당장."

소년의 명령에 그는 저항할 수가 없었다. 잠에 취한 기분이었
다. 땀에 젖은 트레이닝복을 벗자, 단련된 그의 몸이 드러났다. 번
들거리는 넓은 가슴이 거칠게 오르내렸고, 발기한 페니스는 우거
진 음모를 가르고 납작하게 다듬은 복근을 때렸다.

그는 문을 열었다….

그는 침대 위에서 거친 숨소리와 삐걱대는 스프링, 그리고 그
의 허리 아래로 느껴지는 달콤한 관능을 느꼈다. 그는 섹스를 하
는 도중이었다. 상대는 최지연이었다. 부드러운 엉덩이를 향해
골반을 찔러댈 때마다 꽉 끼는 항문의 미끈미끈함이 페니스를 훑
어 내렸고, 표피를 타고 전신으로 저릿한 쾌감이 차올랐다. 여태
까지의 섹스에서 맛보지 못한 쾌감이었다. 여자와 애널섹스를 한

적도 있었지만, 이 쾌감은 달랐다. 애초에 왜 내가 이 애랑 하고 있는 거지, 그는 생각했다. 과정이 생각이 나지 않았다. 초식동물을 덮치는 육식동물처럼 자기 앞에 엎드린 소년의 엉덩이 위로 올라타 먹어치우고 있는 자신이 오히려 조종당하고 있는 느낌이었다. 자신의 육체를 마치 톱니바퀴로 움직이는 기계를 바라보듯 차갑게 식은 눈으로 관찰하는 자신이 있었다.

소년의 엉덩이는 여자의 것처럼 부드럽고 풍만했지만 골반이 그다지 깊게 파이지 않아 직선적으로 허리와 연결되어 있었다. 가늘기는 해도 남성적인 라인의 허리 위로 드러난 살집이 적은 등에는 갈비뼈가 살갗 위로 드러나 그가 골반을 찔러 넣을 때마다 춤을 추듯 움직였다. 흥분을 이기지 못해 땀에 젖어 이마에 찰싹 달라붙은 머리칼을 쓸어내며 고개를 돌린 소년이 자신을 향해 애원하는 연약한 신음소리와 탄원을 흘릴 때마다 흥분은 더욱 딱딱해져 갔고 움직임은 더욱 거칠어졌다. 땀에 젖은 등이 달아오르자, 이상한 현상이 일어나기 시작했다.

흉터였다. 백옥처럼 하얀 등의 피부 위로 격자무늬로 정연하게 그어진 흉터가 솟아올랐다. 예리한 칼에 베인 흔적이었다. 자신이 직접 하얗고 귀여운 등을 칼로 난도질하기라도 한 착각이 들자 흥분은 임계점을 넘어버렸고, 그는 사정했다. 온몸의 기운이 모두 소년의 항문으로 쏟아져 들어가는 기분이었다. 귀가 먹먹해지고 지잉, 하는 소리가 들렸다. 머리가 몽롱하고 어질어질해졌다. 숨을 고를 수가 없었다. 허벅지가 당겨왔다. 회음부가 경련을 일으키며 마지막 남은 정액까지 짜냈다.

소년도 흥분의 여운으로 몸을 떨었다. 침대에는 소년이 사정한 정액이 시트로 녹아들고 있었다. 소년이 몸을 일으키며 그의 가슴을 밀었다. 뒤로 넘어진 그의 위로 몸을 겹치고 그의 몸을 애무했다. 예민해진 그의 몸에는 더 이상 이성이 남아있지 않았다. 방금 전 사정해 예민해진 페니스에 희고 긴 손가락이 부드럽게 얽히며 발기를 유지시켰다. 그의 입에서 볼품없는 신음소리가 흘러나오자, 소년이 미소 지었다. "난 이제 선생님 거예요. 알았죠?" 소년의 말이 그의 텅 비어버린 머릿속에 새겨졌다. "대답해요." 소년이 다그치자, 그는 고개를 끄덕였다. 만족한 소년이 그의 하반신을 향했다. 따뜻한 입이 정액을 모두 빨아내고 피스톤 운동하며, 손가락이 항문 안으로 들어가 전립선을 자극하자, 한 줌도 안 남아있던 그의 이성이 날아갔다. 그는 완전히 기절하고 말았다….

그는 잠에서 깨어났다. 차가운 공기가 그의 벌거벗은 몸을 식혔기 때문이다. 눈을 뜬 그는 시간을 확인하려 했다. 사감실에는 창문이 없기 때문에 하늘을 보고 시간을 확인할 수 없다. 손목시계는 이미 하늘이 어두워졌다고 알려주었다.

방금 전에 있었던 일이 머릿속에서 다시 재생되었다. 내가 미성년자, 그것도 남자와 섹스를 했다고? 그는 생각했다. 분명 몸에는 피곤함이 남아있었고 시트도 젖어있었다. 하지만 섀도복싱 때문인지 아니면 정말 섹스를 해서인지는 확실하지 않았다. 세탁을 하러 옷을 입은 뒤 시트를 들고 밖으로 나가보니, 복도는 조용했다.

현관 밖은 완전히 어두워져 있었다.

손에 든 세탁물이 무거워진 그는 세탁실로 향했다. 드럼 세탁기는 코인세탁실처럼 동전을 넣게 되어 있었다. 부잣집 아이들에게 철저히 돈을 긁어내겠다는 노골적인 태도가 오히려 마음에 들었다. 동전교환기가 뱉어낸 동전을 넣자 세탁물이 뱅글뱅글 돌아갔다. 최면을 걸듯 돌아가는 세탁물을 바라보며 그는 생각에 잠겼다. 아까 있었던 일은 흥분한 그가 꾼 꿈이었을까, 아니면 사실일까. 분명 사실일 테지만 그의 머릿속에서는 소년과 관계를 맺었다는 사실을 부정하고 싶어하는 부분이 있었다.

세탁과 건조가 모두 끝나자, 그는 사감실로 돌아가 시트를 다시 씌웠다. 문득 자신이 샤워실에 들어갔던 기억이 났다. 안으로 들어가 보니, 처음 보는 수건이 걸려있었다.

다음 날, 외제차의 행렬이 끝없이 이어지며 학생들이 하나 둘 기숙사에 자리를 잡았다. 학부모들은 하나같이 호들갑스러웠고, 벌점을 받지 않도록 주의하라고 난리였다.

그날 이후로 최지연은 그에게 완전히 냉랭한 태도를 보였고, 그는 의지와 관계없이 애가 타 견딜 수가 없었다. 애초에 왜 자신이 애가 타야 하는지 스스로에게 자문해도 답은 나오지 않았다. 사랑은 절대 아니었다. 오히려 갈증과도 같은 생리적인 반응이었다. 자신이 기대한 대로 움직이지 않는 데에 따르는 신경질적인 불만이 쌓였다. 자위를 해도 섀도복싱을 해도 주변 산을 뛰며 로드워크를 해도 풀리지 않았다.

기숙사 사감으로서 그가 낮 동안 할 일이라고는 기숙사생들의 치안유지와 풍기단속이 전부였다. 기숙사생들은 하나같이 통제를 잘 따랐다. 그러나 그는 이 또래 아이들이 이렇게 꼭두각시처럼 말을 잘 들을 리가 없다고 생각했다. 기숙사 사감은 학생들의 방에 들어갈 권한이 있었고, 부정행위를 발각했을 경우 벌점을 부여하고 회초리질을 가할 권한이 있었다. 부여받은 권한을 사용하지 않으면 손해라 생각한 그는 낮 동안 학생들이 없는 방을 무작위로 골라 검문에 들어가 방 안의 물건을 뒤져보며 놀았다.

　결과는 아무 성과도 없었다. 아직 이 건물에 익숙하지 못해 어디에 물건을 숨기는지 몰라서라고 생각하고, 뒤질 수 있는 곳은 모두 뒤졌으나, 결과는 허탕이었다.

　점점 지루하고 따분해졌다. 벌점을 기록할 필요도 없었다. 아이들은 모두 규칙적으로 생활했다. 점호 시간이 되면 아이들은 모두 복도에 나와 대기했다. 군대식으로 일일이 방을 검사하기는 귀찮아 그는 그저 인원수와 환자는 발생하지 않았는지만을 검사했다. 최지연은 그에게 여전히 냉랭했고, 그는 둘 사이에 있었던 일을 조금이라도 원생들에게 들키고 싶지 않았다. 점호가 끝나면 기숙사생들은 각자 방으로 돌아가 자유 시간을 가졌다. 그도 사감실로 돌아갔다. 사감실에는 아직도 최지연의 수건이 있었다.

　그렇게 이 주일이 지났다.

　밤이면 순찰을 돌아야 하는 것도 사감 선생님의 임무다. 전등을 든 채로 그는 건물을 살폈다. 불은 모두 꺼 두기 때문에 비상구를 알리는 조명 말고는 완전히 어두컴컴하다. 밖은 야산에 논밭이라 외부조명도 없다. 소음도 없다. 밤이 되면 기숙사를 포함한 학원 건물 전체가 완전한 정적에 싸인다. 그는 정적을 헤치며 복도를 걸었다. 병원에서 맡을 수 있는 소독약 냄새가 풍기는 병적인 깔끔함이 어둠을 채웠다. 자신의 발자국 소리 말고는 아무것도 없다. 청각마저 소름 끼칠 정도로 깔끔한 건물이다.

꼭대기 층인 육 층까지 걸어 올라간 그는 다시 한 번 계단을 이용해 층별로 훑어 내려가듯 순찰을 마쳤다. 그는 문득 사감실로 들어가지 않고 한 번 더 건물 안을 둘러보고 싶어졌다. 평소와는 달랐다. 지난 이 주일 동안, 이상하게 순찰에서 돌아오면 피곤해 잠이 쏟아졌다──마치 약에 취한 것처럼.

어차피 한 번 순찰을 돌았으니, 엘리베이터를 이용해 육 층까지 올라갈 마음을 먹었다. 엘리베이터의 버튼을 누르려고 하는데, 갑자기 엘리베이터가 움직였다. 점호가 끝난 뒤 자유 시간에는 방 밖으로 나가는 것이 금지되어 있다. 그는 일부러 엘리베이터 앞에 서서 지켜보았다. 6, 5, 4, 3, 2, 1, B1. 엘리베이터가 멈췄다.

"B1? 지하 1층?"

그는 당황해서 버튼을 눌렀다. 도착한 엘리베이터 문이 열렸다. 안에 들어가 층을 나타내는 번호를 확인했다. 역시나, 지하 1층을 나타내는 B1은 없었다. 당황하는 사이 문이 닫혔고, 아무것도 누르지 않은 엘리베이터가 움직였다. 누군가 다른 층에서 엘리베이터를 누른 것이다. 올라간 엘리베이터는 3층에서 멈췄고,

문이 열렸다.

파자마 차림에 고등학생으로 보이는 여학생이 엘리베이터 안에 있는 그를 보고 놀라 몸이 굳었다.

"어디 가려고 그러지?" 그가 말했다. 당황하고는 있었지만, 침착함을 억지로라도 유지하려 했다. 복싱을 하면서 익힌 통제력이 도움이 됐다. "일단 타렴."

"…네." 순종적으로 여학생은 안에 탔다. 그러나 층수 버튼을 누르지 못한 채 당황하고 있었다.

"뭐해. 어서 누르지 않고."

여학생은 주저하다 못해 제자리에 멈춰버렸다. 마치 모순된 명령을 받아 어쩌지 못한 채 멈추어버린 로봇처럼 텅 빈 얼굴로 곤혹스러워했다.

"솔직하게 이야기 해. 어디 가려는 거야?"

"죄송해요. 벌점인 줄은 알지만, 휴게실 자판기에서 음료수를 뽑아 먹으려고…"

"지하 1층에 있는?"

그의 말에 여학생은 완전히 얼어붙어 버렸다. 두려움으로 몸을 떨기까지 했다.

"이야기를 좀 자세히 들어봐야 할 것 같구나." 그는 1층 버튼을 눌렀다. "지하 1층이 이 건물에 있는 것은 나도 알고 있다. 하지만 엘리베이터가 연결되지 않은 것으로 알고 있는데 말이야. 그렇지?"

문이 열렸다. 그는 여학생을 데리고 밖으로 나갔다. 여학생은 심각할 정도로 불안해하고 있었다.

"선생님," 여학생이 빠른 말투로 말했다. "전 아무 말도 못 해요. 전 가야 해요. 안 그러면 전 크게 혼나요."

"누구한테?"

"말 못해요. 제발. 선생님, 제발. 벌점을 주셔도 좋아요. 하지만 전 말 못해요."

"무슨 일이죠?" 비서가 유리로 된 현관문 밖에 서 있었다. 그녀는 카드를 이용해 안으로 들어왔다. "유권종 선생님. 지금 무슨 일이지요?"

"아, 아무것도 아닙니다." 그는 웃으며 말했다. "순찰을 돌고 있는데, 이 학생이 음료수를 마시고 싶다고 부탁을 하더군요. 그래서 내가 직접 데리고 가는 길입니다."

"정말이니?" 비서는 여학생을 다그쳤다. 고개를 끄덕이자, 비서는 빤히 그의 얼굴을 바라보며 말했다. "음료수 뽑아서 들어가렴. 나는 유권종 선생님과 할 이야기가 있으니까."

여학생은 겁을 먹고 휴게실로 사라졌다.

"유권종 선생님. 규칙은 분명히 전달해 드린 것으로 알고 있는데요. 통제에 따라야 할 아이들을 관리감독하실 분이 이렇게 규칙과 규율을 어기시면 곤란합니다."

"죄송합니다."

"아이들이 밤중에 공부를 하는 것 말고는 아무것도 허용하시면 안 됩니다. 그리고 사감 선생님께서도 정해진 순찰시간 이외에 밖으로 나오셔도 안 됩니다. 이미 계약서를 통해 전달해드렸을 텐데요."

그는 화가 나기 시작했다. "아니, 내가 애새끼도 아니고, 담배 피우고 싶을 때 못 피우고 음료수 마시고 싶을 때 못 마시게 하는 법이 어디 있습니까? 분명 계약서에 그 정도까지는 제약이 없었을 텐데요?"

"이곳의 규율입니다."

"규율은 이 학원 원생들한테 적용될지는 몰라도, 나는 성인입니다. 내가 하고 싶은 대로 할 수 있어요. 알았으면 나가 봐요. 담배 한 대 피우고 들어갈 테니까."

비서는 몸을 부들부들 떨었다. 언제나 들고 있는 결재판이 부서져라 꽉 움켜쥐어 손가락 마디마디와 매니큐어를 칠하지 않은 손톱이 하얗게 변할 정도였다. "대학도 못 나온 놈이…."

"뭐?"

"배우지도 못한 게 선생님 소리 들으니까, 보이는 게 없나 보지?" 고압적인 태도로 턱을 들어 올리며 그녀가 몸을 돌렸다. "이 일은 정식으로 원장 선생님께 보고하겠어."

그가 비서의 어깨를 잡아끌었다. "야! 잘 들어. 원장에게 꼰지르든 말든 난 관심 없어. 짤리면 다른 데 가서 일하면 그만이야. 내가 배우든 못 배우든 네가 신경 쓸 일 아니야, 이 씹할 년아. 네 년은 왜 이 시간까지 학원에 있어? 솔직히 말하시지? 원장하고 자느라 그런 거 아니야? 그 늙은이 제대로 서기는 하디?"

비서가 그의 뺨을 후려치려 했다. 그녀의 공격을 가볍게 피한 그가 비서의 뺨을 쳤다. 분노로 부들거리던 몸은 더욱 크게 떨렸지만 그녀의 눈은 순간적으로 황홀한 빛을 띠었다. 그의 예상대로였다. 그녀는 성적으로 훈련을 받았다.

그는 비서의 손목을 거칠게 잡아끌고 현관문 밖으로 나갔다. 그녀는 별다른 저항 없이 끌려왔다.

그는 야트막한 야산 입구의 구석진 곳으로 그녀를 끌고 가 거칠게 내던졌다. 나무와 풀숲 사이로 푹신한 곳에 엉덩방아를 찧은 그녀가 흥분으로 눈을 빛내며 자신을 올려다봤다.

"말해. 이 학원 지하에 뭐가 있어?" 그의 말에 대답도 없이 그녀는 입술과 이만을 이용해 능숙하게 지퍼를 내렸다. "내 말 안 들려?"

"지하에," 그녀는 그의 속옷을 손으로 뒤적이며 말했다. "가면 안 돼요."

그가 그녀의 이마를 밀었다. "안 돼. 내 명령을 들을 때까지는."

울상이 된 그녀가 무릎을 꿇고 앉은 채로 그를 올려다보았다. 입에 공을 물고 주인에게 같이 놀아 달라고 보채는 강아지처럼 그녀의 숨이 거칠어졌다.

"말해," 그가 속옷을 헤쳐 페니스를 꺼냈다. 잔뜩 발기해 있었다. "이 학원의 비밀이 뭐지?"

페니스에서 풍기는 냄새를 맡으며 황홀경에 빠진 그녀가 입을 열었다. "지하에ㅡ"

그녀는 갑자기 기절했다. 완전히 정신을 잃어버린 것이다. 놀란 그가 상태를 살피려 하는데, 그녀가 일어났다. 눈은 꿈을 꾸고 있는 것처럼 몽롱했고, 걸음걸이는 몽유병 환자처럼 비틀거렸다. 아니, 몽유병 환자 그 자체였다. 그녀는 무의식 상태로 걷고 있었다.

눈앞에 일어난 일을 그는 이해할 수 없었다. 마치 좀비나 최면에라도 걸린 사람 같았다. 너무 흥분한 탓에 기절한 건가? 하고 의문을 품었던 그는 이 주일 전 자신의 체험이 떠올랐다. 나도 이렇게 기절했던 것은 아닐까? 이렇게 의식을 잃었던 것은 아닐까? 최면에 걸려서? 하지만 어떻게? 흔들리는 추를 쳐다보거나 라이터 불꽃을 바라보며, "레드 썬"이니 "눈꺼풀이 점점 무거워진다" 같은 말을 들은 기억은 전혀 없다. 최면에 걸렸다면 무언가 계기가 있었을 것이다. 계기. 그는 손바닥의 감촉이 떠올랐다. 최지연이 자신의 손을 건드렸던 그 일이 생각났다. 설마 그게 계기였을까? 고민하는 사이 그녀는 학원 본관으로 사라졌다.

사감실로 막 돌아왔을 때, 미세한 소리가 들렸다. 복도에는 아무도 없었다. 작은 소리는 비상계단 쪽에서 들려왔다. 그는 계단으로 향했다. 문을 열고 커다란 동굴처럼 층별로 이어진 비상계단 안에서 숨을 죽이고 귀를 기울였다. 커다란 공동이나 다름없는 비상계단 안에서는 작은 소리도 크게 메아리친다. 발자국 소리가 들렸다. 소리는 아래로 내려가고 있었다. 소리를 따라갔다. 지하의 철문이 있는 곳까지 이어진 소리는 비상계단 맨 아래층에 있는 커다란 철문에서 멈추었다.

손잡이가 돌아가는 소리와 함께 거대한 문이 열리고 닫히는 소리가 웅장하게 공간을 울렸다. 그는 아래로 내려가 철문을 살폈다. 철문 안에서 발자국 소리를 들었다. 안으로 들어가야 할지 말지를 고민하는 사이, 또 다른 발자국 소리가 접근해왔다. 발자국 소리는 어디에서 울리는지 알 수가 없었다.

그는 당황해서 급히 계단 뒤의 청소도구나 내용물을 알 수 없는 상자들이 가득한 곳으로 몸을 숨겼다.

자신이 숨어있는 곳 바로 옆이 열렸다. 놀란 그는 겨우 소리가 새어나오는 것을 막았다. 원장이었다. 원장은 그를 눈치채지 못하고 그대로 철문으로 향했다.

"준비가 다 되었나 확인하고 오라니까, 왜 연락이 없어." 원장은 평소의 침착한 모습을 잃고 짜증을 내고 있었다. 그래도 그의 복장은 여전히 완벽했다. 비상구를 나타내는 녹색 조명을 머금은 하얀 정장에는 티 하나 없었다.

그는 손에 무언가 들고 있었다. 장방형으로 생긴 금속이 빛을 반사하고 있었다. 이발소에서나 볼 수 있는 구식 면도칼이다. 엄지손가락으로 날을 확인하며 만족스러운 미소를 짓는 그의 입술 사이로 날카로운 이가 드러났다. 나이에 어울리지 않을 정도로 인공적이었다. "설마 못 참고 바로 여기로 들어갔나…" 원장이 면도칼을 접어 품에 넣었다. "혹시 그 멍청이랑 눈이 맞은 것은 아니겠지…. 하여튼 그 암캐 년이 밝히기는… 이따가 사감실에 가봐야겠어."

한 손으로 가볍게 핸들을 돌려 문을 연 그는 안으로 들어갔다.

커다란 문이 닫히는 묵직한 소리가 천장까지 메아리쳤다. 소리가 사라지기도 전에 그는 사감실로 돌아왔다.

침대에 누운 그는 상황을 이해해보려고 필사적이었다. 이해가 가지 않는 일투성이다. 원장이 왜 거기에 나타났을까? 들키지 않은 것은 행운이라고밖에 할 말이 없었다. 최면에 걸린 비서. 몰래 학생들을 지하로 데려가는 학원. 비밀 통로. 면도칼을 든 원장. 그리고 자신을 유혹한 그 소년. 모든 것이 그를 혼란스럽게 만들었다. 더 이상 섣부르게 움직일 수는 없다. 아무것도 모른 척 움직여야 한다. 비밀을 알아내야 한다. 빨리 잠들지 않으면 안 된다는 흥분이 오히려 잠을 쫓았다. 원장에게 들켜서는 안 된다. 비밀을 알아내야 한다. 들켜서는 안 된다. 알아내야 한다. 들켜서는 안 된다. 한다. 안 된다. 한다. 된다. 한. 된. 한….

다음 날, 눈을 뜬 그는 잠결에 누군가 자신의 방에 들어왔던 기척을 기억했다. 그러나 그게 누구인지, 애초에 그 일이 꿈이었는지 아닌지 확실하지 않았다. 확실한 것은 딱 한 가지, 방안의 변화였다.

의자에 걸어놓은 수건이 사라지고 없었다.

3. 틀니와 본디지

한 달에 두 번 있는 기숙사 휴가 날을 이용해 원장과 비서가 휴가를 냈다. 두 사람은 즐거운 시간을 보내고 있는 것이 분명했다. 휴가 날은 주말을 이용해 학생들이 집으로 돌아가는 날로, 한끼

번에 집으로 돌아가는 것이 아니라 순서를 정해 절반씩 차례로 집으로 돌아간다. 최지연은 학교에 남아 있었다.

비서는 다시금 차가운 태도로 돌아갔고, 최지연은 아예 모습이 보이지 않을 정도였다. 그 자신도 그날 이후 눈에 띄지 않기 위해 조용히 지냈다. 의문은 해결되지 않은 채였다. 그는 상황을 제대로 파악하기 위해 결심을 굳혔다.

그날 밤 최지연의 방으로 찾아갔다. 노크도 없이 안으로 들어간 그를 맞이한 것은 얼굴을 손수건으로 가린 최지연이었다.

최지연은 말없이 앉아있는 의자의 등받이에 걸린 수건을 던졌다. 그는 수건으로 똑같이 얼굴을 가렸다.

"묻고 싶은 게 있어."

"그 년이랑, 했어요?"

"뭐라고?"

"비서 있잖아요. 그 년이랑 했냐고요."

"아, 아니―"

"했잖아요. 맛있었어요? 나보다 더?"

"아니라니까." 그는 자기 자신이 왜 이런 변명을 하는지 이해할 수 없었다. "…정말 아무 일도 없었어."

"흠…." 최지연은 팔짱을 끼고, 다리를 높이 꼰 채로 그를 지긋이 지켜보았다. "정말이에요?"

그는 고개를 끄덕였다.

"…그럼 됐어요." 최지연이 일어섰다. "궁금한 게 많으신가 보네요, 선생님? 하지만 그냥 대답해 줄 수는 없어요."

"뭐라고?"

"날 만족시켜주세요, 선생님." 최지연이 얼굴을 가린 손수건을 치웠다. "기억나세요? 전 선생님 거예요." 최지연이 웃옷을 벗었다. 하얗고 매끈한 상체가 드러났다. "제 몸은 선생님 것, 이라고요."

선생님 것. 선생님 것. 선생님 것. 선생님 것. 선생님 것. 선생님 것…. 최지연이 말한 그 키워드가 그의 정신을 다시 지배하기 시작했다. 그런 그를 보고 최지연이 웃음을 지었다. 그는 저항할 수 없었다.

"옷을 벗으세요." 최지연이 말했다. "그렇죠. 날 봐요. 선생님, 날 보라고요. 선생님 거예요. 맘에 들어요? 내가 맘에 드냐고요."

"응." 멍청한 목소리로 그가 말했다.

"날 안고 싶어요?"

"응."

"날 갖고 싶어요?"

"응."

"이리로 오세요." 최지연이 침대에 누웠다. "그럼 모든 것을 알려줄 테니까. 그 대신 내게 선생님의 모든 걸 줘요."

잔뜩 발기한 페니스를 앞세우고, 그는 최지연이 이끄는 대로 침대로 향했다. 머릿속에서는 이러고 싶지 않다고 거부하면서도 그의 몸은 더욱더 가까이 다가갔다. 기계적으로 움직이는 몸은 어느새 최지연의 몸 위로 올라가 덮쳤고, 입술은 달콤한 혀를 탐하며 타액을 뒤섞었다. 분명 마음대로 탐하고 공격하는 것은 그였다. 자신의 페니스를 입으로 만족시키라는 명령도 그가 내렸고, 자신을 향해 엉덩이를 벌리라는 명령도 그가 내렸다. 최지연은 그의 노예였고, 물건이었다. 그러나 모든 것은 최지연이 의도한 대로였다. 그는 주인의 역할을 맡은 꼭두각시였다. 무대 안에도 밖에도 최지연이 있었다. 최지연은 노예의 역할을 맡은 동시에 꼭두각시 인형을 조종하는 연기자기도 했다. 모든 상황을 조종한다고 그를 착각하게 만든 것도 최지연이었다. 아무것도 모른채 그는 최지연이 의도한 대로 움직였다. 거칠게 허리를 움직였다. 길이 잘 든 항문을 파고 들어간 페니스가 탁한 액체를 안에다 뿜어내자, 그는 온몸의 힘이 빠져 격자무늬 흉터와 갈비뼈의 윤곽이 드러난 최지연의 등 위로 무너졌다. 땀에 젖은 두 피부가 맞닿아 미끈거렸다.

몸을 들썩이며 자신의 목 뒤로 뜨뜻하고 거친 한숨을 내쉬는 그에게, 최지연이 고개를 돌려 입을 맞추었다. "내일," 최지연은 단호한 목소리로 말했다. "우리 엄마를 만나고 오세요. 엄마가 다 이야기해 줄 거예요. 알았어요?"

"…알았어."

"그럼 이제 내 방에서 당장 나가요. 나가서 사감실 들어가 잠이나 자요. 알았어요, 주인님?"

"알았어…." 그는 명령대로 몽롱하게 움직였다.

최지연이 만족스러운 미소를 지으며 일어나 기지개를 켰다.

다음날 그는 최지연이 알려준 전화번호로 약속한 카페에 도착했다. 처음 학원으로 온 날 보았던 그 여인이 카페로 들어왔다. 첫인상과 마찬가지로 그녀는 여전히 농염했다. 그녀는 관능의 성이었다. 수없이 많은 남자의 정기를 벽돌 삼아 자신의 몸에 쌓아 올린 성벽이 그녀의 몸매였다. 그녀는 흡연실로 자리를 옮기자고 제안하고는 대답도 듣지 않고 멋대로 움직였다. 제멋대로인 성격은 모전자전인 모양이었다.

그녀는 허리를 권태로이 좌우로 움직이며 걸었다. 엉덩이가 교대로 치마 위로 솟아오르며 모습을 드러냈다. 손바닥으로 때려주고 싶어졌다.

그녀가 뿜어내는 존재감은 흡연실 안을 가득 채웠고, 그 안에 속한 남자들의 시선을 잡아끌었다. 무시하는 듯 보였지만 분명 그녀는 시선을 즐기고 있었다. 자리에 앉은 그녀는 핸드백에서 원장이 가지고 있던 것과 비슷한 휴미도르를 꺼냈고, 주변의 시선에는 아랑곳하지 않고 굵고 커다란 여송연의 끝을 작은 단두대를 꺼내 잘라낸 뒤 능숙한 솜씨로 성냥을 켜 불을 댕겼다. 피처럼 붉은 립스틱을 두껍게 바른 입술로 여송연의 연기를 빨아들이는 모습은 오럴섹스의 관능적인 은유 그 자체였다.

"집에서는 못 피워서요." 입술 사이로 하얗고 끈적끈적해 보이는 연기가 새어나왔다. "성냥불로 붙여야 제대로 된 맛이 나죠."

"그렇군요." 그는 자신에게 여송연을 권하기를 기다렸다.

"봤죠?" 그녀가 말했다.

"네?"

"그 날."

그는 모른 척하기로 했다. "무슨 말씀이신지…."

"지하실 문제죠?"

"그걸 어떻게—?"

"나도 그 학원 출신이에요."

"네?"

"궁금해요?" 그녀가 담배 연기를 유권종의 얼굴에 뿜었다. "몸은 괜찮아 보이는데, 잘해요?"

"뭐라고요?"

"우리 아들이랑도 했죠? 혹시 그쪽이에요?"

뭐 이런 모자가 다 있지? 그는 생각했다. 노골적인 질문에 당황해 아무 말도 꺼내지 못했다. 머릿속에서는 그녀의 아들과 가진 두 번의 정사가 생생하게 재현되고 있었다.

"그쪽이냐고요."

"아닙니다."

"그럴 줄 알았어." 그녀의 말투가 변했다. "그날도 그랬고, 방금도 나 보니까 먹고 싶어서 눈이 변하더라고. 어때, 맛있어 보여? 맛 한번 볼래?"

그는 아무 반응도 못 한 채 멀뚱히 있었다. 주변에서 두 사람의 대화를 엿들은 사람들도 마찬가지였다.

"알고 싶지 않아? 그 학원의 비밀?"

"아—"

"뭘 가지고 싶으면," 그녀가 연기를 그의 얼굴에 뿜으며 가까이 갔다. "먼저 대가를 치러야지."

"후회할 건데요, 아줌마."

"후회는 먹고 나서 해도 돼." 그녀는 자리에서 일어났다. "고기 좋아해? 한우?"

"한우요?"

"힘 쓸려면 뭘 좀 먹어야지."

그녀가 연기를 뿜으며 음탕하게 앞니를 혀로 핥았다.

너무 하얀 앞니였다.

대낮의 러브호텔은 달라진 것이 없었다. 다른 것은 지금 자신의 몸 위에서 꿈틀거리는 농익은 육체였다. 지금까지 경험했던 여자들과는 질적으로 달랐다. 손이 닿는 곳마다 그의 에너지를 빨아들이듯 꿈틀거렸고, 삽입하는 순간 수천 마리의 지렁이가 안에서 꿈틀거리며 더 깊숙한 곳으로 빨아들였다. 허리 아래가 녹아내려 움직이지도 못할 지경이었다.

"맘에 들어?" 땀에 젖은 목소리로 그녀가 말했다. 기승위로 올라타 허리를 움직이고 있었다. "응? 맘에 드냐고?"

그는 최대한 정신을 집중하려 했다. 숨도 거칠어지지 않도록 조심했다. 숨이 거칠어지면 참을 수가 없다. 익을 대로 익어 녹아내리는 그녀의 육체 안에서 그는 겨우 자신의 단단함을 유지했다.

"흐응. 흐으응." 안달이 난 그녀는 신음소리를 내뱉으며 거칠게 허리를 흔들었다. 침대 스프링의 진동이 페니스를 타고 그녀의 깊고 중요한 곳까지 전달되었다. 그녀가 이번엔 앞뒤로 골반을 흔들어댔다. 그녀의 G 스폿이 마찰하자 온몸으로 전율이 오르고 감미로움이 퍼져나갔다.

그는 최대한 견뎠다. 이대로 당하고만 있을 것이 아니라 공격을 해야 한다. 그는 골반을 치켜 올렸다. 원운동을 더해 연타를 날리듯 아래에서 위로 엉덩이를 움직이자, 페니스가 질벽 구석구석을 훑고 지나갔다. 두 손으로는 유두를 부드럽게 마찰시켰다. 손목에서 손가락 끝까지 힘을 빼고 그녀의 움직임으로 자연스럽게 마찰을 일으키게 했다.

부드러운 애무에 예민해진 신경은 더욱 날카롭게 벼려졌다. 그녀가 경련을 일으키며 점점 그의 움직임에 수동적으로 변해갔다. 그는 몸을 일으키고 양반다리로 앉아 자신의 양 무릎에 얹어진 그녀의 육체를 위아래로 진동시켰다. 강렬한 진동이 몸 전체로 퍼져나가자, 외마디 소리를 내며 그녀가 무너져 내렸다. 그의 넓은 어깨에 매달려 몸을 떠는 그녀를 강인한 두 팔로 꽉 안고 삽입한 채로 골반을 비벼댔다. 그는 숨을 참아 조금이라도 더 견디려고 했다. 그녀가 자신의 움직임에 취해 더욱 격렬하게 몸을 움직이는 순간 엉덩이를 조이고 하반신에 힘을 넣었다. 그 사이 그녀의 가슴골 사이에는 땀이 맺혔다. 그가 목덜미를 빨아내자, 그녀가 거친 숨을 몰아쉬며 절정에 달했다. 온몸을 꿈틀대며 소리를 질렀다.

길고 긴 여운 내내 경련을 일으킨 그녀는 길게 한숨을 내쉬며 완전히 몸을 이완시키고, 그의 몸을 사랑스럽게 쓰다듬었다. 절정감을 맛보는 그녀의 얼굴은 무서우리만치 아름다웠다.

그는 계속 냉정을 유지했고, 자신의 패배를 알아챈 그녀의 표정이 심하게 일그러졌다.

"의치녀(義齒女)라고 들어봤어? 중국에서 못생긴 맹인 여자애들은 성노예로 만들 때 이를 다 뽑았지. 오럴섹스를 잘하게 만들려고 말이야." 그녀는 몸을 일으키고 입안으로 손을 넣었다. 그녀가 입안에서 손을 빼자, 틀니가 튀어나왔다. "이렇게." 모든 이가 사라진 그녀의 미소에는 선홍빛 잇몸만이 보였고 발음은 부정확해졌지만, 무슨 말을 하는지 알아들을 수 있었다. "이게 그 학원의 비밀이야, 도련님."

충격을 받은 그의 페니스가 줄어드는 것을 느낀 그녀는 오럴섹스를 시작했다. "단단해져야지, 아직 더 즐길 수 있잖아. 그렇지?" 차가워진 등줄기와 반대로 그의 물건은 점점 더 달궈져 갔다. 입안에 가득 페니스를 머금은 그녀의 말은 점점 알아듣기 힘들게 변해갔다. "내가 어떻게 이 자리까지 왔는데." 뜨거운 입김과 부드럽고 축축한 혀와 잇몸의 자극이 이 세상에 존재하지 않는 것만 같은 감각을 그에게 주었다. 붉은 매니큐어를 칠한 두 손이 끊임없이 페니스와 고환과 회음부를 자극했다. 현란하게 움직이는 손은 부드러워 산들바람이 스쳐 지나가는 것 같았다. 그는 더이상 참을 수 없었다. "내게 줘. 네 모든 걸. 나도 네게 모든 걸 줄게. 네가 내 주인이야."

신음소리와 함께, 그는 사정했다.

두 사람은 침대에 누워 천장을 보고 있었다. 각자의 담배를 피우며, 천장으로 올라가는 연기를 멍하니 바라보았다.

"그 학원이 어떤 곳인지 알아?" 그녀가 느긋한 말투로 입을 열었다. "아이들을 성노예로 훈련시키는 곳이야. 지하실에는 훈련실이 있어. 방마다 아이들은 성별에 관계없이, 생김새에 관계없이, 똑같은 도구로 똑같은 자세를 취한 채 음란하게 몸을 교정당하는 거지."

"우리 때는 알약을 줬어. 애들에게 최면을 걸기 위해서지. 우리는 비밀을 발설하려고 하면 꼭두각시 인형처럼 변해버리고 말아. 난 이걸 없애려고 미국에서 최면요법사를 고용했지. 오래 걸렸어."

그는 엘리베이터 등 그가 알고 있는 정보를 모두 그녀에게 설명했다.

"우리 때는 그 철문으로 직접 들어갔는데, 이제는 엘리베이터로 내려가나 보네. 특정한 번호를 누르면 지하로 내려가는 방식이겠지?"

"애들을 왜 '교정'하는 거야?"

"교정당한 아이들은 수능시험이나 수시를 망치는 일 없이, 시키는 대로 공부를 하게 되는 거야. 말 그대로 시키는 대로 따라하는 가축이 되는 거지. 그런 애들은 시험에 대한 고민도 불안도 없어. 사춘기도 없고. 아무 문제 없이 효율 좋게 공부하는 거야. 그래서 실력으로 얼마든지 명문대에 입학하게 되지. 설령 타고난 머리가 나빠도, 인맥으로 다 붙여줘. 그리고 그 학원을 다닌 경력은 이력서에 비밀리에 남아서 대기업과 공기업에 전달되고, 거기의 힘 있는 새끼들한테 팔려가는 거야."

"아주 가지가지 하는군."

"그래. 아주 별짓을 다 해야 하지. 그리고 시간이 지나면 우리가 그 자리를 물려받아."

"그럼 이 학원은—"

"섹스로 권력을 이어받고 훈련받는 곳이지. 학원 출신들이 또다른 성노예를 발탁하는 거야. 그렇게 권력은 공고해지는 거고. 같은 비밀을 공유하고 있으면 섣불리 배신을 못 하지. 그래서 졸업생들이 기숙사 동창회라는 이름으로 학원생들을 직접 가르치는 거야. 난교 파티지. 가끔씩 애들이 죽어 나가는 경우가 있는데, 그럴 때는 벌로 거세를 시켜버리기 때문에 조심해야 해. 사실 그원장, 창립자 손자 아니야."

"뭐라고?"

"그 비서도 원래 비서가 아니고."

"무슨 개소리야?"

"지금 원장은 젊었을 때 그 학원 사감이었어. 당신처럼. 그런데원장 부인이랑 며느리를 동시에 굴복시키고, 원장을 죽였지. 그렇게 원장 자리를 빼앗은 거야."

"그럼 그 비서는?"

"학원에서 실습교재로 쓰려고 사온 고아 여자애였는데, 워낙잘해서 출세한 거지. 원장 전용이야."

"그래서 그랬던 건가?" 그는 야산에서 있었던 일을 떠올렸다.

"원래 거기가 그래. 중요한 건 사람이 아니라 기능이지. 나도 그 여자애처럼 원래 교재였어. 얼굴 반반해서 팔려왔지. 친아버지 애를 뱄다가 지웠거든. 14살 때." 그 말에 충격을 받은 그가 아무 말이 없자, 그녀는 말을 이었다. "난 내 실력으로 학원생이 됐고, 졸업하고 곧바로 후처로 들어갔지." 그녀는 이름만 대면 다 아는 유명한 기업의 창업주 이름을 댔다. "왕회장님 밑에서 알아낸 정보로 회사를 야금야금 빼돌렸어. 그런 기술도 가르쳐주거든. 이 학원은. 그런 식으로 자기네 입김이 닿지 않는 기업을 자기네 것으로 만들어가는 거지. 결국 그 기업은 내 것이 됐어. 물론 표면적으로는 아니지만."

"도대체 언제부터…" 그는 학원 첫날 택시기사가 했던 말을 떠올렸다. "설마 일제 시대 때부터 그런 건가?"

"아니, 그보다 훨씬 오래전부터야. 적어도 이 시스템은 훨씬 오래되었어. 애들을 성적으로 훈련시켜서, 위에다 바치고, 대가로 나중에 권력을 물려받는 거."

"더러운 새끼들이군."

"이걸 들켜 봐. 세상이 난리 나지 않겠어?"

그는 어지러웠다. 머리를 쓰는 것은 그가 좋아하는 일이 아니다. 그녀가 자기보다 더 많은 것을 알고 있다는 사실이 그는 마음에 들지 않았다. 주인은 나야, 그는 생각했다. 상황을 지배하는 것은 나라고. 내가 주인이야.

"그날," 그는 약점을 잡을 속셈이었다. "원장이랑 원장 방에서 뭐 했어?"

"뭐야." 그녀가 웃음을 터트렸다. "질투해? 자기? 내 아들도 따먹었으면서? 화내지 마. 그냥 예전에 나 훈련시켰던 사람이니까, 아직 잘 있나 확인해보고 싶었겠지." 그녀가 몸을 돌리며 그의 두툼한 가슴팍에 손을 올렸다. "화났어?"

여기서 화를 내면 내가 진다고 생각한 그는 얼굴에 굳게 힘을 주고 아무렇지도 않게 내뱉었다. "아니."

"그럼 다행이고." 그녀가 담배 연기를 뿜었다.

"—그것보다." 그가 말했다.

"응?"

"궁금한 게 있는데 말이야. 아들에 엄마까지 나서서 날 포섭하려 한 까닭은? 애초에 둘이서 무슨 말을 나눌 시간은 없었을 텐데?"

그의 말에 그녀는 잠시 여송연을 빨아들였다. 뜸을 들이는 이유가 극적인 효과를 노린 것인지 아니면 생각에 잠긴 것인지는 알 수 없었다. 그는 자신의 배 위에 올려놓은 재떨이에 담배를 비벼 끄고 새로 담뱃불을 붙였다. 그 사이, 그녀가 여송연의 두꺼운 재를 재떨이에 털었다.

그가 담배 연기를 빨아들이는 순간, 그녀가 입을 열었다. "솔직히 말하면, 딱히 없어. 포섭하려고 한 건 아니야. 그냥 한눈에 알아본 거지. 나나 우리 아들이나."

"뭘?"

"자기를. 우리는 딱 보면 알아. 우리 주인이 될 만한 사람을. 그렇게 훈련받았거든."

"흠." 그는 기분이 좋아졌다.

"힘 좋고, 강하고, 거칠지. 날 것 냄새가 풀풀 나. 그러면서도 통제할 줄 알고. 그런 진짜 남자 말이야. 자기가 그런 진짜 남자라고."

"그래서 나한테 바라는 건 뭔데?"

4. 토템과 터부

그녀가 준 차를 몰고 그는 돌아갔다. 검은색 벤츠 세단, 모델은 정확히 모른다. 처음으로 몰아보는 고급차의 편안함이 그는 마음에 들었다. 이제 곧 모든 것이 내 것이 된다, 그는 생각했다. 이런 차는 몇 대고 굴릴 수 있게 된다. 다 내 것이 된다.

전부 다.

자동차는 전속력으로 달리고 있었다. 이미 어둑어둑해진 도로에는 다른 차가 보이지 않았다. 이따금 트럭이 그를 지나쳐 달려갔다.

운전을 하는 내내 배가 거북했다. 그의 배에는 복대가 감겨있었다. 양 손목과 허벅지에도 운동선수들이 착용하는 플라스틱 보호대를 감아두었다. 면도칼로 동맥을 베이지 않도록 대비한 것이다. 그리고 복대 안에는 무기가 들어있었다.

그는 복대 안에 숨겨놓은 무기의 감촉을 느끼며 묘한 흥분을 느꼈다. 복싱 경기 중에 느꼈던 불만에서 해방되는 기분이었다. 복싱은 정제된 폭력이다. 때려야 할 부위도 때리는 방법도 엄격하게 제한되어 있다. 쓰러진 상대에게 쫓아가 공격을 가할 수도 없다. 종합격투기라도 마찬가지다. 문명이라는 구속을 받는다. 규율이라는 통제를 받는다. 오직 왕만이 자유롭다. 얼마든지 자신의 힘을 휘두를 수 있다. 나는 왕이 될 것이다. 그리고 모든 여자를 내 것으로 만들 것이다.

학원이 점점 가까워 왔다. 원장이 학원에 있는 것은 확실했다. 그녀가 전화로 원장의 별장에 확인을 했다. 원장은 두 시간 전에 학원에 도착했다. 불분명한 것은 원장이 그의 속셈을 눈치챘는지 아닌지였다. 이를 확인하기 위해서라도 곧바로 원장실을 습격할 생각을 품었다가, 금방 폐기했다. 자세한 루트까지는 확인하지 못했어도 분명 원장실에서 기숙사 지하 1층까지 통하는 비밀통로가 있다는 점을 떠올리자 이 방법은 보류하지 않을 수 없었다.

원장이 도망갈 리는 없다. 학원에는 그의 모든 것을 증명하는 자료들이 있다. 도망가 병력을 모아 다시 온다 하더라도 그 사이 그가 그녀의 도움을 받아 힘 있는 자들에게 어필한다면 원장의 자리는 바뀔 수 있다. 그러나 그는 이를 원하지 않았다. 원장의 자리를 자신의 손으로 차지하고 싶었다. 힘 있는 자들의 인가를 받아서는 왕이라 할 수 없다. 꼭두각시일 뿐이다. 나는 꼭두각시가 아니야, 그는 생각했다. 최지연도 그 여자도 내 노예야. 내가 벌리라는 대로 다리를 벌리지. 이제 이 학원 전부를 내 노예로 만들겠어. 모두가 이렇게 외치게 만드는 거지. 전부 선생님 거예요. 전부 선생님 거예요. 전부 선생님 거예요….

학원이 눈에 보였다. 원장실을 포함한 학원 건물에는 전등 하나 켜져 있지 않아 거대한 검은 암반처럼 보였다. 기숙사도 마찬가지였다. 불빛은 주차장에 보이는 작은 담뱃불 여러 개가 전부였다.

그는 자동차의 속도를 줄이고 복대에 숨겨둔 무기를 꺼내 주머니에 넣었다. 그는 청바지에 가죽점퍼로 갈아입고 있었다. 가죽점퍼의 질긴 재질은 타격이나 칼날로 베이는 공격에서 어느 정도 그를 보호해 줄 것이다. 그는 그나마 익숙한 무기를 사용하기로 마음먹고 핸들을 틀었다.

헤드라이트가 어둠을 잘라내고 담뱃불을 중화시키자, 익숙하지 않은 얼굴이 스무 개, 익숙한 얼굴이 하나 보였다. 그를 이 학원에 소개했던 조직 폭력배였다.

검은 정장을 입고 있는 남자 스무 명은 그의 차를 발견하자 담뱃불을 내던졌다. 넥타이를 매고 있는 사람은 아무도 없었다. 그들 중에는 손에 각목이나 길쭉한 회칼을 들고 있는 자들도 있었다.

그는 문을 잠갔는지 확인하고, 유리창을 모두 단단히 닫았다. 안전벨트도 단단히 조였다.

액셀을 밟았다.

굉음을 지르며 벤츠가 달려들었다. 놀란 조폭들이 흩어졌다. 몸이 뚱뚱해 제대로 피하지 못한 세 명이 차에 치였다. 그들의 손에 든 각목이 충격을 이기지 못하고 흔들리다 앞유리를 때렸다. 앞유리가 수천 개의 조각으로 금이 갔다. 시야가 가려져 그는 핸들을 틀어 크게 선회했다. 자동차 바퀴에 짓밟힌 조폭의 손목이나 목이 부러지고 피부가 찢겨나갔다. 그 와중에 또 다른 조폭이 차에 치여 갈비뼈가 박살 났다. 조각난 앞 유리창을 손바닥으로 쳐내자 그 틈으로 신음과 비명과 자동차의 굉음이 생생하게 새어 들어왔고, 그에게는 이 모든 것이 교성으로 들렸다.

수천 조각으로 금이 간 유리창이 한 덩어리가 되어 벗겨지자 다시 시야가 확보되었다. 자동차로 덮쳐 온 그의 대담한 공격에 그들은 당황해 머뭇거리고 있었다. '형님'이 고함을 지르며 공격하라고 해도, 벤츠의 돌격을 막을 만큼 충성스레 목숨을 내놓을 조직 폭력배는 세상 어디에도 없다. 애초에 자기 욕심대로 제멋대로 살려고 시작한 직업이다. 그들은 서로 옆 사람을 밀어내기 바빴다.

주춤거려 움직임을 멈춘 적은 멀뚱히 서 있는 표적이나 다름없었다. 그는 액셀을 밟아 가속을 가하다 브레이크를 밟으며 핸들을 꺾어 자동차를 스핀 시켰다. 미처 피하지 못한 적들이 회전하는 자동차 꽁무니와 벽 사이에 끼어 내장이 파열되었다. 자동차에도 강한 충격이 전달되었지만 그는 멈추지 않았다. 흥분이 고통을 둔감하게 만들어주었다. 힘을 마음껏 휘두르는 쾌감은 사정보다 강렬했다. 전 우주는 오직 그의 힘을 위해서만 존재했다. 그의 힘이 모든 것이었다.

몇 번이고 자동차로 돌격한 끝에, 적들은 다치거나 도망가거나 죽어 이제 형님과 부하 세 명이었다.

그는 형님을 향해 돌진했다. 우두머리를 제거하면 나머지는 다 도망치게 마련이다. 공포에 질린 그는 두 사람을 붙잡고 도망치지 못하게 했다. 나머지 한 명은 이미 빠져나갔다. 자동차가 두 사람을 치고 현관문을 뚫고 들어갔다. 굉음. 강화유리의 뭉뚝한 조각 수천 개가 깨진 앞 유리창으로 들어왔다. 형님은 최후의 순간 몸을 던져 살아남았다.

그는 차에서 내렸다. 부하 둘은 바닥에서 꿈틀거리고 있었다. 입에서 피를 토하는 부하 중 하나가 힘없이 팔을 휘둘러 저항하다 부러진 갈비뼈가 장기를 찔렀고, 비명을 지르며 제자리에 굳어버렸다. 남은 건 형님과 부하 한 사람뿐이다.

"야! 저 새끼 조져!" 형님이 말했다.

부하가 명령에 따랐다. 각목을 머리 위로 들고 달려들었다. 날붙이를 무기로 들지 않은 게 다행이었다. 복싱의 풋워크를 이용해 각목을 피한 그는 부하의 턱에 훅을 날렸다. 부하가 주춤거리다, 곧바로 각목을 휘둘렀다. 가로로 날아오는 각목을 더킹으로 몸을 숙여 피한 그는 그대로 돌진해 보디블로를 먹였다. 감촉이 이상하다. 적은 배에 잡지를 끼워두고 있었다.

부하가 웃으며 멱살을 잡고 박치기를 날렸다. 다리에 힘이 풀린 그가 휘청이자, 부하가 또다시 박치기를 날리려 했다. 그는 손을 뻗어 머리카락을 움켜쥐고 버티며 주먹을 날렸다. 갈비뼈와 턱과 코를 때린 주먹이 얼얼해졌고, 적의 얼굴은 뭉개졌다. 그래도 적은 멱살을 놓지 않았다. 코의 연골이 무너져 선지피가 흐르는 얼굴로 미소지으며 무릎차기를 날렸다. 허벅지로 겨우 급소를 막은 그가 주머니에 손을 넣었다. 그 사이 무릎이 명치를 쳐 올렸다. 신물이 올라오는 것을 참으며 그가 주머니에서 예리한 등산용 나이프를 꺼내, 버튼을 눌러 날을 뽑았다. 칼을 발견한 적이 멱살을 놓아 거리가 생겼다. 그는 달려들어 가슴을 찔렀다. 묵직한 소리를 내며 칼날이 살을 갈랐고, 갈비뼈 사이로 들어간 칼끝이 장기를 찔렀다. 무너져 내리는 적의 안면에 스트레이트를 먹이자, 완전히 쓰러졌다.

"개새끼야!" 형님이 회칼을 들고 돌진했다.

돌진해 오는 적의 공격은 뒤로 물러나서는 피할 수 없다. 직선 공격은 가상의 선을 만든다. 이는 사격술이든 총검술이든 단검술이든 혹은 복싱의 스트레이트든 마찬가지다. 이 선을 빗겨나게 하는 예술이 바로 아웃복싱이고, 풋워크다. 일부러 매우 아슬아슬한 순간까지 기다린 뒤, 사이드 스텝으로 공격을 빗겨냈다. 동시에 보디블로를 날리는 요령으로 배에 칼을 박아 넣었다.

비명.

바닥에 쓰러진 적을 내려다보며 그는 복싱에서는 한 번도 경험한 적 없는 만족감을 느꼈다. 회칼을 쥔 손을 짓밟으며 비명소리를 즐겼다. 어떤 음악보다 감미로운 소리 사이로 욕지거리가 섞인 말소리가 들려왔다.

"개새끼!"

"원장 어디 있어?" 부러진 손가락 사이로 회칼을 뺏어 들며 그가 말했다. "이 난리 통에도 정신없이 애들하고 놀고 있나보지? 응?"

배에 칼을 맞은 한때의 형님은 거친 숨을 몰아쉬며 그를 노려보기만 했다. 이제는 폭력으로 만든 권위를 박탈당한 채 볼품없이 상처 입은 몸을 뒤트는 짐승이었다.

"내 밑에서 일하면서 새 출발 할래, 아니면 그냥 이대로 죽을래?"

"뭐…라고?"

"난 자비로운 왕이거든. 언제나 기회를 한 번 더 주지."

"좆까… 이 새끼야!" 적이 배에 박힌 칼을 뽑아 휘둘렀다. 허벅지의 경동맥을 노리고 쑤신 칼날은 플라스틱 보호대에 부딪혀 팅겨나갔다. 조직 폭력배들은 습관적으로 배와 허벅지를 노린다. 그는 당황해 벌어진 적의 입에 회칼을 쑤셔 넣었다. 목 뒤로 빠져나온 회칼의 날이 바닥에 튀어 머리가 공처럼 튀다 고개가 옆으로 돌아간 채 바닥 위에 멈췄다.

그는 얼굴을 발로 밟으며 회칼을 뽑았다. "뭐 대 놓은 거 보면 모르나?" 회칼을 흔들어 피를 튀겨냈다. "일부러 함정 놓은 것도 모르고. 하여튼 하던 대로만 하려니까 그렇지. 발전이 없어."

그는 원장이 지하실에 있을 것이라고 판단했다. 지하실 철문을 향해 가는 내내 그는 불안했다. 최지연이 혹시 죽지는 않았을까, 하고 생각했다. 걱정이나 염려 같은 감정이 아니었다. 자기 물건이 함부로 망가지는 것에 화가 나 있다고 표현하는 편이 더 가까웠다. 철문을 열고 안으로 들어갔다.

나선형으로 내려가는 계단의 벽은 돌을 빈틈없이 쌓아 만들었다. 이 건물이 얼마나 오래전부터 있었던 것인지 증명하고 있었다. 벽에 붙어있는 현대적인 반사 조명이 어색하게 느껴졌다. 횃불이 꽂혀있어야 할 것만 같았다.

긴 복도가 나타났다. 복도에는 감옥처럼 다닥다닥 작은 방들이 이어져 있었는데, 모두 두꺼운 철문에 작은 창이 달려있었다. 그는 창 안을 들여다보았다.

아이들이 그곳에 있었다. 눈가리개를 하고 온몸을 가죽끈으로 구속당한 채 기묘한 자세로 매달리거나 서 있었다. 바닥에 땀방울이 모인 웅덩이가 있는 것으로 보아 한참을 매달려 있었던 것이 분명했다. 이야기를 들은 대로였다. 고행자처럼 고통을 참으며 아이들은 새로운 존재로 다시 태어나는 중이었다. 노예라는 이름의 물체로.

방마다 갇혀있는 아이들은 도와달라고 소리 치려 했지만 입에 물려있는 개그 볼 때문에 소리를 낼 수가 없었고, 몸부림치면 가죽끈이나 고문기구가 육체를 더욱 구속하고 아프게 만들었다. 모두가 그의 노예였고, 그의 가축이었다. 그는 흥분으로 몸을 떨었다.

남은 방은 가장 끝에 있는 방으로, 옆으로 밀어서 여는 거대한 철문으로 막혀 있었다. 잠금장치는 보이지 않았다.

그는 문을 열었다.

안에서 채찍이 날아들었다.

얼굴을 맞은 그는 비틀거리면서도 견제를 위해 회칼을 마구잡이로 휘둘렀다. 엄호사격을 하듯 방어선을 친 덕에 공격은 다시 날아오지 않았다.

흰 정장을 입은 원장이 보였다. 수술용 고무장갑을 낀 손에는 쇠사슬을 들고, 다른 손에는 채찍을 들고 있었다. 쇠사슬 끝에는 눈가리개를 한 최지연이 목줄에 매여, 입에 개그 볼이 물린 채 네 발로 기고 있었다. 등을 면도칼로 베어 피를 흘리고 있었다.

"위에는 내가 다 처리했어." 얻어맞은 턱을 부비며 그가 말했다. "여긴 이제 다 내 거야. 당신은 곱게 내 손에 죽으면 돼. 나한테 주려고 그동안 고생 많았어."

"모든 것은 규율과 통제가 관건이네, 유권종 군. 그런데 자네는 통제를 따르려 하지 않는군."

"지랄하지 마. 주인은 모든 것의 위에 서서 자유로운 법이야. 통제하고 규율을 만들고 명령을 내리는 사람은 그 명령이 안 통하는 것도 몰라?"

"무식한 놈이 누구한테 그런 말을 배웠는지, 안 봐도 뻔하군. 다루기 쉬울 줄 알았는데 먹이 주는 손을 무는 개같이 굴 줄이야. 지금이라도 포기하고 부하가 되면 다 용서해주지. 안 그러면 고통스럽게 죽을 거야."

"그건 네놈 이야기지."

"도대체 원하는 게 뭐냐?"

"원하는 거?"

"자기가 새 원장이 되어줘." 그녀는 말했다.

"내가?"

"자기가," 그녀는 여송연을 빨아들였다. "그 학원의 주인이 되는 거야. 잊었어? 나도 우리 아들도 다 자기 거야. 일단 중요한 건 그 영감이야. 그 좆같은 독일제 면도칼을 우리 걸로 만드는 거야."

"그 면도칼…" 그는 철문 앞에서 본 원장의 모습을 떠올렸다. 소름 끼칠 정도로 잔인한 파충류를 보는 기분이 들었던 것을 기억했다. "그 원장은 몇 명이나 죽였지?"

"겁나?"

"누가!"

"자기가 원장을 안 죽이면, 자기는 죽어."

"뭐라고?"

"이미 늦었어. 자기가 나랑 연결된 걸 알면 원장은 자기를 죽이려고 할걸? 아니. 이미 알지도 몰라. 수를 쓰겠지."

"이대로 도망친다면—?"

"장난치는 거야? 경찰청장도 이 학원 출신이야. 그냥 자기를 둘 거 같아? 외국에는 또 없을 거 같아? 자기는 도망 못 가."

"젠장… 네년이랑 네년 아들한테 완전 당한 거군."

"원장 그 늙다리는 나랑 지연이가 무슨 생각인지 알아차려 버렸거든."

"원래는 지연이를," 그는 자기 자신의 생각에 화가 나기 시작했다. "후계자로 삼을 생각이었겠지."

"맞아." 그녀는 몸을 일으켰다. "이거," 그녀가 내보인 등에는 격자무늬로 흉터가 나 있었다. "본 적 있지?"

그가 흉터를 보자 몸을 일으켰다. 재떨이가 바닥으로 굴러떨어져 재를 흩뿌렸다.

"그 영감이 자기가 먹은 애들한테 새기는 흉터야. 먹을 때마다. 나랑, 우리 아들이랑, 둘 중에 누가 더 많아?"

질투가 그의 몸을 뒤흔들었다.

"네놈의 모든 것. 그걸 원하는데, 얌전히 줄 수 있나?"

"뭐라고?"

"당신도 솔직히 힘으로 뺏은 거 아니야. 그럼 힘 딸리면 이제 나와야 하지 않겠나?"

"절대 못 줘!" 원장이 평소의 침착함을 잃고, 면도칼로 삿대질하며 소리 질렀다. "내가 어떻게 만든 왕국인데! 이 왕국을 너 같이 어디서 굴러먹었는지도 모르는 개새끼한테 줄 것 같아! 내 눈에 흙이 들어가기 전까지 절대 안 돼!" 원장이 채찍을 휘둘러 그의 팔을 쳤다.

회칼을 놓칠 뻔한 그는 방 안으로 들어갔다. 채찍은 거리가 충분하지 않으면 위력이 없다. 방 안은 수십 개의 촛불로 밝혀져 있는 넓은 방으로, 벽에는 해골이 빼곡하게 채워져 있었다.

"진짜 납골당이군…," 그가 중얼거렸다. "그동안 죽고 죽이면서 이렇게 쌓여갔겠지."

"그래. 그리고 이제 네놈이랑 여기 이 암캐도,"

그가 최지연의 배를 걷어찼다. 최지연이 신음을 내며 몸을 떨자, 그는 분노를 참을 수 없었다.

"이 개새끼가!" 그가 회칼을 휘두르며 달려들었다.

채찍이 날아들어 그의 목을 감았다. 가축처럼 목이 매이고 말았다. 원장이 채찍을 잡아끌자, 그는 채찍을 잡고 저항했다. 안 그랬다가는 중심을 빼앗기고 넘어져 목뼈가 부러질지도 모른다. 상황은 원장에게 유리했다. 회칼로 끊어보려 했지만 소용없었다.

"포기해. 그런다고 질긴 가죽이 잘릴 것 같아?" 원장이 채찍을 잡아채 그를 휘청거리게 만들었다. "이대로 목이 부러져 죽거나," 원장이 다른 손으로 면도칼을 꺼냈다. "내 독일제 쮈링겐 면도칼에 난도질 당해 죽거나, 둘 중 하나야."

"좆까."

그가 주머니에 숨겨 둔 또 다른 무기를 꺼냈다.

꿩음.

좁은 공간에서 메아리쳐 울린 엄청난 크기의 폭발음이 고막을 찢을 뻔했다. 놀란 최지연이 움찔거렸다. 그도 놀라기는 마찬가지였다.

목을 감은 채찍의 힘이 사라졌다. 작열감을 견디지 못한 원장이 채찍을 놓치고, 피를 흘리는 상처 부위를 붙잡고 있었다.

총이었다. 스미스 앤드 웨슨 38구경 폴리스 스페셜, 매우 짧은 총구 때문에 사자코라는 별명이 붙은 권총이다. 최지연의 어머니가 몰래 구해왔던 물건으로, 총알도 한 발뿐이었다.

채찍을 풀어낸 그는 총을 집어 던졌다. 원장이 피하느라 주춤거리는 사이, 회칼을 휘두르며 달려들었다.

원장이 면도칼을 휘둘렀다. 이마를 한일자로 베인 그의 오른쪽 눈에 피가 들어갔다. 충격으로 뒤로 물러나자, 원장이 회칼을 발로 걸어 차 떨어뜨렸다.

그는 피를 닦아내고 주머니에서 나이프를 꺼냈다.

두 사람은 아무 말도 없이 거친 숨을 내쉬었다. 어깨가 오르락내리락하며 들썩였다.

나이프를 휘두르며 달려들었다. 나이프는 원장이 더 능숙했다. 원장은 나이프를 든 손목을 벴다. 보호대 때문에 충격은 없었으나 나이프를 놓쳤다. 이겼다고 생각해 방심한 원장에게 틈이 생겼다.

그는 보디블로를 먹였다. 간장을 정확히 가격했다. 원장은 고통으로 몸부림을 쳤다. 그러면서도 면도칼을 휘둘러 반격했다. 날이 목을 스쳤다. 턱 끝을 베였다. 뼈가 드러난 턱이 불이 붙은 듯 화끈거렸다. 충분히 피할 수 있는 공격이었지만 한쪽 눈만 보여 원근이 잡히지 않았다.

면도칼이 목을 향해 날아들었다. 그는 손목을 잡아 저지했다.

원장이 박치기를 먹였다. 이마의 상처가 더 벌어졌고, 뇌가 흔들렸다. 그가 바닥에 쓰러지자, 원장이 가슴을 구둣발로 밟았다.

"훈련에는 고통이 가장 좋지. 기억을 확실하게 해 주거든. 누가 주인인지를." 발로 가죽점퍼의 품을 헤친 원장이 면도칼로 그의 가슴팍을 그었다. 예리한 독일산 쵤링겐 면도날이 옷과 함께 살을 잘랐다. 두 번, 세 번, 네 번, 예리한 상처가 바둑판처럼 정확한 격자무늬로 그어졌다.

그는 비명을 참았다. 후끈거리는 가슴이 비명 대신 피를 흘렸다.

최지연이 원장에게 달려들었다.

중심을 잃고 비틀거리는 원장의 발에서 벗어난 그가 몸을 일으키고, 어퍼컷으로 턱을 쳐 쓰러뜨렸다. 쓰러진 원장의 손목을 짓밟아 부러뜨린 뒤 면도칼을 빼앗았다. "죽기전에 기억해 둬라, 이제 누가 여기 주인인지."

그는 원장의 울대를 그었다.

잘려나간 경동맥에서 피가 분수처럼 쏟아졌고, 드러난 인후에서 숨이 빠져나가는 소리가 났다. 공기가 나오지 않는 입이 뻐끔거리다 혀가 뒤집어져 안으로 말려들어 갔다. 온몸에 일어난 경련은 원장이 평생동안 지켜온 규율과 통제와는 정 반대의 일이었다. 더 이상 주인의 말을 듣지 않게 된 몸은 무질서 속에서 마음껏 움직이다, 지쳐서 조용해졌다.

원장은 눈을 부릅뜨고 죽었다. 생기가 빠져나간 몸은 고목처럼 그로테스크하게 비틀리고, 주름졌다. 목 아래에 한일자로 그은 상처가 벌어졌고, 넥타이처럼 혀가 밖으로 튀어나왔다. 혀를 타고 피가 쏟아져 내려 원장의 하얀 정장과 머리 모양, 대리석 조각 같았던 귀족적인 손까지 모든 깔끔했던 것들을 더럽혔다. 처참했다. 시체는 그동안 감추어온 적나라한 실체를 폭로하고 조롱하는 비현실적인 패러디처럼 보였다.

그는 자신의 손에 들린 면도칼을 내던졌다. 살점과 피가 남아 있는 장방형의 길고 예리한 면도날이 납골당의 돌 바닥에 부딪혀

날이 손상되었다. 한때 원장의 권위를 상징하던 독일제 쥘링겐 면도칼은 주인처럼 어설프게 널브러졌다.

모든 광경이 악몽의 현장이었다. 해골로 가득한 방, 기괴한 고문용 기구, 도구들. 백 년 동안 끊임없이 채웠던 고무, 가죽, 피, 타액, 고름, 정액, 애액 냄새와 신선하게 풍기는 죽음과 선혈의 피들. 그는 머리가 어질어질했다. 흥분과 쾌감으로 몸이 달아올랐다.

최지연이 다가왔다. 그는 개그 볼을 거칠게 잡아뗐다.

"선생님…." 최지연이 말했다.

"주인님이라고 불러야지." 그가 대답했다.

"네, 주인님." 최지연의 얼굴에 미소가 피었다.

"이제 여긴 내 거야. 이 건물도, 너도, 다 내 거야."

"난 주인님 거예요."

"엉덩이 벌려."

그의 명령대로 최지연이 움직였다. "넣고 싶죠?"

"그래."

"기다려요."

"못 기다리겠어."

"안돼요. 기다려요."

그는 바지를 벗었다. 권력만큼 좋은 최음제는 없다. 페니스는 완전히 발기해 있었다. "못 참겠어."

최지연은 바닥을 흐르는 원장의 피를 항문에 발랐다. 등에는 면도날에 베인 상처의 피가 굳어가고 있었다.

피 묻은 손으로 최지연이 그의 손에 손가락을 댔다. "박아 넣어요, 주인님." 그의 손바닥에 감촉을 남기고, 최지연이 엎드려 엉덩이를 높이 들어 올렸다. 피에 젖은 항문이 움찔거렸다. "날 엉망으로 만들어요. 지금 당장."

그는 최지연의 항문에 박아 넣고 거칠게 허리를 움직였다.

최지연이 쾌감으로 얼굴을 일그러뜨렸다. "마음껏 소리 질러요. 이 방 안에 주인이 누구인지 똑똑히 알려줘요. 지금 당장!"

명령대로, 그가 짐승처럼 울부짖었다.

최지연은 웃으며, 교성을 내질렀다.

■ 학 원 기 숙 사   일 족 은 ……

아이디어의 시작은 elf사에서 내놓은 성인용 게임 〈하원기가의 일족〉의 패러디였다. 3월 21일의 일이다.

4월 2일에서 3일까지, 초고가 87매로 끝났다. 점차 살이 붙어 불어만 갔고, 4월 21일에는 215매가 되었다. 군인가족으로 경험한 지역 텃세와 관습, 그리고 전근대적 룰과 체벌을 강요하는 학교의 기억이 토대가 되었다. 내게는 이 사회 전체가 서로 공범이 되어, 육체와 정신을 속박해 세뇌하는 재생산 시설이자 고문실로 보인 모양이다. (어설프게 미셸 푸코를 읽은 게 화근이었는지도 모른다.)

여담이지만, 최지연이 악수하며 사용한, 손끝으로 손바닥을 살짝 건드리는 기술은 순간최면유도 기법 중 하나인 '카타렙시'라는, 실존하는 기술이다. 그러나 더 이상의 자세한 설명은 생략한다.

온우주
단편선

단두정전 斷頭正傳

DCDC

어느 술자리에서 한 친구가 영화 〈더 울프 오브 월 스트리트〉에서 감명 깊게 본 장면 하나를 설명해주며 우리에게 화두를 던졌다. 그 영화의 주인공 조던 벨포트가 자신의 세일즈 기술을 과시하기 위해 볼펜 하나를 건네주며 이 펜을 자신에게 팔아보라고 도발하는 장면이었는데 과연 이 술자리에 있는 사람 중 그 시험을 통과할 사람이 있겠냐는 질문이었다.

그때 나는 건네받은 펜으로 상대방의 목을 찌른 뒤 이 펜을 살 경우에만 구급차를 불러주겠다고 답했다. 반면 나의 이 철없는 주절거림이 가소로웠는지 손지상 작가는 그저 뽀빠이마냥 이두박근을 한번 과시하는 것으로 답을 대신했다. 아마 그 접히는 팔뚝에 볼펜 하나를 집어넣었다면 볼펜은 반 토막이 났을 게다. 그리고 굳이 볼펜만이 아니라 뭘 넣어도 다 두 조각이 났을 테고. 하기야 인간단두대라는 별호가 어디 아무 데나 붙을 위명이던가. 손지상 작가는 이런 사람이다.

물론 어디까지나 술자리 농담이었을 뿐이다. 손지상 작가는 대부분의 사람에게 친절하며 쓸데없는 힘자랑을 기피할 만큼의 여유가 있는 사람이다. 나 역시 아무리 모진 애를 써봤자 누군가의 목을 볼펜으로 뚫을 정도의 근력이 있는 사람이 못되니 그런 일은 하지 않을 것이다. 그저 손지상 작가는 무척이나 힘도 세지만 그 힘을 폭력으로 휘두르지 않고 농담으로 삼을 정도의 재치가 있는 사람이라는 이야기를 하고 싶었을 뿐이다.

뜬금없는 말을 하나 꺼내자면 나는 관상을 믿는 편이다. 선천적인 운명을 믿는 것이 아니라. 뼈가 아닌 근육의 차원에서의 관상으로서 말이다. 태어날 때부터 갖게 되는 개인적 특질이 아니라 그 사람이 살아가며 어떤 것에 웃고 어떤 것에 슬퍼했는지 근육 하나하나에 새겨지지 않을까 하는 기대가 있기 때문이다. 하루하루 웨이트 트레이닝을 해서 복근에 왕王이 새겨지듯이 그 사람의 웃음과 눈물도 단련되면 단련되는 만큼 그 피부 위에 새겨지지 않을까 하는 그런 기대 말이다.

그런 점에서 나는 관상을 보듯이 글을 본다. 그 사람의 얼굴에 새겨진 보조개나 눈가의 주름처럼 글에는 사람의 지문이 묻어서 그 문장과 행간을 통해 그 작가의 표정을 읽을 수 있다고 믿는다. 아름다운 작품을 만든 대문호 중에 개차반이 그렇게나 많다고 하고 나도 몇 번 고개를 끄덕이며 수긍한 바 있지만 이런 미신에 가까운 믿음을 버리기란 쉽잖은 노릇이다.

그렇다면 이 손지상이라는 작가의 글에서 나타난 관상은 어떠

하냐. 작가를 꽤나 닮았지 싶다. 독선적이고 신경질적이며 폭발적이다. 그러나 그 폭력이 위선으로 꼭꼭 숨겨진, 물밑에서 덤벼들길 기다리는 그런 류의 음험함이 없는지라. 독자로서 하여금 오히려 일종의 상쾌함마저 느끼게 만들 정도로 질주감이 있다. 기계적으로 단련된 문장이 고삐를 쥘 생각도 하지 않고 반복적으로 터져 나오니 리듬감 있게 이를 쭉 따라가게 되어 주도권이 완전히 박탈된 이 상황을 즐기게 될 정도다. 손지상이라는 작가의 글은 이렇다.

이 단편집에 실린 글들은 두어 편을 제외하고는 모두 2014년도, 손지상 작가가 계약서에 사인을 한 뒤에 쓰기 시작한 물건들이다. 그리고 나는 영광스럽게도 이 작업에 이것저것 조언을 빙자한 참견할 기회를 얻었다. 큰 도움은 되지 못했지만 손지상 작가가 작업하는 방식을 옆에서 보게 된 것만으로도 꽤나 값진 경험이었다.

작품집의 가장 주요한 테마는 바로 폭력이었다. 어느 작품이든 피가 흐르고 살점이 찢어지지 않는 경우가 없다. 생생한 육체적인 고통에는 육감적인 매력과 상통하는 면이 있다. 하지만 현대사회는 원시적 혹은 원초적인 폭력으로부터 괴리된 공간이고 이러한 육감적인 맛은 지금에 와서는 그것이 어떤 풍미를 갖고 있는지 겪어본 이들이 드물다. 그에 비해 손지상 작가는 그가 이제까지 지나온 삶의 궤적 속에서 다양한 종류의 폭력에 숙달된 사람이며, 또한 이를 매체화한 장르에 지독한 애정을 품고 있는 사

람이다. 그런 그이니만큼 우리 사회가 잊은 근육이 찢어지고 뼈
가 부러지는 충격을 글을 통해 재현할 수 있으리라는 기대에 이
테마를 권했고 작가 또한 쾌히 승낙하였다.

그 폭력의 양태는 남성의 그것이기도 하다. 〈그와 애국청년
의...〉이나 〈데스매치로 속죄하라〉처럼 이 사회가 잊고 있었던 폭
력의 가능성을 다시 일깨워주는 작품이든 〈학원기숙사 일족〉이
나 〈여고생 고기〉처럼 성적인 억압을 벗겨 내는 작품이든 매한가
지다. 그리고 이 남성성의 전시는 바바리맨과 같이 과시하기 위
해서가 아니라, 그 상징물의 무력함과 덧없음을 들춰내기 위한
작업이었다.

회의주의자의 시대다. 참으로 따분한 노릇이지만 회의주의자
의 시대다. 관성화된 억압과 착취에 난타당한 나머지 하나의 저
항을 하나의 유치함으로 인식하는 불감증의 세대가 세상을 지배
하고 있다. 그런 시대이니만큼 손지상 작가의 〈데스매치로 속죄
하라〉가 품고 있는 폭력이 책 밖으로 튀어나와 이 한심한 세상의
뒤통수를 한번 세게 갈겨줌으로써 우리가 마주한 그 불감증이 무
엇인지 알게 되기를. 또 이 불감증으로 막힌 기운이 다시 통하게
되기를 빈다. 손지상 작가에게 거는 나의 기대란 이런 것이다.

옴 샨티, 샨티, 샨티.

1.

이 책은 내게 실험이기도 하다. 2014년 2월 말부터에서 4월초까지, 나는 이 책을 위해 기획서, 초고, 수정고 등을 쓰면서 구축 중인 스토리 작법을 시험해보았다. 16년 된 소니 VAIO 넷북은 전원 케이블을 살짝만 건드려도 꺼져버렸다. 일부는 새로 썼고, 일부는 기존의 원고를 퇴고했다. 어떤 원고는 버전이 여러 개다. 새로 쓴 중단편 초고 대부분은 하루에서 일주일 동안 썼다. 누적 매수는 2000매를 넘겼다. 그중 출판사에 제출한 원고는 1,250매의 중단편 9편이었고, 수록작 하나를 빼, 최종적으로 대략 1,000매가 되었다.

2.

나는 나 자신을 '갈라파고스'라고 자칭하곤 한다. 나는 갈라파고스에서 자란 이질적인 괴물이고, 문외한이라는 자의식에 시달리는 사람이다.

책을 좋아하기는 했지만, 소설을 의식적으로 읽기 시작한 것은 2006년부터의 일이었다. 2007년 공익 생활을 하며 소설을 쓰기 시작할 때부터 지금까지도, 나는 전통적이고 체계적인 문학 훈련은 전혀 받지 못했다. 처음부터 끝까지, 내가 소설을 읽고 쓰는 과정은 "문외한이 독학으로 배우는" 과정이고, 나의 스토리 작법이란 그 과정의 축적인 셈이다.

이 책은 작가 dcdc 님이 있었기에 나올 수 있었다. dcdc 님은 내게 "남들과 가장 다른, 손지상만의 특질은 과도한 정보량과 과도한 폭력묘사니, 폭력을 테마로 해 보라"고 제안하였고, 집필과 수정 과정 내내, 아이디어, 플롯, 캐릭터, 주제의식, 모두 같이 고민해 주었고 조언하였다. 내가 자의식으로 괴로워할 때면, 갈라파고스든 아니든 관계없이 나름대로 구축한 내면세계와 개성과 작법을 모두 쏟아부어 보라고 격려해주기도 했다.

그 결과 이런 말도 안 되는 글이 나왔다. 절반은 기획 단계에서 거르거나, 다 쓰고도 보류한 글들도 있다. 일부는 영화 시나리오로, 일부는 단편 소설로 바뀐 그 글들이 언젠가 여러분의 손에 전달될 날이 오기를 희망한다.

3.

이 글은 다양한 종류의 폭력으로 연주한 Funk다.

초고를 읽어보신 어느 분이 내게 "메탈리카, 마릴린 맨슨, 슬립낫, 롭 좀비 같은 강한 음악 들으실 것 같아요."라고 말씀하셨다. 나는 의아했다. 나는 15년째 제임스 브라운, 마이클 잭슨, 프린스 등 Funk 일변도의 음악청취 생활을 해 왔기 때문이다. 대극이 아닌가?

음악에는 박자가 있다. 원, 투, 쓰리, 포. Funk는 모든 악기가 드럼이 된 양 자유로이 박자를 쪼개고 즐기다가, '원'에서 모두 함께 하나가 되어 박자를 맞춘다. '원'과 '원' 사이의 작은 공간의 자유, 그게 Funk고, 내 플롯 작법이다.

그런데 왜 그분은 내가 메탈헤드라고 생각했을까?

어쩌면 내가 오오야부 하루히코, 츠츠이 야스타카, 클라이브 바커, 스티븐 킹을 좋아하고, 의식했기 때문인지도 모른다. 비일상과 분위기는 스티븐 킹, 성의 집착은 클라이브 바커, 기계적 폭력과 하드보일드 문체는 오오야부 하루히코, 블랙코미디와 메타픽션적 실험은 츠츠이 야스타카에게서 각각 영향을 받은 것 같다. 특히 오오야부 하루히코와 츠츠이 야스타카는 소설 원서를 각각 100권 정도 구해다 읽을 정도로 팬이다. 국내 팬 랭킹 20위 안에는 들지 않을까? 하고 망상을 하곤 한다.

나는 내가 존경하는 작가들과 내가 살면서 쌓아온 정보와 정념을 모두 쏟아 부어 Funk를 연주했다. "귀가 아니라 엉덩이가 먼저 들썩이는 게 Funk"라고 말한 P-Funk의 창시자 조지 클린턴의 말대로, 여러분은 어려운 생각 말고 마음 편하게(!?) 이 지옥도의 폭주하는 리듬을 타주셨으면 한다.

4.

나를 도와주신 많은 분들에게 일일이 감사를 드리지 못하는 게 죄송스러울 따름이다. 모든 분의 관용과 사랑이 있었기에 지금 내가 이 글을 쓴다는 사실을 잊지 않고 있다. 처음부터 끝까지 폭력에 대해 적어온 주제에 끝에는 자비와 사랑에 대해 이야기한다니, 위선이다! 하고 화를 내실 분은 없으시길 바란다. 지금 바라는 것은 단 하나, 더 많이 팔려서 더 많이 부끄러워지는 것뿐이다. 마지막은 내가 좋아하는 또 다른 작가 키쿠치 히데유키와 유메마쿠라 바쿠의 흉내를 내며 마무리 짓도록 하겠다.

2014년 9월.
빨래가 쌓인 자취방에서
험프리 보가트, 로렌 바칼의 〈To have and have not〉을 보며.

데스매치로 속죄하라 -국회의사당 학살사건
손지상 작품집

초판 1쇄 펴낸날 2014년 10월 3일

지은이 손지상
펴낸이 이규승
엮은이 이지희, DCDC
표지디자인 박정은
프로필 촬영 이지예

펴낸곳 온우주
등록번호 제215-93-02179호
주소 138-849 서울시 송파구 송파 49-10 (백제고분로45길 8-6)
전화 02-3432-5999
팩스 02-6442-3432
http://onujupub.tistory.com/ | onuju@onuju.com | @OnUJu

ISBN 978-89-98711-19-1 03810